美しき血

竜のグリオールシリーズ

Beautiful Blood

ルーシャス・シェパード

Lucius Shepard

内田昌之
〔訳〕

竹書房文庫

JN053694

BEAUTIFUL BLOOD BY LUCIUS SHEPARD

Copyright © 2014 by Lucius Shepard.
Japanese language translation rights arranged with Gullivar Shepard
c/o Sanford J. Greenburger Associates, Inc., New York
through Tuttle-Mori Agency, Inc., Tokyo

日本語版出版権独占
竹書房

Take Shobo

Beautiful Blood

Lucius Shepard

美しき血

竜のグリオールシリーズ

ルーシャス・シェパード

内田昌之〔訳〕

竹書房文庫

contents

美しき血 007

訳者あとがき 272

美しき血

主な登場人物

リヒャルト・ロザッハー……………科学者
ルーディ……………リヒャルトの妻
アーサー・ハニーマン……………ロザッハーの部下
マルティータ……………酒場の女主人
ジャン＝ダニエル・ブレケ……………テオシンテ市議会議員
アメリータ・ソブラル……………ブレケの工作員
ブルーノ・チェルーティ……………鱗狩人《うろこかりゅうど》
カルロス七世……………テマラグアの王
メリック・キャタネイ……………画家

「夜ともなると、モーニングシェードの曲がりくねった通りには、笑い声と、叫び声と、張り合うように奏でられる多彩な音楽が響き渡り、酔っ払いや、喧嘩《けんか》をする者、物売り、娼婦《しょうふ》、スリとその標的になる数少ない金持ちがあふれかえる――垂れ込める煙の下で押し合いへし合いする人びとは、古着やけばけばしい安物の服を着込んだ怠惰な人間の川となり、その波が打ち寄せる先には、居酒屋や安酒場、連れ込み宿や売春宿がずらりとならんでいて、もたれ合うあばら屋の列は、タール紙でできたつぶれたトップハットをかぶる暗い顔のおやじたちのようだ。それらすべての上に、グリオールの横腹が巨大な黒々としたふくらみとなってそびえ、そこから垂れさがる蔓草《つるくさ》や密生する着生植物の縁が、場所によっては屋根に届きそうなほど低くまで伸びて、空の輝く青い闇を背にその輪郭を浮かびあがらせていた。

竜に近づくにつれて、人ごみは減り、料理のにおいは薄れ、建物の密集度も低くなって、わたしたちはついに、グリオールの曲がった前脚と巨大な鉤爪《かぎづめ》のついた足に隣接する半円形の広場（日中は古物市がひらかれる）にたどり着いた。そこで唯一目につくのが、風化した板で作られ、切妻屋根や出窓など装飾的要素がやたらに多いぼろぼろの建造物――モーニングシェードでもっとも悪名高い娼館、ホテル・シン・サリーダだ。そのホテルは竜の二本の鉤爪を土台に組み込んでいて（鉤爪は正面玄関の両脇にあり、年《とし》経《へ》て黄ばんだ骨で重厚な入口を成していた）、信じがたいことに九階建てで、いまにも崩壊しそうに見えたが、実際には太綱とケーブルでグリオールの鱗《うろこ》におおわれた足首に固定されていたので充分に安定していた。ひょろりとした構造と危なっかしい外階段のせいで、まるでみすぼらしい風変わりな城のようだ。

階段には、サテンのズボンを穿《は》いて胸をあらわにした五、六人の女たちと、見た目が不穏なもっと大勢の男たちがいて、何人かはマチェーテをたずさえていた。そのあいだをちょこちょこと駆けまわって鬼ごっこをしているひと握りの子供たちは、ホテルの所有物であることをしめす色鮮やかな青いズボンとブラウスの制服を身につけていた。初めは近づいていくわたしたちに気づかないようだったが、声が届く距離になると、子供も大人も等しくこちらを向き、なにか耳には聞こえない合図にでも反応したのか、異様なほど似かよった、一心に集中するような感情の欠落した表情を見せた——だが、次の瞬間には、全員がその硬直した姿勢を解き、笑顔で両腕を広げてわたしたちのほうに駆け寄ってくると、娼館でのお楽しみはいかがと誘いをかけてきた」

ブラウリオ・ダシルバ著『グリオールの館』より

1

二十六歳のリヒャルト・ロザッハーは、まだ医師になりたてではあったが（彼はその事実をだれにも告げず、免許状は寝室の床で汚れた衣類の山の下に眠っていた）、彼の二倍の年齢でずっと大きな業績をおさめた教養ある人物ならそなえているかもしれない献身的なひたむきさを身につけていた。ごく幼いころから、彼は竜のグリオールに夢中になっていた。何千年もまえに魔法使いの呪文によって動きを止められ、やがて周囲にテオシンテ市が築かれることになった、全長一マイルの獣《けもの》。成人するころには、その気持ちは取り憑《つ》かれたような科学的好奇心へと磨きあげられていた。だが、長所とは裏腹に、思春期特有の傲慢《ごうまん》さも目立ち、カッとなりやすいところがあった。住んでいる部屋はモーニングシェード（テオシンテの最貧地区で、竜の横腹のすぐ真下にあるため、けっして夜明けを見ることがない）のホテル・シン・サリーダの二階の一画を占めていたが、彼が不快感をおぼえていたのは、そこが薄汚れているからではなく、彼ほどの人間が本来泊まるべき瀟洒《しょうしゃ》な環境と比べてしまうとあまりにも安っぽいからだ。ロザッハーはこの宿屋に寝泊まりしている多くの人びと（労働者、泥棒、娼婦など、あらゆるたぐいのがさつな連中）に純粋な愛着をいだいてはいたが、自分はもっと気高《けだか》い境地に達する定めにあるのだと信じて、いずれ近いうちに、詩人や画家や同じ科学者たちと交流し、ていねいに育まれた繊細な魂をあらわす美と優雅さをそなえた女たちと共に暮らす日が来るのだと夢想していた。彼のこうした偉ぶった姿勢をさらに悪化させていたのが、テオシンテの市民が、科学知識の宝庫ということくらいしか注目すべき点のない巨大トカゲを、ただの生物学的奇形と考えるのではなく、迷信じみた信仰の対象とし、太古からの意志の力で人びとの行動をあやつる神のような生物とみなしていることに対する憤りだった。というわけで、夜ごとに気絶するまで酒を飲むこと以外にはなんの野心もないティモシー・マイリーという自堕落《じだらく》な男に野望をくじかれたとき、ロザッハーは予想どおりの反応をしめすことになった。

ある晩遅く、二人の男はロザッハーの住まいの居間で対峙《たいじ》した。勾配天井にタール塗りの梁《はり》が張りめぐらされた狭い空間で、漆喰《しっくい》の壁は時の刷毛《はけ》によって腐った卵のような灰色がかったクリーム色に変わり、乾いた尿みたいな色の染みがあちこちについていた。隅にかかる蜘蛛《くも》の巣が、半開きの出窓から流れ込む風にたわんでいる。風はそれなりにさわやかな空気を（下水のにおいと共に）運んでいたが、無数の饐《す》えた生活臭を消すほどではなかった。ロザッハーは大小の椅子《いす》をすべて端に寄せて、オーク材の冷蔵箱と雑な造りの作業台を置いていた。そこには書類が散乱していて、中古の顕微鏡、小瓶やスライドや化学薬品の入ったチェリーウッド製の箱、夕食の残りである鶏《にわとり》の骨とパンの耳がのった皿、ここの汚れっぷりを際立たせるには充分な弱い黄色の光を放つ石油ランプが置かれていた。マイリーはやつれた顔をスローチハットの影に沈め、何サイズか大きすぎるコートをはおって、作業台のかたわらに立ち、なにげない姿勢で不満をあらわにしていた。ロザッハーのほうは、細面のハンサムな顔によく動く両目とつややかな茶色の髪という活力に満ちた姿で、少し離れたところからマイリーをにらみつけていた。彼はゆったりした白いシャツとモールスキンのニッカボッカという身なりで、しわくちゃの数枚の紙幣を差し出していたが、驚いたことに、マイリーは受け取りを拒否していた。

「それっぽっちじゃ足りねえ」マイリーが言った。「とんでもなく恐ろしくて、心臓が止まるかと思ったんだぞ」

「これ以上はむりだ」ロザッハーはきっぱりと言った。「この次なら、おそらく」

「この次？　あそこへすぐに戻るつもりはないぜ。おれが見たものは……」

「そうか。それならそれでいい。だがこれは最初の取り決め《バーゲン》だ」

「たしかにすげえ掘り出し物《バーゲン》だ。だから新しい取り決めをしようや。あと百はほしい」

　ロザッハーのいらだちは怒りに変わった。「ごく簡単な依頼だろう。どんなバカでもできたことだ！」

「そんなに簡単なら、なんで自分でやらねえんだ？」マイリーは返事を待ちかまえるかのように耳をそばだてた。「なんでか教えてやるよ！　あんたはクソでかい竜の口にもぐり込んでその舌から血を抜き取るのがいやなんだ！　まあむりもねえさ。楽しい経験とはほど遠いからな」手のひらを突き出す。「あと百くらい安いもんだ」

「その頭には理解力がないのか？　持ってないんだ！」

「だったらあんたのだいじな血も手に入らねえぜ」マイリーはコートの胸のあたりをぽんと

叩《たた》いた。「このところ町にはいかれた連中が大勢いて、だれもがみやげをほしがってる。こっちの言い値で買ってくれるやつがいるかもな」

ロザッハーは怒りを押し殺して言った。「わかった！　金《かね》は用意する」

マイリーは薄ら笑いを浮かべた。「持ってないんじゃなかったのか」

「下にいる女たちの一人が貸してくれる」

「いい相手ができたんだな？」マイリーは満足げに舌を鳴らした。「だったら行けよ。そいつに頼んでこい！」

ロザッハーは怒鳴《どな》りたいのをこらえた。「せめて血を冷蔵箱に入れてくれないか？　これ以上劣化させたくないんだ」

マイリーは疑いの目で冷蔵箱を見た。「この目で札を見るまでは、肌身離さず持ってるほうがよさそうだ」

「なあ、頼む！　あいつは忙しいかもしれない。すぐには話ができないかもしれない。血を冷蔵箱に入れてくれ。できるだけ早く金を持ってくるから」

「どの娘だ？」

「ルーディ」

「黒いやつか？　ああ、あいつなら出してくれるだろう。えらく人気がある娘だからな」マイリーの口調はいわくありげで、秘められた知識でも伝授しているかのようだった。「とびきりだと聞いてるぜ。あそこに少し余分な筋肉がついてるとか」同意を求めるようにロザッハーを横目で見る。

「頼む！」ロザッハーは言った。「血を」

マイリーは言われるままコートの内側に手を入れ、金色の液体が入った動物用の注射器を取り出すと、子供にすごいおもちゃでも見せるみたいに、うれしそうな顔でロザッハーに向かって掲げた。それから冷蔵箱をひらき、氷のかたまりの上に注射器を置くと、蓋《ふた》を閉めてそこに腰をおろした。「さあ、これであんたが戻ってくるまで安全だ」

ロザッハーは憎々しげにマイリーを見つめ、身をひるがえして寝室へ向かった。

「おい！　どこへ行くんだ？」マイリーが呼びかけた。

「ブーツを取ってくる！」

ロザッハーは寝室に入り、ベッドの下からブーツを引っ張り出した。ルーディに金をせびるのがいやでたまらなかった。左のブーツを履こうと悪戦苦闘していたら、この乱れた生活、つぎはぎだらけのソックス、ぼろぼろのベスト、みすぼらしい外套《がいとう》、使い古された持ち物のすべてが、自分の存在の貧しさを物語っているように思えてきた。わきあがる冷たい決意が屈辱感をかき消していく。マイリーみたいなやつにゆすられるなんて！　血の研究を始めるのが一瞬でも遅れるなんて！　とても耐えがたい。ロザッハーはブーツをほうり出し、一歩ごとに怒りをたぎらせながら居間に戻った。マイリーがたずねるような目をして口をひらきかけたが、言葉が出てくるまえに、ロザッハーは小男の襟首をつかみ、ぐいと立ちあがらせてそのまま頭から壁に叩きつけた。マイリーはくずおれ、泣き声のような音を立てた。ロザッハーはもう一度襟首をつかんで今度は顔面を床板に打ちつけた。悪態をつきながら、男の体をあおむけにころがし、引きずり起こして扉に勢いよく押しつけた。腕を顎の下に押し当てて身動きがとれないようにしておいてノブを手探りする。マイリーの口は鼻血におおわれていた。唇の隙間でピンク色の泡がふくらんではじけた。扉を開けて廊下に押し出すと、マイリーはその場でへたり込んだ。最後にもう一度悪態をつこうとしたが、怒りで体が震えて考えがまとまらなかった。四つん這《ば》いになろうともがく姿を見て野蛮な満足感をおぼえ、そんなふうに理性を失ってしまったことに狼狽《ろうばい》もした。だが当然のことだ、と自分に言い聞かせる。適当なののしりの言葉を思いつかなかったので、マイリーの帽子を部屋から蹴り出して扉を閉めた。

2

　ロザッハーは医学部で血液学を専攻したが、血というものが持つ詩的な性質、肉体の空洞をうねうねと流れるその赤い命のささやきには、大学に入るずっとまえから興味を引かれていた。となれば、学術的な関心と竜に魅せられる気持ちとが結びついてグリオールの血に対する執着が生まれたのは自然な成り行きだ。驚いたのはそれまでだれも研究しようと思わなかったことだ。千年に一度の心臓の鼓動で送り出される血液は、けっして凝固せず、厳然たる物理法則に逆らってその流動性を維持する……そのような研究から得られる潜在的利益は想像を絶していた。だが、こうして作成したスライドを見てみると、人間の血液とは似ても似つかず、果たして研究する価値があるのだろうかと疑問をおぼえた。そもそも、この血液には見たところ血球細胞がない。金色の血漿《けっしょう》を背景に黒々とした微小な構成物がたくさん見えるが、それらは増殖し、形状や性質を変え、急速な変化を繰り返してから消えていく——一時間以上観察したあとで、ロザッハーはグリオールの血液は忙しく移り変わるあらゆる形状を含む媒質なのではないかと考え始めた。だいぶ疲れてはいたが、目をこすり、顔に水をかけて、主流となるパターンが出現してくれないかと顕微鏡をのぞき続けた。それがかなわないとなると、これは魔法の血液なので情報に基づく精査は通用しないのだと認めてしまいたくなった。だが、スライドが明らかにした無限のパターンがあまりにも魅力にあふれていたので、血に対する執着を断ち切る気にはなれなかった。謎めいた構成物の変幻自在の輪郭、金色と影の移り変わるモザイク、その脈動は内在するリズミカルな力の流れを反映しているようでもあり、血液自体がエンジンなのでその活力を維持するために鼓動を必要としないかのようでもあった。そのとおりなのかもしれない。それ以外に説明のしようがない。だとすれば、このエンジンの働きを解明し、その機能を人間の血液で再現できるかどうかが重要になってくる。少し散歩に出ようかとも考えた。体を動かせば興奮した頭を落ち着かせて経験に基づく戦略を立てられるかもしれない。だが、眼前で展開するデザインの変幻自在の美しさに魅了され、顕微鏡から目を離すことができなかった。ある瞬間にはきれいに研磨されたようにくすんでいたかと思うと、次の瞬間には金色の背景にくっきりと浮かびあがって見えるのだ。

グリオールの血には時の流れがもたらす劣化をふせぐ物質が含まれているようだ。それが本来そなわっている性質なのか、あるいは竜の動きを止めている魔法が原因なのか、ロザッハーにはわからなかった。だが、血液の構成物が変化してどんどん新たなパターンが生まれるのは、物質に流れる時間の調整がおこなわれていることをしめしているのではないだろうか。つまり腐敗をふせぐための調整だ。この認識は、推論の過程からではなく、血液そのものから出てきたように思われた。血液のパターンの中にある、その変化を観察することで得られる基本情報——そんなとんでもない発想を受け入れるのはロザッハーらしくなかったが、無視することはできなかった。これが事実だとすれば、竜の血液がもたらすのはただの凝固防止剤ではなく、時間による破壊からの救済、すなわち加齢にともなうあらゆる病の治療薬かもしれないのだ。ロザッハーはスライド上でゆらめくモザイク画にすっかり心を奪われていて、ルーディのノックをあやうく聞き逃しそうになった。

「リヒャルト?」呼びかける声がする。「そこにいるの?」

いらだちをおぼえつつ、ロザッハーは扉を押し開けた。ルーディはペチコートにフリル付きのボディスという身なりで、ココア色の子猫のような顔を不安げにゆがめていた。あとにしてくれと言おうとしたが、そのとき顎の突き出た瘦《や》せぎすの男がルーディを脇へ押しのけた。背後からのぞき込んでいるマイリーよりもずっと背が高く、ほとんど同じような格好をしている。厚手のロングコート、泥がこびりついたブーツ、そしてスローチハット。末端肥大症じみた顔はグロテスクな笑みで分断され、炎症を起こした歯茎には茶色の歯がばらばらな角度でならんでいた。

「こんちは!」男は快活に言って、こぶしでロザッハーのこめかみを殴りつけた。

周囲の状況を把握できるくらいまで感覚が戻ってきたとき、ロザッハーは手足を縛られて床に横たわっていた。ルーディはかたわらでうずくまり、二人の男――マイリーと彼を殴った男――が、部屋をひっかきまわし、書類や本をほうり投げ、棚の中身をぶちまけ、顕微鏡を突き倒していた。この狼藉にロザッハーが弱々しく不平を唱えると、大男がそれに気づいた。そいつはロザッハーのそばに膝をつき、シャツの胸ぐらをつかむと、おたがいの鼻先がくっつきそうなところまで引きずりあげた。ひどい頭痛で朦朧《もうろう》としていたロザッハーにとって、大男のごわごわした顔は、染みとほくろとひび割れから成る抽象画のようで、そこに片方が茶色でもう片方が緑色というふぞろいの目がのさばっていた――おかしな色のふたつの水たまりがならぶ不毛の地。

「金はどこだ？」大男が言うと、家畜小屋の戸が突然ひらいたような腐った息が噴き出した。

ロザッハーは嘘《うそ》をつこうなどとは思わなかった――椅子の背にかけたジャケットをしめし、大男が財布をあさるのを混乱した絶望感に苛《さいな》まれながら見守った。かたわらでルーディが怯《おび》えた声をあげた。

「これでぜんぶじゃないだろう！」大男は財布から抜き出した数枚の紙幣をロザッハーに突きつけた。「これじゃだめだ！　ぜんぜん足りない！」

マイリーが大男の肩口から顔をのぞかせた。「金はねえと言っただろう、アーサー。値打ちがあるのはこいつの持ち物のほうだ」

「持ち物？　こんな貧相なところにか？」大男がわずらわしそうに押しのけると、マイリーは倒れまいとしてこらえた。ロザッハーはティモシーとアーサーなどという上品な名前の男たちから強盗と暴行を受けるとはなんとおかしなめぐり合わせだろうと思った。

作業台に行き当たったマイリーが、顕微鏡を取りあげた。「これは値がつくぞ！」

アーサーは顕微鏡をしげしげとながめた。「なんに使うんだ？」

「こいつは血を見るのに使っていた」

「血だと？」

「でっかくして見られるんだ」

「おお、なるほど。だったら値打ちもんだ！」

マイリーがにんまりと笑った。

「いやあ、すごい」アーサーは続けた。「テッド・クランドルの店にこのちんけなブツを持ち込んで、言ってやろう。テッド、あんたのところには血を見る装置をほしがってる連中が何十人……いや、何百人も来るだろう。でっかくして見られるんだからな！」わびしげに首を横に振る。「まいったよ、ティム。おまえはクソすばらしい！」

マイリーはしょげたが、すぐに顔を輝かせて冷蔵箱に近づいた。「これがあった！」注射器を取り出す。「こいつがえらくだいじにしてるんだ」

アーサーはランプの下で注射器を調べた。「これが血か？」

「これなら大金を積むやつがいるんじゃねえかな」マイリーはそう言って、身ぶりでロザッハーをしめした。

アーサーはうんざりした顔でマイリーを見つめ、なにも言わずにプランジャーを押し込んで小男のコートに金色の血を吹きかけた。マイリーは悲鳴をあげて飛び退《の》いた。

「この脳なしが！」アーサーはもう一度血を吹きかけながら言った。「こんなもんのためにおれを酒場から引っ張り出したのか！　今夜のことは貸しだ。いずれきっちり返してもらうぞ」そのまま立ち去ろうとしたようだったが、そこでロザッハーの視線に気づいた。「なにを見てるんだ？」

ロザッハーはまだまともに話せる状態ではなかったが、見てはいないとなんとか伝えようとした。

「そうか」アーサーは金色の液体がまだ少し残っている注射器をひらひらさせた。「血のことを心配してるんだな」

「それは……」ロザッハーは喉から粘液を吐き出した。「元に戻してほしい」

アーサーは耳に手を当てた。「なにがほしいって？　よく聞き取れなかったなあ」

「血は空気中に放置しておくと劣化する」

「そりゃそうだ！　劣化させたくはないよな。どこか安全なところにしまっておくか？」

アーサーが片膝を落としてロザッハーの喉をつかんだ。次の瞬間、注射器が左の太ももに突き立てられた。ロザッハーは悲鳴をあげて身を振りほどこうとしたが、マイリーが膝をついて彼の両脚を押さえつけ、アーサーがそのままプランジャーを押し込んだ。

ロザッハーがすぐに感じることができた注射の効果は、太ももの筋肉に広がる冷たい感覚だけだった。アーサーはにんまりと笑い、中身が半分残った注射器をロザッハーの胸の上に落として立ちあがった。

「さてと。おれのここでの仕事は終わったようだな」

アーサーは扉に向かって歩き出し、マイリーはチャンスが来たとばかりにロザッハーの顔に唾を吐きかけてから、せかせかと大男のあとを追った。

ルーディが膝をついてロザッハーのいましめを解き始めた。「あいつらにむりやり言わされたの、リヒャルト！　ごめんなさい！」

しゃべり続けながら、結び目をほどいて、ロザッハーの両腕を、さらに両脚を解放していく。大丈夫かとたずねる声は小さくこもっていて、まるでクロゼットの中から話しかけているようだ。注射器を突き立てられた直後のしびれるような冷たさが消えて、ロザッハーの体内に強い幸福感をともなう温かなものがわきあがってきた。起きあがらなければと思ったが、その衝動は意志のレベルまでは達しなかった。目に入るものすべてが光沢を帯びていた。蜘蛛の巣は磨きあげられた白金の糸のようにきらめき、羽目板は灰色の大理石のような傷ひとつない木目模様を輝かせている。壊れたガラス製品は色鮮やかな光輝を放ち、まるで珍しい宝石をぶちまけたみたいだ。床に散乱したロザッハーの持ち物は装飾の一部のようで、この部屋の惨状自体が、退廃的な感性に導かれるまま、上等な素材をもちいて偽りのみすぼらしさを追求した芸術家の作品のようにも見えた。ルーディのことはもともとかわいい娘だと思っていたが、いまは女性美の極致に思えた。つばのない帽子のように短く刈り込まれた頭髪が、賢そうな三角形の顔に妖精のような印象をあたえている。とがった頬骨に大きな目、かみ合わせのずれのせいでいつも不機嫌そうに見える唇。ライムと蜂蜜を入れた水で毎朝香りを付けている喉の付け根のくぼみ、ボディスのレースからはちきれんばかりの胸……その肉体の魅力を仔細《しさい》にかぞえあげていたら、だんだん興奮が高まり、ロザッハーは立ちあがってルーディを抱きあげるとベッドまで運んだ。急な回復ぶりに驚いたルーディが、なにをしているのと問いかけてきた。ロザッハーはこたえようとしたが、思考は直線的に進むことなく散開し、とらえどころのない、言うに言われぬ論理と空想へと発展していった。ルーディの肌の感触は暖かな絹に似ていて、贅沢《ぜいたく》きわまりないその体は、中心で咲き誇る光をおさめるために作られた構造物のように思えた。彼女の生命《アニマ》、彼女の魂だ。ロザッハーはルーディとひとつになり、おたがいの肉体を獣じみたリズムで密着させて、その光を追い求め、その光に向かって突き進んだ。みずからの光とルーディの光を華々しく結び合わせると、ついには目の奥でプリズムが砕け散り、自分だけのものとは思えない混沌《こんとん》とした多彩な快感に包まれた。

しばらくのち、ロザッハーは眠り込んだルーディをそのままにしてズボンを穿き、居間の窓に近づくと、近所にならぶ掘っ立て小屋や、グリオールの横腹と一体化した丘の斜面に沿ってゆがんだ列を成す、もっと大きくてほんの少しだけ荒れ具合が少ない建物の屋根を見渡した。竜そのものについては、のぼったばかりの月の光に照らされた大きな黒々とした山が見えるだけだ。ならんだ建物のそこかしこでちらつく光が、金色の線で結ばれて星座を形作っているように見える。牛や戦士や王座といったありきたりな形ではない、複雑な線と点から成る極彩色の設計図。織り成されたパターンには、グリオールの血液中のパターンと同じように、なんらかの情報が含まれていて、それがロザッハーの脳の電気パターンに刷り込まれ、本質となる要素が理解しやすい形に変換されているのではないだろうか。十五分ほどそれを見つめていたら、自分のかかえているさまざまな問題の解決策が見つかったことに気づいた。

あまりにも単純だったので、こんなに明々白々な解決策にはきっと欠点があるはずだという理由でそれを否定したくなった。だが、残っている疑問は、今回のような大量投与で生じたのと同じ効果が少量の投与で得られるかどうかという点くらいだった。ほかにはなにもないと判断できたので、次に倫理的な配慮について考えてみた。この計画を実行に移すのは医師としての誓いを破ることであり、最高度の背信行為となる……とはいえ、誓いを守ることは研究資金を確保することよりも倫理的に説得力があるのだろうか？　夜明けが近づくにつれて、竜の血の効果が薄れ、ロザッハーは禁断症状のようないらだちをおぼえたが、それはすぐに消え、満足感と幸福感だけが残った。このいらだちは注射した量が多かったことが原因なのだろうか。もしも竜の血に身体的な中毒性がなかったら、彼のもくろみの妨げになるかもしれない。だがそこで、心理的な中毒性さえあれば充分すぎるほど目的が果たせることに気づいた。なんの力もなく将来への展望もないモーニングシェードの人びとは、住んでいる掘っ立て小屋が宮殿に変わり、恋人が性的な理想像に変わるのを見るためなら大金を積むだろうし、ロザッハーの見るかぎりでは、誘惑にあらがう意志は持っていない――それでどんな犠牲を払うおそれがあろうとも。

3

テオシンテ市は竜の横腹からカーボネイルス・ヴァリーのかなりの部分に広がって、谷底から突き出たごつごつした丘（かつてそこに宿屋があったことから〝仲間のねぐら《ヘイヴァーズ・ルースト》〟と呼ばれている）をも呑《の》み込んでいた。丘のてっぺんには役所の白い建物と建設中の教会がならび、そこから四方に向かってさらに一マイル以上、モーニングシェードのそれに劣らぬほど荒れ果てた建物が群れをなしている。だが、見たところグリオールの麻痺《まひ》状態は永遠に続きそうなのに、竜の頭部の近くにはだれも建物を建てていなかった。毎朝、玄関を出たとたんに竜のぱっくりひらいた口を見ることになると思うと、あまり心穏やかではいられないのだろう。というわけで、その一帯にはヤシがびっしり生い茂り、ところどころにコエビソウ、ワイルドハイビスカス、アカシア、バナナ、棘《とげ》のある低木が点在していた。

マイリーとアーサーとの遭遇から三日後、夕暮れどきにヤシの茂みに踏み込んだロザッハーは、マイリーは自分の労働の価値を過小評価していたのかもしれないと考えていた。地上に鎮座してあらゆるものの上にそびえるグリオールの頭部は、百フィートほどにまで近づくと、そのグロテスクな造形のせいで、名工のとっぴな思いつきにより宮殿の入口が巨大な獣の姿に変えられた、ありえない建造物のように見えた。矢状稜《しじょうりょう》の下にならぶ金色の鱗は、沈みかけた太陽の光を受けてにぶく輝き、眼窩上《がんかじょう》の隆起の下に見えている片目は、黒々として、まるでそこが空っぽになっているかのようだ。突き出た鼻面と、苔《こけ》におおわれて彫刻細工のようにも見えるサバルヤシなみの高さの湾曲した牙の列。それらに縁取られたグリオールの洞窟のような喉は、冥界への入口だとしても不思議はなかった。

この谷では経験したことがないほどの寒さで、吐く息が白くなった。光が弱まるにつれて、竜の口から物音が聞こえてきた。おそらく体内のもっと奥深いところから、そこで冬を過ごす生き物の立てる音が流れ出してくるのだろう。蛙《かえる》の鳴き声、コウモリの金切り声、そして正体不明のなにかの、しゃがれた、妙に高揚した叫び声。影が真の闇へ溶け込み、虫たちの甲高いジージーという声が夜の到来を告げる。恐怖で胸が苦しくなったが、ロザッハーはグリオールに向かって強引に歩みを進め、左右の脚を前方へ投げ出すたびに、リュックが遅れて動く第二の心臓のように背中で跳ねた。

竜の口に近づくと、ロザッハーはリュックからランタンを取り出し、震える手で灯心に火をつけた。ほんの六フィートほど先にある下顎の鱗が、背の高い雑草のあいだできらりと光った。ランタンを持ちあげて、優に三十フィートは頭上にある顎の一部を照らし出す。さらに上のほうで、タバコの汁のように茶色い歯茎と牙の付け根が浮かびあがった。風がグリオールの顔面を吹き渡り、ほこりっぽい乾いた冷気が植物のにおいを一瞬かき消した。ランタンをリュックにひっかけて、パニックにならないよう心を落ち着かせ、竜の唇から硬いよだれのように垂れさがる蔓草をつかんでのぼり始めた。数分後、片方の脚が唇にかかった。大急ぎで立ちあがって、右へ左へと向きを変え、ランタンを掲げると、何世紀もかけて堆積した表土からひょろりと伸びる、葉の色の薄い低木が浮かびあがった。頭の高さまでの厚みがある舌、苔に覆われた塚、頬のおぼろげなくぼみ。虫の声、木の葉のざわめき、そしてかぼそい悲鳴のような音が夜の闇から迫ってきたが、動くものの気配はなかった。いくらか心が静まったので、草木を突っ切って舌に近づき、一本の枝の先にランタンを吊《つ》りさげた。マイリーが使ったのと同じ動物用の注射器をリュックから取り出し、慎重に苔をむしって表面を丸くあらわにした。舌は真っ黒だった。針の先端をそこに押しあて、一分以上かけてなんとか勇気を振り絞ると、全体重をかけて舌の表面を貫通させた。そしてなにか神秘的な反応が、不満をあらわす大きな震えやうなりが来るのを待った。なにも起こらなかったが、針を抜いて中身をフラスコにあけるまで不安は消えなかった。同じ作業をさらに二回繰り返すと、マイリーも自分もなにを怖がっていたのだろうとバカらしくなってきた。ここには彼に害をおよぼすものなどない。虫やコウモリやトカゲがいるだけだ。なるべく急いで、しかしあせって効率を落とすようなことはせず、二十本のフラスコに合計一ガロン近くの血液を満たして、それらを綿の詰め物の中へおさめた。今後は、この仕事はマイリーのような男ではなくハングタウンの住民に依頼することにしよう。竜の背中にへばりついているあの村にはさまざまなあぶれ者が住んでいる。ひどく偏屈ではあるが、それなりに正直な連中だし、グリオールとのつながりも深いので、マイリーとのあいだで起きたようなもめごとが繰り返されることはないだろう。たしかなのはもっと血液が必要だということだ。成分がまったく謎の液体から薬を合成するのは、ロザッハーの能力ではなかなかむずかしい。時間と労力をかければその謎は解けるかもしれないが、当面の課題は、効果の出る投与量を突き止めることと、薬を血流に送り込むための媒質（いまは注射器が不足している）を見つけることだ。

丘の上にのぼった細い銀色の三日月が、その光で部分的にシルエットになった竜の牙のそばにぽっかりと浮かんでいた。リュックを背負ったロザッハーの目には、その姿はアヘンで見る夢のようにありえないほど鮮明だった。それはまわりの風景にも伝染して、星が散らばる暗い空や、茂みに覆われた野原や、丘の斜面にならぶあばら屋の窓にゆらめくオレンジ色のランプの光に、神秘的なアクセントをつけているように見えた。まるで異国のおとぎ話の本にある挿絵のようだ。ついさっきまで恐怖を感じていた自分がこんなに冷静にものを考えられるのは、なんだか妙な具合だ。血液の麻薬的な作用がもたらした変化が、まだ体内に残っているのか……あるいは、いま感じているのは恐怖からの解放ではなくグリオールによる承認なのか。モーニングシェードの住民なら、血を抜くのを許されたとすれば、ロザッハーはグリオールの意思に従っているのであり、冷静でいられるのも竜がその行為にお墨付きをあたえたからだと言うだろう。彼らはグリオールがその意思によって人びとの生活のあらゆる面を支配していると信じているので、このありがたい心の平穏と血液の注射がもたらした効果とがよく似ているのも、ロザッハーが初めからグリオールにあやつられていた証拠だとさえ言うかもしれない。もしも竜が怒っていたら、その血は彼の体内で酸に変わっていたはずだと。いまとなってはそういう考えをあざ笑う気にはなれないが、事の真相はどうでもいい。竜にあやつられた結果であろうとなかろうと、ロザッハーはもはや外れることのできない道へと踏み出しているのだ。

　少しでもけわしくない道はないかと、口の端のほうへ向かうと、ささやき声の合唱のような音が聞こえてきた。ぴたりと足を止めたら、合唱はおさまった。激しい緊張で筋肉がこわばった。ランタンを持ちあげても、敵らしいものはなにも見えない。ところが、ふたたび前進を始めて、五、六歩足を運んだとたん、ささやくような音が復活した。まえよりも大きく、ささやく人数が二倍か三倍になったかのように広がりも増していた。いかにも不満げな、悪意に満ちあふれた声だったので、音の出所《でどころ》を探したりはせずに、うつむいて、ふたたび恐怖に苛まれながら、足取りを速めて低木のあいだを急ぎ、舌の枝分かれした部分をとおり過ぎた。声はいったん静かになったが、ロザッハーが降下を始めようとした地点に近づくと、またもやよみがえってきた。あまりにもけたたましいので、もはやささやき声というより狂人の歌声のようだ――薄っぺらな音質がセミの鳴き声を思わせる。震えながらランタンを頭上に高く掲げると、頬の内壁の光の当たっている部分にたくさんの虫がへばりついていた。大きな虫だ。二歳の子供ほどのサイズで、体はコオロギに似た灰色のキチン質、無数の切子面《きりこめん》をもつ眼がランタンの光にくっきりと浮かびあがっている。鳴き声のやかましさや、全体が潮の流れのようにざわざわと前進してくる様子からすると、暗闇にはさらに数千匹が隠れていて、上方の壁や口蓋《こうがい》を覆い尽くしているのだろう。謎めいた冷徹な顔が果てしなくならぶひとつの生き物のようにも見える。触角の揺れと脚のわずかな動きで全体が大きくふくらんだりくぼんだりするせいで、反復するデザインのマットが波立つ水面に浮かんでいるかのようだ。驚きが恐怖に変わった。骨は凍りつき、筋肉も言うことをきかない。よろよろと竜の唇に近づいた。歌声が途切れ、虫たちが頬の壁をさらに下へとなだれ落ちてくる。ロザッハーが立ち止まると歌声は復活した。唇から飛び降りて、蔓草に引っかかるか、下の茂みが受け止めてくれることを祈るという手もある。虫たちが押し寄せてくるだろうと覚悟して、呼吸をゆるやかにし、勇気を奮い起こそうとした。ところが、虫たちは襲ってくることはなく、ふたたび静まり返ると、いっせいに身をひるがえし、すべての個体が竜の喉の奥へと顔を向けた。

　虫たちの同期した動きに、ロザッハーは攻撃を受けたのと変わらぬほど狼狽した。この虫たちよりも重大な脅威をもたらす支配力とはどれほどのものかと想像したら、グリオールは巨人《ブロブディンナグ》の王国にふさわしいサイズの瀕死《ひんし》のトカゲなどではなく、無数の可能性を秘めた、実態がほとんど解き明かされていない驚くべき存在なのだという主張も受け入れられるような気がした。目をそらすのが怖かったので、虫たちの注意を引いたものを見きわめたいという衝動は抑えたが、数秒後には、やはり喉へ目を向けていた。初めは闇しか見えず、しばらくして動きがあることに気づいたものの、それは予想したような動きではなかった。薄い黒の中から漆黒《しっこく》のかたまりが実体化し、ロザッハーめがけて湧き出してきた。広がるガス雲のようなものが、ひとつにまとまって固体性を獲得し、どんどん密度を増して威嚇的な形状へと変化していく。ライオンか。いや、雄牛か……あるいは雄牛とライオンの両方の特徴をそなえたワニか。思わずあとずさると、雲はたがいの距離を詰めながら急激にふくれあがり、ふつふつと震える柱となってそびえ立ち、いまにもおぞましい最終形態に変貌しそうなその姿に、恐怖に押しつぶされそうになったロザッハーは、竜の唇から身を投げ、悲鳴をあげながら下の茂みへ落ちていった。

4

翌朝、目を覚ましたロザッハーがまず考えたのは、だれかが茂みで気を失っている彼を偶然見つけ、自宅に運び込んで手当てをしたのだろうということだった。だが、知り合いの中にこんな豪華な寝室を使える者がいるとは思えなかった。天井は高く、クリーム色で、木の葉やバラなどの花の絵柄が描かれ、じっと見ていると、狡猾《こうかつ》な子供のような顔がいくつも浮かびあがってくる（初めは自分が悪霊どもにとらわれたのかと思った）。壁には金色の額におさめられた絵画がならび、椅子、書き物机、戸棚などの家具はどれも優美な彫刻と仕上げがほどこされていた。ベッド（四人は寝られそうな大きさ、緑色の絹のシーツに金色のベッドカバー、象牙がはめ込まれたチーク材で作られたパイナップル形の柱飾り）から両足をおろしてみたが、驚いたことになんの痛みもうずきもなかった。とてつもなく運が良かったのか、あるいは何日も意識を失っていたあいだにすり傷や打ち身がすっかり治ってしまったのか。窓に近づいてカーテンを開けたら、自分がいるのはヘイヴァーズ・ルーストの斜面を占拠する邸宅のひとつだとわかった。日差しの降り注《そそ》ぐ町を越えて東へ目をやると、半マイルほど先にモーニングシェードの低い屋根のパッチワークが見えて、そこにのしかかるように竜の胸郭がそびえていた。竜の背には鬱蒼《うっそう》とした茂みや森が広がり、ハングタウンにならぶ粗末な小屋は矢状稜の陰に沈んでいた。見慣れた景色のような気がするのに、この窓のまえに立ったことはないと断言することもできる。部屋の中を歩きまわって、額縁やローズウッドのエンドテーブル、竜の鱗の模様を模した金と緑の絨毯《じゅうたん》、カフスボタンや硬貨などを入れた革張りの宝石箱にふれていくと、そのたびに記憶がよみがえり、不可解なほどなじみ深い束の間《ま》の連想がもたらされた。鏡のまえで足を止める。髪はもはや黒々とした巻き毛ではなく、短く刈り込まれていた。緑色の宝石がついた金のイヤリング。さわってみたら、ルーディから贈られたものだとわかった。右目の上、眉の一部にある白い瘢痕《はんこん》は、四年まえに竜の唇から落ちたときに負った傷だ……

グリオールの唇の下で気を失って夢を見ているのではないとすれば、これは驚くべき事実であり、ロザッハーは思わずその場に立ちすくんだ。その記憶を吟味し、現実感があるかどうか見きわめようとしたが、ほかのさまざまな記憶が頭の中に飛び込んできて我先にと存在を主張したために、脳内が些末《さまつ》なことがら（守るべき予定や、処理すべき問題など）であふれかえり、その中から自分のもくろみが成功したというまぎれもない事実が浮かびあがってきた。ロザッハーは裕福なのだ。ここは彼の家なのだ。毎日毎日、彼の工場ではテオシンテとポート・シャンティの常用者たちに供給できる量の喫煙式の薬物が生産されており、いまはさらに、ほかの地域への輸出や、喫煙をしない人のために口から服用できるトローチの開発も進められていた。あふれ出す記憶にめまいをおぼえて、ロザッハーは安楽椅子にすわり込み、情報の海で道しるべとなる星を探した。これだけの記憶がありながら、その現実をまったく体験していないというのはどういうことだろう？　四年間ずっと夢遊病者のように活動してきたというのか？　頭を打って一時的にこういう状態になることはあるようだが、その状態のままで成功をおさめたという話は聞いたことがない。四年！　そのあいだの記憶にはなんの味わいも手ざわりもなかった。その年月を生きたのに生きていないような、人生という書物のその部分のページをぱらぱらとめくって、この日、この時間まで飛び越してきたような、そんな感じだ。それらの記憶は断片であり、ジグソーパズルのピースのようなものだった。ちゃんとつなげれば、視覚的なイメージが組みあがり、関連する事象が明確化され、そのひとつひとつに要約された歴史が含まれている……だが感情面の状況はほとんどなにも伝わってこない。

寝室の扉がひらき、ルーディが書類の束を手に入ってきた。乗馬用の半ズボンとブーツを身につけ、ゆったりしたリネンのシャツを着て、ウエストをベルトで締めていて、記憶にある姿から一日たりとも老けておらず、相変わらず美しい——だが、まったく表情に欠けた仮面がその美しさを損なっていた。ルーディのそうした顔つきと態度がまた別の記憶を呼び覚ました。かつての二人は仲の良い夫婦だったが、ロザッハーが事業に深くのめり込むようになると、愛情はだんだんと薄れ、いまでは彼にも別の女たちがいたし、彼女が馬で谷へ終日出かけるのは男女を問わず恋人たちと逢《あ》い引きをするためになっていた。ロザッハーとルーディの関係は便宜上のものでしかなく、おたがいへの無関心を覆い隠す反射的な親密さのかけらによって結びついているだけだ——二人はパートナーであり（ルーディは事業の初期段階で資金援助をしていた）、そういう意味ではおたがいを信頼していたが、もはや信頼が感情の領域にまで広がることはなかった。ロザッハーは、自分がいつの間にかそうした状況にふさわしい態度をとっているのを感じながらも、こんなふうになってしまったことを悔やみ、彼女に対する懐旧の念をなんとか持続させようとした。

ルーディが書類を差し出してきた。「アーサーが下に来てるよ」

ロザッハーはじっと見つめていた。

「頼まれていた数字」ルーディは続けた。「来年の収益の見込み。それとあなたの提案の残りの部分に関するメモ」ロザッハーが受け取らずにいると、彼女は書類を彼に向かって振った。「行くまえに目をとおしておいて」

「今日の予定は?」ロザッハーはたずねた。

ちらりと不快そうな顔を見せて、ルーディは書類を安楽椅子の上にほうった。「乗馬に出かけるけど」

「今夜会えないかな」

「あ、あたしと?」

「少しきみと過ごしたいんだ」

「それは……」

「いっしょに食事でもどうかな」

ルーディは腕を組んだ。「なぜ? なにがしたいの?」

「たいしたことじゃない。数時間のお付き合いだ」

ルーディは口をひらきかけて、ためらい、硬い声で言った。「あたしの帳簿の管理になにか問題があるなら、いまここで聞かせて」

「きみと過ごしたいんだよ。そんなに理解しにくいことか？　やれやれ！　最後にいっしょに夜を過ごしてからどれくらいたつ？」

「おぼえてない」

「わたしもだ……とにかく数カ月はたつはずだ」

ルーディは肩をすくめた。「そうかもね」そこでひと呼吸置いて――「わかった。予定はやめにする」

その発言が口火となって、今度は提案に関する混乱した記憶があふれだし、ロザッハーは急に不安をおぼえた――整理しなければならないこまごましたことが多すぎた。「今日の提案は延期するべきかもしれないな。話し合っておくことがたくさんある」

「気でもちがったの？　このために五年近くがんばってきたのに。心配しないで。彼らがあなたを呼び出したのは叱責《しっせき》するためかもしれないけど、話が終わるころには、だれもが先を争うようにしてあなたの一番の友人になろうとするはず」

ルーディはこの最後の部分を告発でもするような厳しい口調で言ってから、クロゼットに近づき、白いスーツを選び出してベッドの上に置いた。そして考え込むようなポーズをとった。「緑のシャツかな。派手な感じがする。そういうイメージを押し出さないと。あの古風なじいさんたちは、あなたがオウムみたいな格好をしているのを見て、保守的な慣習を否定するその姿勢に感心するはず。もちろん最初は反対される。でも、いずれはあなたが彼らから独立を果たそうとしていることに気づく。無礼な態度を大胆な個性の副産物とみなし、それを尊重するようになる……あなたが彼らにとって価値ある存在であるかぎりは」

ルーディは話しながら徐々に腹を立てていた。というより、冷静な仮面をはずして本来の憤りをあらわにしていた。

「ルーディ」ロザッハーは力なく呼びかけた。

「八時には部屋にいるから」そう言って、ルーディは扉へ向かった。「なるべく時間を守って」

ルーディが去ったあと、ロザッハーは二人の関係は修復できるのだろうかと考えた。市議会からの呼び出しのことが胸に迫ってくる――どれほど重要であるかを思うと頭の中がその詳細でいっぱいになった。クロゼットから緑の絹のシャツを取り出し、どんな具合か見るためにスーツの横にならべて、ルーディの判断が正しかったことを確認した。まさにぴったりの組み合わせだった。

かつてロザッハーの住まいに押し入って暴力行為におよんだ痩せぎすの巨人、アーサー・ハニーマンは、ロザッハーよりもはるかに大きく外見を変えていたが、それは洗練によってもたらされた変貌だった。このところのアーサーは身なりもまともで、よく着ている襟なしのシャツと刺繍《ししゅう》入りのサテンのジャケットが、そのやぼったい顔立ちと骨ばった体格には似合わないダンディな雰囲気をかもし出していた。いつでも笑みを浮かべているのは義歯を見せびらかすためだ。真っ白ではなく翡翠《ひすい》の飾りが入っているので、苔におおわれた岩がならんでいるように見える——彼が口を開けると、見ているほうは禁断の洞窟をのぞき込んだ気がしてくるのだ。アーサーを雇ったその日、ロザッハーは古い自分の部屋のとなりにある執務室で机に向かい、新しい歯を入れることが雇用の条件だと伝えた。

「体の健康と歯の健康は結びついている」ロザッハーは言った。「歯の手入れをしなかったら、きみは遅かれ早かれ深刻な感染症になり、使い物にならなくなるだろう。それに見た目のこともある。人びとを怖がらせる存在ではあってほしいが、恐怖でめまいを起こさせる必要はないと思う」

「痛みは？」アーサーはたずねた。

「ある。わたしなら抜歯自体は無痛でできるが、組織を少し傷つけることになるからな。だが、歯を失うよりもそんな状態の口で生活するほうが苦しみは大きくなる」

アーサーは足をもぞもぞさせ、ちらりと窓の外を見た。「なぜこんなことを？　おれがあんたにしたことを考えたら、まるで意味をなさないだろ」

「モーニングシェードではだれもがきみを恐れている」ロザッハーは言った。「この数カ月きみを観察してきた。威嚇のしかたは必要以上に荒っぽいが、知性に欠けているわけではない。なにより重要なのは、常用者ではないということだ」

「そうさ！　マブ（モーニングシェードの住民が〝もっと良くなる《モア・アンド・ベター》〟の頭文字からつけた薬

の呼び名）を吸うくらいなら毒を飲んだほうがましだ。自分が見る世界を飾り立てる必要なんかない。ありのままの姿がいい」

「見あげた態度だ。そこをわたしは評価した」ロザッハーは立ちあがり、机をまわり込んでアーサーのまえに立った。「過去は過去だ。くよくよ考えなくていい。わたしはきみを助けることができるし、きみはこれから起こるかもしれない問題に対処してわたしを助けることができる。ここで提案しているのは純然たる商売上の関係だ」彼は手を差し出した。「取引は成立かな？」

「いいだろう！」アーサーは差し出された手をそろそろと握った。ロザッハーをまた傷つけたりしないよう気を遣っているかのように。「あんたの問題はおれが解決してやる。そこは信頼してくれ」

ロザッハーはやすやすと信頼するつもりはなかった。がさつな外見とは裏腹に、アーサーはバカではなく、遅かれ早かれ、荒っぽい生き方によって育まれた本能がその知性を背信へと向かわせるだろう。だが、ロザッハーはこの男によそ見をさせない方法を見つけられると信じていた。

あれから三年半、もはや新品ではない歯をそなえ、道行く人びとに獰猛《どうもう》な笑みを見せつけるアーサーは、その巨体を白い絹の刺繍がほどこされたチェリー色のサテンのジャケットに包み、肩にかかる髪をそろいの派手なリボンでまとめて、ロザッハーと共にヘイヴァーズ・ルーストの頂上へと向かっていた。人びとは巨人の行く手をさえぎらないように、曲がりくねった道の両側にしりぞいた。この二人パレードの通過に興味をそそられて、道沿いのレンガや裸石で造られた邸宅の窓辺や戸口に顔を出す者もいた。丘の頂上には石敷きの広場があり、周囲をピンクがかった漆喰塗りの、鉄細工のバルコニーと赤瓦の屋根をそなえた建物にぐるりと囲まれていたが、片方の端だけはひらいていた（この開口部は大聖堂によって閉じられる予定で、すでに基礎が据えられ壁も一枚建てられていた）。二人が目指しているのは、窓に装飾的な鉄格子が付いた三階建ての一番大きな建物だった。

「ここまであがって来たのは初めてです」アーサーが鼻をひくつかせた。「モーニングシェードの腐ったにおいとはぜんぜんちがいますね」

ロザッハーは階段をあがり始めた。「中に入ったらあの悪臭がなつかしく思えるよ」

ロザッハーよりも四、五歳年下に見える、ほっそりした黒髪の男が、二階の会議場の外にあるマホガニー張りのホールで長椅子にすわり、革製の画集を握りしめて、職員からミスター・ロザッハーが市議会での用事をすませるまで待ってもらうことになると説明を受けていた。それを聞いた若者はさっと立ちあがり、すぐに話を聞いてくれと要求した。ロザッハーは二人の話に割り込んだ。「失礼。きみは……？」

「キャタネイ」若者は怒りのこもった声で名乗り、音節のひとつひとつを噛《か》みつくように正確に発音した。「メリック・キャタネイ」

「リヒャルト・ロザッハーだ。市議会になにか提案することがあるのか？」

「昨日からずっとここにいるんです。はるばるやってきたのに……」

「聞いてくれ、ミスター・キャタネイ。きみの不満はよくわかる。だが、いますぐよりもわたしが用件をすませたあとのほうが、市議会はずっと寛容なムードになっているはずだ」

キャタネイはいくらか落ち着いたものの、まだ興奮はおさまらず、ロザッハーの主張については疑いをあらわにしていたが、彼の事業でかなりの財政上の問題が解決されるのだと説明されて、ふたたび腰をおろした。ロザッハーが提案の内容についてたずねると、若者は手にした画集をひらき、毒になる絵の具を皮膚に塗ってグリオールを殺す方法をくわしく描いたスケッチを何枚か見せてくれた。一見するとバカげた話だったが、ロザッハーは基本的な発想はきわめて独創的だと認めざるをえなかった。そして作業を完成させるのにどれくらい時間がかかるのかをたずねた。

「わかりません」キャタネイはこたえた。「細部を詰めて、足場を組み、絵の具を混ぜる桶《おけ》を用意するのに少なくとも二年。燃料にする木材を調達するために数十人、ひょっとしたら百人以上雇わなければなりません。それでさらに一、二年かかります。それから絵を描いて毒が効果を発揮するのを待つ必要があります。ぜんぶで二十年か三十年。もっとかもしれません。毎日のようになにか手違いが起きるでしょう……予想もしていなかった問題が」

アーサーがあざけるように鼻を鳴らし、キャタネイは大男をにらみつけた。「彼らは竜を殺すためにありきたりな方法をすべて試して失敗しました。火をつけるとか、刺すとか、そういったやつです。いま考えてみると、ひとつだけ試していない方法がありますね。この男の巨大な肖像画をグリオールの顔のまえに掲げて」――アーサーに向かってぐいと親指を振り――「でっかい音を立てるんです。それで目的を果たせるかも」

アーサーがうなり声をあげて腰のベルトにはさんだナイフに手を伸ばしたが、ロザッハーは大男の前腕をつかんでそれを制し、キャタネイに向かって言った。「おもしろい！　どうやって思いついた？」

「酒場で仲間たちといっしょに金もうけの手段について話していたんです。竜に絵を描くというのもそのひとつでした。その夜から少しずつ計画を練りあげたんですが、もともとの発想はただの冗談だったんですよ。飲み過ぎの仲間たちが思いついた冗談です」

キャタネイが説明しているあいだ会議場に姿を消していた職員が戻ってきて、中に入っていいとロザッハーに告げた。

会議場の内部は飾り気《け》のない広々とした空間で、天井は太い梁で支えられ、谷を見渡す窓からはその東側を囲む丘陵《きゅうりょう》が見えていた。五人の男が背の高い椅子にすわってマホガニー材のテーブルに向かい、それぞれのまえに陶器のピッチャーとグラスが置かれていた。一人をのぞいて、みな白髪頭で肉付きがよく、地味なスーツ姿だったが、中心にいる髭面《ひげづら》の男、ウォレス・フェブレス＝コルデロだけは、ほかの男たちにはない厳粛さをそなえていた。会うのは初めてだったが、ロザッハーはこのわずかな観察から、ここで説得しなければならない相手はフェブレス＝コルデロだと見てとった。ロザッハーはテーブルに面した木の椅子（ひとつだけあいていた）にすわり、アーサーはそのすぐ背後に陣取った。

「おはようございます、みなさん」ロザッハーは言った。「わたしはリヒャルト・ロザッ

ハー、こちらは同僚のアーサー・ハニーマンです。なにかわたしたちにお手伝いできること
でも？」
「ご承知のとおり」フェブレス＝コルデロが上品なバリトンで言った。「市議会はあなたの
薬物生産に関してなんの権限も有していません。適用する法律がないわけですが、あなたが
いまの道を歩み続けるのなら、新しい法律を作らなければならなくなるかもしれません」
「なぜそうなるのです？」ロザッハーはたずねた。
「なにを言っとるんだ！」テーブルの端のほうで、パルツという名の髪の薄い議員が、手の
ひらをばんと叩きつけた。「おまえの毒薬でモーニングシェードの人口の半分が中毒になっ
とるんだぞ！」
「四分の三に近いのですが、あら探しはやめておきましょう」ロザッハーは言った。
「あなたの活動には多くの苦情が寄せられています」フェブレス＝コルデロが言った。「あ
らゆる道徳的権威があなたに反発しているのです」
「だれのことを言ってるんでしょう？」
「ひとつ挙げるなら、教会です」
「教会が道徳的権威であると」ロザッハーは苦笑した。「新鮮な発想ですね」
フェブレス＝コルデロの左どなりにいる、ルーニーという大柄な議員の赤ら顔が、みるみ
るうちに紫色に変わった。「オウムみたいな派手な格好でやってきてよくも……」
「ミスター・ロザッハーには弁明の機会をあたえるべきだと思います」フェブレス＝コルデ

ロがテーブルの面々をちらりと見て、またロザッハーに目を戻した。

「たしかに、話をさせてもらえるのはありがたいです」ロザッハーは言った。「ただし弁明をするためではなく、別の活動方針を提案するためです。みなさんの中にマブを吸ったことのある人はいますか？」

「それは侮辱ですよ」フェブレス＝コルデロが言った。「警告しておきますが、わたしたちの忍耐力を試そうとはしないように」

「侮辱したつもりはありません。みなさんが薬のことをよく知っているのかどうかたしかめたかっただけです」

「わたしたちは大勢の常用者たちと話をしてその効力を理解しています」

「その常用者たちは人生の落伍者《らくごしゃ》のように見えましたか？　アヘン常用者のように蒼白《そうはく》で具合が悪そうでしたか？　それとも元気できちんとした身なりをしていましたか？　まともな賃金を得ていませんでしたか？」

サヴェドラ議員はハゲワシのような猫背の男で、ほかの議員よりも年上だった。「あの薬物は常用者の身体《からだ》に害をおよぼさないと主張したいのかもしれんが、それは道徳的な問題とは関係がなかろう」

「わたしの主張のひとつの要素ではありますが、唯一というわけではありません。心配なのは個人の健康よりも、むしろこの地域社会の健康です」ロザッハーは立ちあがり、テーブルに沿って数歩足を運んだ。「この件に関して議会から不利な裁定がくだった場合は、すみやかに事業をポート・シャンティかそれ以外の沿岸の地域に移します。手間はかかりますがそれだけのことです。ただ、わたしを追放するまえに、どうか口をはさまずに話をさせてください。きちんと説明ができるように」

「きみが質問をした」サヴェドラが言った。「それにこたえただけだ。続けたまえ」

「修辞疑問に返答は必要ないのですが、まあいいでしょう。議員のお言葉には感謝いたします、これで次の論点へ移ることができますから」ロザッハーは窓のそばへ移動して谷を見渡した。「テオシンテは貧乏です。谷にある都市の中では犯罪発生率がもっとも高い、というか高かった。モーニングシェードはその中でもっとも貧しく、もっとも危険な地区です。テオシンテの経済を支えているのは農業とささやかな鉱業。これらはごく少数の人びとにすばらしい生活をもたらしていますが、モーニングシェードとその周辺地区に住む人びとはそうした経済活動に充分には参加していません。つい最近まで、彼らは金持ちやおたがいを餌食《えじき》にすることで生計を立ててきました。しかし、この四年間でモーニングシェードの犯罪発生率は着実に低下しています。わたしが住んでいたころは、警官の姿を見かけるのは金持ちに対する犯罪が起きたときだけでした。聞くところでは、いまはまったくと言っていいほど見かけなくなったそうです。犯罪が激減した直接の原因はマブの使用です。わたしは何百人ものの……」

「たわごとだ！」ルーニーが言った。

「わたしは何百人もの常用者を雇っています」ロザッハーは彼を無視して続けた。「これからの十二カ月だけでもさらに数百人を雇う予定です。ほかの薬物の常用者に見られるような暴力的で異常な行動をとる者は一人もいません。毎日出勤して仕事をこなし、夜には家に帰ってパイプとスリッパでくつろぐ、責任感のある社員たちです。彼らの場合、パイプにはマブのペレットが入っているので、夕食を運んでくる女はアストリハンの女王よりも美しく見えます。運ばれる夕食のほうは、それが粥《かゆ》であろうと塩漬けの豚肉であろうと、最高級の食事に匹敵する美味になります。寝床はわら布団ではなく、やわらかなマットレスと香りの良いシーツ。だれもが自分だけの小さな宮殿に住んでいて、そのかたわらには下水溝ではなくきらきら光る小川が流れています。以前よりもはるかに良くなった暮らし……そのすべてがマブのおかげなのです。

常習性のあるほかの薬物とはちがい、マブでは耐性が生じることはありません。毎晩一回服用するだけで翌日の夜まで保ちます。たしかに、翌日には効き目が弱まりますが、それでも労働の厳しさを軽減してくれます。マブは常用者を衰弱させるのではなく、自分をたいせつにし、心身を育むようながすのです。これがアヘンなら、生きのびることを期待するのでせいいっぱいですし、実のところ、生きのびることにあまり価値を見いだせませんが、うちの社員たちには生きる理由があるのです。マブが常用者をそういう精神状態にさせるのでしょう。このような結果をもたらす化学物質をなんと呼びますか？　地域社会の最悪の症状を治療し、より円滑に機能させるものを？　市民がいまの暮らしに満足できるようにするものを？　それは有害な薬物でしょうか、それとも強壮剤でしょうか？　わたしは強壮剤だと考えていますす。実際、ポート・シャンティではそういう触れ込みでこの薬の販売を始めています」

ルーニー議員が思いきり身をそらせて言った。「きみは悪魔だ」

「悪魔はいつでもわたしたちのそばにいます。それでも、あなたがたが広場の端に建てている宮殿にいずれ住むことになる司祭たちと比べたら、わたしはいくらか神に近いところにいるはずです」

「もうたくさんだ！」そう言って、ルーニーはテーブルの面々に顔を向けた。「まだこの男のたわごとを聞かなければならないのか？」

穏やかな声が応じた。「ああ、最後まで聞くべきだと思う」

議員たちの中ではもっとも若いジャン＝ダニエル・ブレケの発言に対して、まわりの人びとが甲高い笛の音を聞いた犬のようにさっとそちらへ顔を向けるのを見て、ロザッハーは議会における力関係を読みちがえていたことに気づいた。ブレケ議員は小柄でがっしりとした体格の男で、頭は大きく、白いものがわずかに交じる教授風の顎ひげをたくわえ、ワイヤーフレームの眼鏡《めがね》をかけていた。彼はことの成り行きに困惑していたが、ロザッハーの提案そのものより、それに対する周囲の反応が気になるようだった。

「きみの主張には説得力がある」ブレケがロザッハーに言った。「だが、精神面の問題も考慮すべきではないのかね？」

「精神面というのが教会の感受性のことだというのであれば……そうですね。教会にはおおいに関心があります。彼らには敬意を払わなければなりません。とはいえ、これは言わせてください。三年まえに教会はどこにありました？　十年まえは？　五十年まえは？　教会がテオシンテに関心を持っているのは、ここが彼らにとって旨味《うまみ》のある土地になったからでしかありません。利用できるだけの経済発展が実現したいまになって、急にわたしたちの魂の惨状に愕然《がくぜん》としているのです。マブを犯罪として取り締まる法律を作ったら、教会はあなたがたのところへやってきてこう言うはずです。『いまは寛容になりましょう。たとえそれが幻想だとしても、貧しい人びとを天国から突き落とすようなことはしたくありません。わたしたちに魔法をかける時間をください。薬を捨てさせ、忠誠心を取り戻させれば、いずれロザッハーは排除できます』彼らはわたしとなにも変わりません。癒やしを商品として提供する商売です……あちらの商品のほうが粗悪ですがね。彼らは金を取れるとなれば、どこからでも、たとえ競争相手からでもむしり取る。だからわたしが彼らに金を払えば、あなたがたがいま聞かされている道徳的な怒りの声はぐっと弱まるでしょう」

「教会が過去にどこにあったのかというきみの問いかけは、やはり修辞疑問だったということだな」ブレケがにやりと笑った。

ロザッハーはうなずいて、彼をだしにしたこのささやかな冗談を受け入れた。

「いまの話をすべて信じているのなら」ブレケは続けた。「なぜわれわれの呼び出しに応じた？　今朝ここに来たということは、なにか差し迫った理由があるはずだ。われわれにしてほしいことがあるのかね？」

「あなたがたの最大の資源を守るために協力してほしいのです」ロザッハーは言った。

「マンゴーか？　銀か？　なぜかどちらもきみの頭にはないような気がするが」

「話を進めるまえに、見ていただきたい数字があります」

ロザッハーはルーディから渡された書類を配って、それぞれの議員のまえに一枚ずつ置いた。ルーニーが鼻を鳴らして書類を押しのけた。

「ご覧のとおり、ページの上半分の数字はわたしの事業の過去一年間の月ごとの利益をあらわしています」ロザッハーは議員たちが数字に目をとおすまで間を置いた。「幾何級数的に着実に増えているのがおわかりでしょう」

「この一番下の数字はなにをあらわしているのですか？」フェブレス＝コルデロが質問した。

「来年の収益予想です」ロザッハーは言った。「経費はまだ確定していません。事業拡大にともなって増えるのはまちがいないでしょう」

「こんなに？」サヴェドラが驚いてロザッハーを見た。「ありえんだろう？」

「簿記係の話ではもっとも控えめな予想だそうです」

ロザッハーはルーニーがいつのまにか書類をじっくり見ていることに気づいた。

「資金はどこに置いている？」パルツがたずねた。

「ポート・シャンティの銀行です。地元の銀行より安全ですから」

「つまりきみは自分自身をわれわれの最大の資源だと考えているわけだ」ブレケが言った。

「はい、そうです。ふたつのうちのひとつです」ロザッハーは言った。

「もうひとつは？」

「グリオールです」

「ああ、なるほど。グリオールの血がマブの有効成分なんだね？」

「そうです」ロザッハーは言った。「血の精製工程こそがマブを生み出す鍵《かぎ》であり、それを知っているのはわたしとパートナーだけです」

「だれのことだ？」サヴェドラがたずねた。

「名前が明かされることを望まない男です」ロザッハーは言った。「それより本題に入りましょう。みなさんにはわたしの事業に税を課していただきたいのです。たとえば、毎年の営業利益の五パーセントとか。課税されていれば、わたしの事業は合法的なものと認められて法の保護を受けることができます」

「総売上の五パーセントならもっと説得力があるぞ」ルーニーが言った。

「正確な数字については別の機会に交渉すればいいでしょう。今日のところは、原則的合意に達することができればと考えています」

ロザッハーが椅子に目をやると、アーサーがそこにすわっていた。大男は立ちあがろうとしたが、ロザッハーは身ぶりですわっていろと指示してその背後に立った。

「もうひとつ提案したいことがあります」ロザッハーは続けた。「ご承知のとおり、ミスター・ハニーマンはわたしの権益を守るために警備隊を組織しています。その部隊を拡張して民兵《ミリシア》にしたいのです……もちろん、みなさんにも関与していただいて。テオシンテよりも強力なよその都市がここの繁栄をねたみ、血の精製工程を奪って、竜を支配しようとする日がいずれやってくるでしょう。そのときのために準備をしておく必要があります。わたしが民兵に資金を提供してもかまわないのですが、みなさんも費用や人員の面で負担を分担していればずっと安心できると思います。民兵の管理者をみなさんの中から任命してはいかがでしょう。言うなれば将軍です。その方が組織の職務や資材の購入などを監督し、方針を決めるのです。それ以外に、戦術に長《た》け、兵士を訓練し統率する能力を持つ現場の指揮官も必要です。こちらはミスター・ハニーマンほどの適任者はいないでしょう」

アーサーはちらりとロザッハーを見あげたが、すぐに驚きの表情を隠し、恐ろしげな笑顔で議員たちを見つめた。パルツは異議を唱えようとしていたようだが、口をひらくことはなかった。

「興味深い提案だな」ブレケは前腕をテーブルにのせて手を合わせた。「きみの描く未来図も魅力的なものだ。繁栄する都市、満足げな市民、しかもきみの事業が成功し続ければ、この部屋にいる全員が富と権力を手に入れることになる」

「みなさんには想像もつかないほどの富です」ロザッハーは言った。「いまはまだすべての可能性のほんの一部をかすめているだけです。グリオールの体内から人類に役立つ物質がほかにどれだけ見つかるか考えてみてください」

「言ったとおり、興味深い提案ではあるが、収賄《しゅうわい》になりかねない危うさがある。これがふつうの状況なら、きみはまずまちがいなく目的を果たせるだろうが、現在の状況はふつうとはほど遠い。われわれは市議に選出されたとき、グリオールを殺すために全力を尽くすことを主たる責務とする誓いを立てた。きみはわれわれにグリオールを保護しろと求めている。このふたつの立場のちがいは、残念ながら埋めようがない。きみの提案を受け入れたら、われわれはこの地位を追われることになるだろう」

ほかの議員たちの顔には重苦しい同意の表情が浮かんでいた。

ロザッハーは返答に窮した。これは予測外だった。「グリオールは……」咳払《せきばら》いをするふりをしながら、目的を果たすための理にかなった道筋を探した。「グリオールはわたしが血を抜くことを許しました。これはわたしの目的が彼のそれと一致しているというたしかなしるしです」

「それではなにも変わらない」ブレケが言った。「グリオールの言いなりになることが議会の目的ではないからね」

「しかしあなたは、グリオールがあなたがたを支配している、彼の意志はすべてにまさると主張していいます。それがほんとうなら、認めようが認めまいが、あなたがたは彼の言いなりということでしょう」

「われわれはみずからの尊厳のために、ほかのことはともかく、多少の自由意志は許されると信じている」

「低劣な存在論は判断の基準にはなりえません。グリオールがあなたがたを支配しているか、さもなければ竜を神とみなす考え方がバカげているかのどちらかです」

ひとつ思いついたことがあったので、ロザッハーはまた咳払いをするふりをして、主張を構築するための時間を稼いだ。ブレケが水を飲むかとたずねた。

「あなたがたはいつからグリオールを殺そうとしていたんですか？」ロザッハーは水をひと口飲んでから言った。

「この議会が組織される以前にもかぞえきれないほどの試みがあったが、そのほとんどは思慮が足りず、多くは無謀なものだった」サヴェドラがこたえた。「市議会の後援のもとで最初に正式な試みがおこなわれたのがおよそ六百年まえ。むろん、初期の議員たちは封建的な君主によって任命されていたので実権はなかった。現在のような組織になってからでも、二百年以上はたつな」

「だとすれば、グリオールにはまだ死ぬつもりはないのだと考えざるをえません」ロザッハーは言った。「あるいは、あなたがたが誓いを果たすのに無残に失敗したのだと。わたしが竜を殺したかったら、近くの丘の森をそっくり切り倒し、まわりに積みあげて火をつけるでしょう。それは試したことがありますか？」

「二世紀まえに」フェブレス＝コルデロが言った。「強風で火が町に吹き戻されてしまいました。なにもかも建て直さなければならなかったんです。このときに封建的な君主もいなくなりました」

「考えられるかぎりの方法を試してきたんだ」ブレケが言った。「だから報奨金まで提示して、さらに奇抜な計画を求めている」

「ええ、わたしも外のホールでそういう奇抜な計画をもくろむ人に会いました」ロザッハーは言った。「キャタネイという名の若者です。毒入りの絵の具で竜の腹に壁画を描こうとしています。鉛やヒ素を多く含む絵の具です。本人の予想では数十年以内にグリオールを殺せるだろうとのことです」

ルーニーは苦笑した。パルツはその愚かさに愕然としたように首を振った。「まあ、われわれがこれから数十年もやつの相手をすることはあるまい！」

「キャタネイは、絵を描くという行為はあまりにも漠然としているので、グリオールはそれが自分を殺す試みだと気づかないだろうと考えています。たとえ気づいたとしても、そのころにはもう治療できないほど病んでいるだろうと。支配力が消えているのです。わたしはこの計画には見るべきところがあると思っていますが、決めるのはあなたがたです」ロザッハーはブレケをじっと見つめた。「あなたがたのまえにある問題により関係の深い話をするなら、キャタネイが考えているような計画、つまり結果が出るまで何十年もかかる計画は、わたしたち双方の目的にかなうのです。三十年後には、わたしたちは十代先の後継ぎまで養えるだけの金を稼いでいるでしょうし、あなたがたは——とにかく理屈のうえでは——死んだ竜と、活況の経済と、よく訓練された軍隊を手に入れることになります。なにしろ六世紀ものあいだ努力を続けてきたんです。達成の喜びがあと何年か先送りになる計画だからといって、有権者が大騒ぎをすることはないと思います」

「きみの主張はその計画がうまくいくことを前提にしている」サヴェドラが言った。「もしもうまくいかなかったら？　グリオールはキャタネイの意図に気づくかもしれない」

「やってみなければわかりません」ロザッハーは言った。「もっとも、キャタネイの計画の最大の長所は、細部を詰めたり、足場を組んだりするだけで三、四年かかるということです。あなたがたには代替案を考える時間があるわけです。そのあいだにわたしたちは利益をあげて町は繁栄するでしょう」

テーブルのまわりの男たちの表情には困惑と熱意が妙な具合に入り交じっていた。ロザッハーはこれで終わりだという身ぶりをした。「みなさん、わたしは自分の主張を述べましたし、このあとも仕事があります。お許しいただけるなら、あとはみなさんで協議していただきたいのですが」

「ほかに質問がなければ……」ブレケがほかの議員たちに目で問いかけた。「ミスター・ロザッハー、退屈な敵対的経験になりかねなかった会議が、きみのおかげでたいへん刺激的なものになった。きみの指摘についてはあらゆる角度から協議してみるつもりだ。二、三日待ってくれ。遅くとも金曜日までには連絡する」彼はロザッハーに笑いかけると、扉のほうを身ぶりでしめした。「ミスター・キャタネイに入ってくれと伝えてもらえるかな？　少なくともわたしは、彼の提案についてくわしく聞いてみたい」

アーサーと二人で丘をくだりながら、ロザッハーは今日のこれからの予定に思いをめぐらした。人と会い、契約書を確認し、新しい工場に入った冷凍装置の修理を視察する。七時までに終われば運がいいほうだ。そろそろ人を、ことによると何人か雇って、経営にあたらせる時期が来たようだ。市議会への提案を終えたいま、ブレケの態度から結果に確信が持てたので、竜の血の研究をどんどん進める必要があった。このところ仕事に没頭していて、そちらのほうは悲しいほどなにもしていなかったので、研究室に閉じこもって日々を過ごせるのは楽しみだった。とはいえ、有能で信頼できる人材を見つけるのはむずかしい。経営にたずさわるスタッフは沿岸地域で募集するしかないが、ポート・シャンティまで出かけて、面接を繰り返してとなると……さらに時間が失われてしまう。いまのスケジュールに隙間をつくるのはまずむりだ。

「ちょっといいですか」アーサーの顔には不安が刻まれていた。「さっきの……おれが戦争の専門家だとかいう話なんですが。おれは戦争のことなんかなにも知りませんよ」

「そのテーマに関する本は何十冊もある」ロザッハーはいらいらと言った。「きみは攻撃に関してはすばらしく勘がいい。すぐに理解できるはずだ」

「字はわかるし、単語もいくらかは発音できますが……」

「まさか読めないのか？」

「果てしなく時間をかければ、本を読むことはできます。それでも、あまり意味がわからないかもしれません」

「だったら学ぶんだ、アーサー」ロザッハーは、自分のまわりにいる連中の無能ぶりに内心腹を立てながら、とげとげしい声で言った。「学ばなかったら、いったいどうやって自分を高めるんだ？」

5

その日の午後八時過ぎ、ロザッハーはルーディの住まいに着いた。ノックしようかどうしようか迷ったが、親密さを取り戻そうとしているのだから、それなりにふるまうべきだと判断し、そのまま扉を開けた。部屋の明かりは隅にある装飾的なフロアランプだけで、光量は抑えられ、窓には紫がかった夕闇が長方形におさまっていた。壁と天井には、透けて見える帯状の布がうねる波のように垂らし掛けられていた――緑、黄、青のパステル調の布が、密閉された空間をせばめて、テントの中にいるような雰囲気を生み出している。その天蓋の下、クッションや敷物に囲まれたチーク材のテーブルの上に、冷めた夕食が用意されていた。こうした飾り付けは、ルーディの故郷における贅沢の理想、というより、彼女の考える理想をあらわしていた。ルーディは貧しい家の生まれで、六歳のときにペッパーツリーの娼館の主人に売られ、その主人が彼女をホテル・シン・サリーダに売り飛ばしたのだ。

クッションの中に倒れ込んで目を閉じると、仕事にまつわる慢性的な不安が襲いかかってきた。心を鎮めようとしても、支出や集金などこまごました面倒ごとにさらに深く沈み込んでいくだけだ。それをなんとか押しのけたら、あの四年間はどうなったのかという疑問がわきあがり、ひどく気持ちが乱れてしまったので、ひと休みするのをあきらめて目を開けると、頭上にルーディの姿があった。部屋の装飾に合わせた服装で、まとっている薄物のペニョワールは、なまめかしい体の輪郭をあらわにしていた。だが、魅惑的な姿とは裏腹に、その表情には隠しきれない嫌悪が浮かんでいた。

「遅くなってすまない」ロザッハーは言った。「実は……」

「市議たちとの会合はどうだった？」ルーディはテーブルの反対側で同じように横になると、オレンジをひと切れ口にほうり込んだ。「きっとうまくいったんでしょうね。でなければそのことで頭がいっぱいになってここへは来なかったはず」

ロザッハーが会議場で語られたことを手短に伝えると、ルーディはそっけなく「おめでとう」と言った。

「心からの言葉ではなさそうだな」

「とんでもない！」ルーディの声が氷のように冷たくなった。「一度だってあなたを疑ったことはないよ、リヒャルト。あなたは科学者としてよりも犯罪者としての腕前のほうがはるかにすぐれているんだから」

「わたしたち二人にとって良い知らせなんだ」これ以上ルーディと疎遠になりたくなかったので、言い返すのはやめておいた。「きみだって祝福を受ける資格がある。この計画はわたしたちの計画であって、わたし一人のものではないし、きみの手助けがなければ、とても最後までやり遂げるだけの気概は持てなかっただろう」

「まるで表彰式の晩餐会《ばんさんかい》であいさつしているみたい。副賞の金時計もあるのかな？」ルーディは軽蔑を含んだそっけない笑い声をたてた。

「で、そのキャタネイとかいう人」ルーディは続けた。「あなたは彼に計画を進めさせて大丈夫だと思っているの？　毒が彼の予想よりも早く効いてしまったら？」

「実害が出るまえにわたしが止める。アーサーが民兵の指揮官になれば、だれもわたしたちに逆らうことはできなくなる。それまでのあいだ、キャタネイの計画は広範囲に影響をおよぼすから、注意をそらしておけるだろう」

下の通りで人びとの話し声がして、犬が激しく吠《ほ》えたかと思うと、急にそれが断ち切られて弱々しい鳴き声に変わった。ルーディの花のような香りが強くなり、大きな澄んだ黒い目が内側から輝きを増したように見えた。

「おなかはへってないの？」ルーディがたずねた。

「へったような気がしたんだが……いや」

またしばらく沈黙が続いた。「それなら……」ルーディは上体を起こして、ペニョワールの留め具をはずし、するりと肩から落として乳房をあらわにした。ロザッハーがなんの反応もしめさずにいると、ルーディは彼をじっと見つめながら、乳房を持ちあげ、みだらなしぐさで乳首をなめてみせた。

「よせ！」ロザッハーは怒ったように言った。

ルーディは娼館にいたころに客を相手によく使っていた下品な口調で、からかうように言った。「あたいみたいなかわいい女の子といちゃいちゃしたくないなんて、あんた精霊《ジャンビー》かなにかなの？」

「やめろ！」

ルーディはロザッハーを熱っぽく見つめた。「あなたの望みはこれでしょ？」

「わたしの望みは……」ロザッハーはルーディの誤解にいらだちをおぼえ、激しく頭を振った。「ああ、まちがいではないが、わたしはもっと……」

「ほかの女を呼んでくる？　二人であなたを楽しませてあげられるかも」

「〝もっと〟というのはそういう意味じゃない」

ルーディはロザッハーがクッションの上であぐらをかくのを無表情に見守った。

「昔は友達だっただろう、ルーディ？　友達以上だ。何時間も語り合って、それで……」ロザッハーはなにかを叩こうとするかのようにこぶしを握り、それから指の力を抜いて手をおろした。「昔のような二人に戻れたらと思ったんだ」

「だったらあなたは愚か者よ、リヒャルト。言ってしまえば、甘っちょろい。それはあたしがモーニングシェードで出会った少年の唯一の名残《なごり》。あのときのあなたは少年だった。少年らしい情熱と、少年らしい無鉄砲さがあった。でも、情熱は富への渇望に変わり、無鉄砲さは成熟して冷酷さに変わった。あなたはそれを自覚していない。口先では認めても、ほんとうには自覚していない。だからいつまでも愚か者のまま」

外はすっかり暗くなっていた――黒い旗のような窓ガラスに星ぼしの伝言が振りまかれている。ルーディの口調はとても穏やかで、ロザッハーの性格の描写は賢者による助言のように聞こえた。

「愛しているんだ」ロザッハーは言った。

「いいえ、それはただの感傷。脳が発火して生まれた感傷。あなたは自分に言い聞かせたのよ、ルーディと仲直りしなければ、昔の二人に戻らなければって。あなたが昔はこうだったと思っても、実際にはそうじゃなかった。自分でもわかってるくせに、それを認めたくない。あなたがそんな気持ちにすがりつきたいのは、いまとなってはそれが仕事と関係ない、たったひとつの感情だから」

ルーディがなにか言うたびにロザッハーは矮小化《わいしょうか》されていった。このまま彼女が話し続けたら、彼はホムンクルスの大きさにまで縮んで、巨大なクッションにすわるちっぽけな人間に、ビロードの孤島に打ち捨てられた漂流者になってしまいそうだった。

「あたしも愚か者」ルーディは続けた。「あなたを愛していると思った時期もあった。自分の中にある愛が残らず引きずり出されて通りに蹴飛ばされたとわかっても、その思いにすがりついた。愛というのは、いやなにおいがするやつに乗っかられるたびに夢見るものだった。あたしはそういう物語を聞かされていたの。おとぎ話を。でも長くは続かなかった。夢は消えてしまった……あなたの感傷も同じように消えるはず。一週間もしたら、あなたはなにかほかのことに夢中になってる」

「それでも、わたしたちは友達だろう？」ロザッハーは言った。「少なくとも友達だ」

「あたしたちには絆《きずな》はあるよ、でも……」

「なんだ？」

「あなたはあたしにあらゆるものをくれた。人生も。お金も。自由も」ルーディは頭の側面をとんと叩いた。「これの使い方も、淑女らしいふるまいも教えてくれた。そのことには感謝してる。だからここにとどまってる。でも、だからこそ、あなたがなにもかもやってくれて、あたしをモーニングシェードから引きあげてくれたからこそ、あなたを恨まずにはいられない。いまでもあなたに借りが、とても大きな借りがあると感じていて、その思いが友情よりまさっているの」

「そんなバカな。きみはわたしに借りなどないし、ここにとどまる義務もない。帳簿の管理はほかの者にやらせたっていいんだ」

ルーディの顔に傷ついたような表情が浮かんだ。ロザッハーはいまでも彼女を傷つけられるのがうれしかった。彼のことでまったく心を動かされないわけではないのだ。

「あたしは去るべきときが来るまではここにいる。去るときも、丘のむこう側より遠くへ行ったりはしない。扉から出るたびにあのいまいましいトカゲを見たくはないから」

ルーディはふたつのクッションのあいだに手を伸ばし、漆塗《うるしぬ》りの箱を引き出してテーブルに置いた。そこから取り出されたのは柄が長くてまっすぐなパイプで、真鍮製《しんちゅうせい》のボウルの表面には小さな竜の姿が浮き彫りになっていた。「あなたの望みはこれでしょ。あの夜に、アーサーがあたしたちの人生にあらわれたあの夜にもう一度ふれること。二人ともそれを望んでいるんだと思う。これがあたしたちのぎくしゃくした関係を正すのに必要なもの」

「遠慮しておくよ」

ルーディはパイプに湿ったタバコを詰めた。「やりかたを忘れたの？」タバコの中に灰白色のマブを埋め込む。「そうか。この事業のことが頭に浮かんだ瞬間に忘れちゃったんだね。あの直前まで、あなたはあたしの知っているリヒャルトだった。かわいらしい、節度のない少年。それが次の瞬間には、日曜日の朝の司教みたいに折り目正しくふるまっていた。いまはきちんとしすぎていて、なにも惹《ひ》かれるものがない」

ルーディは箱からマッチを一本取り出し、親指の爪で点火させてパイプに火を入れた。頬をすぼませて煙を吸い込み、クッションの中に背をもたせかけて、ひらいた唇のあいだから少しずつ吐き出した。「ああ……」吐息交じりの声が漏れ、体がそっと震えた。いっとき目を閉じて、さらに煙を吸い込んでいく。三度目に肺を満たしたあとは、肌がいまにもはちきれそうになっていた。まるでそのわずかな時間で全身が熟れきったかのように。目が明るさを増し、きらきらと輝いていた。

「さわって」ルーディは少しろれつのまわらない舌で言った。

不本意ではあったが――ロザッハーの一部は、より小さな一部は、この偽物に、この化学的まやかしに抵抗しようとしていた――手でルーディの乳房を包み込み、親指の付け根で弧を描くように乳首をこすった。ルーディがまぶたをひくつかせて下唇を噛み、かろうじて聞こえるくらいの、甘やかな音を立てた。ロザッハーにとってはなじみ深い音だったが、耳にするのは数カ月ぶりだった。いま聞くと異様なほど心が揺さぶられた。それで欲望がかき立てられただけではなく、寒けをおぼえたのだ。女が興奮することで自分の身が危険にさらされるかのように。ルーディが彼の手をとり、口もとへ運んで、人差し指の先をなめた。ロザッハーはその顔に愛の極致を見た——表情はやわらかくなり、見つめる目は愛にあふれ、態度には熱烈な献身があらわれていた。

「リヒャルト……」ルーディはその先の言葉を口にしなかったが、思いは伝わっていた。

外の通りを馬と乗り手が行き過ぎ、打楽器のような蹄《ひづめ》の音が小さくなっていく。おのれの弱さを恥じながら、ロザッハーはパイプを取りあげた。

6

その夜、ロザッハーは天井がわずかに湾曲した洞窟のような部屋の夢を見た。両端が見えないほど長い部屋だ。壁には黒地に金というグリオールの血の模様が流れていて、神が蛇の鱗に書いた謎の符号を思わせたが、見た目はずっと昔に忘れ去られた筆記文字のようでもあった。おそらくロザッハーは竜の血流の中に立っているのだろう。流れに押されることもなく、息苦しくなることもなく、ゆったりと落ち着いてはいられるが、体を動かすたびに、液状の媒質がかき乱されたかのように模様がゆらゆらと歪《ゆが》むのだ。そのパターンに意識を集中し、ひとつの形が次々と変化していくさまを追いかけようとした。驚いたことに、その中のひとつがまっすぐに伸びて大きさを増し、人に似た姿になって勢いよく近づいてきた。大きさからすると男だが、ロザッハーには超自然の生物としか思えなかった。距離が縮まるにつれて、男が両手に包帯を巻いていて、黒いスーツの上着の丈が流行にそぐわないほど長いのが見えてきた。顔の左側も包帯で隠れていて、つばの垂れたスローチハットがその面相に影を投げ、白髪を目立たなくさせていた。椅子などないのに、男はそこに黒と金の血で作られた椅子があるかのように腰をおろして足を組んだ。

「こんにちは、リヒャルト」男がしゃがれ声で言った。

ロザッハーは、男がしゃべったのに驚いてあとずさり、足を滑らせた。血がクッションのようになって支えてくれなかったらそのまま倒れていただろう。

「ここはなんだ?」ロザッハーは上体を起こそうともがきながらたずねた。体の下にあるクッション的なものはひどく滑りやすく、安定した姿勢を保つのがむずかしかった。

男は含み笑いを漏らした。

「わたしたちはグリオールの中にいるんだろう?」ロザッハーはあたりを見まわして、その推測を裏付ける手掛かりを探した。

「ある意味、われわれは常にグリオールの中にいるのです」男は言った。「どんなに明るい日でも、われわれは彼の影の一部なのです」

いかにもありがちな発言だったので、ロザッハーはいらだちをおぼえた。狂信者のような発言を耳にするといつもそうなるのだ。

「おまえはだれだ?」ロザッハーは問いただした。

「使者です」

「会ったことがあるか?　わたしを知っているようだが」

「ごくささやかな知り合いですが、あなたにはわからないでしょう。しかし、わたしはあなたをよく知っています。どれほど無愛想だったかは忘れていましたが」

男は激しく咳き込み、体をふたつに折った。それがおさまると、しわが寄ったのではないかと心配するように、襟をととのえてズボンの生地をなでつけた。

「次に目覚めるときは気をつけてください」男はさらにしゃがれた声で、あえぐように言った。「なにか見たり聞いたりしても反応してはいけません。助けを求めて大声を出してもいけません。できるだけ静かにベッドから出るのです。敵は近くにいます」

「わたしはいま眠っているのか？」

「そうですが、これは夢ではありません。わたしの警告に従わなかったら夜明けを見ることはないでしょう」

「夢でないならなんだ？　なにかのお告げか？」

「体験の性質に気をとられてはいけません。わたしの言葉に従うのです！」

男はまたもや咳の発作に襲われ、今度はさっきよりも長く続いた。ロザッハーは、なにか病気が隠れていそうな咳だから、よければ診察してあげようと申し出た。

「たいしたことはありません」男は息をするのも苦しそうだった。「わたしが言ったことを聞いていましたか？」

「ああ。なにも言うな。ベッドから出ろ」

「静かにです！」

「はいはい。わかったよ。静かにだな。わたしならそんな咳が出たら検査するぞ」

ロザッハーは、自分の想像の産物かもしれない人物に医学的な助言をするのは愚の骨頂だと思いながら、その男に向かっておまえは現実のどの部分を象徴しているのかとたずねてみた。おまえは竜の化身なのか、伝言を届けるために送られた心象なのか、あるいはその目的のために選ばれた生身の人間なのか？　そして、いったいどうやってロザッハーの運命を予知したのか？

「最初のふたつの質問については、イエスとこたえればひどく的外れということはないでしょう」男は言った。「三番目の質問にはもっと込み入った返答が必要です。かつてのグリオールは不死ではなく、長寿ではあっても死をまぬがれぬ生物でしたが、いまはその大きさだけでなく、影響力の面でも成長を遂げています。造物主《デミウルゴス》という言葉は大げさすぎるかもしれませんが、そのような存在に近いのです。言ってみれば、神の化身です。彼の肉体は地球と一体化しています。その震動と激変のすべてを知っています。彼の思考はあらゆる空間をさまよい、彼の心は雲となってわれわれの世界を包み込んでいます。彼の血は……」男は周囲をそっくり取り巻くような派手な身ぶりを見せた。「彼の血は時の心髄です。何世紀にもわたる日々が彼の中を流れていて、その残滓《ざんし》を彼はみずからの存在に取り込んでいます。彼がわれわれの運命を知っていることになんの不思議があるでしょう？」

「バカな」ロザッハーは男の自信ありげな態度にいらだちをおぼえた。「グリオールはトカゲだ。やたらでかくて、心の弱い人間に影響をおよぼす力を持っているかもしれないが、やはりトカゲだし、死をまぬがれることはない。血を流し、呼吸をし、いずれは死ぬ」

「グリオールが死ぬのは彼が死を望んだときです」男は言った。「この世界に光をあたえる完成された魂がみなそうであるように。それはともかく、わたしが来たのはあなたに警告するためであり、哲学的な議論をするためではありません」

「これは議論なんてものじゃない。争点がなにもないのだから」

男は立ちあがってロザッハーをしげしげとながめた。「あなたは愚か者ですが、グリオールの計画には愚か者のための場所もあります。なぜわたしが派遣されたのだろうと思わないのですか？」

「なぜ尻がかゆいんだろうという程度の思いだな。グリオールはいらついたんじゃないのか。なにか気に入らないことがあって拒絶反応が起きたとか」

男は残念そうに首を横に振った。「いっそこの警告がむだになってほしい気分ですよ」そしてぞんざいに敬礼をすると、近づいてきたときと同じように足早に歩み去り、竜の血が運ぶほかの暗い影の中へ溶け込んでいった。

その唐突な退場に、ロザッハーは男が出現したときと同じくらい狼狽し、思わずその背中へ呼びかけた。こんなところに一人きりで取り残されたくなかった。男が戻ってこないとわかると、ロザッハーは気を取り直し、あんな男が居座っていたらもっと不快なことになっていたかもしれないと考えた。血の模様が視界を乱していた。目を閉じたが、心の目はひらかれたままで、その着実な流れに、その絶え間ない進展に、そこから届き始めたさまざまな暗示に魅了されていた――感情のゆらめき、断片的な風景、とぎれとぎれの記憶。だがそれらの記憶は、自分のものかどうかもわからない、金色の池の水面下に垣間見える観賞用の鯉《こい》のきらめきのようだった。

目が覚めるとそこは真っ暗な部屋で、雨が家の壁を叩き、体の下にはしっかりしたマットレスとサテンのシーツがあり、見慣れたものに囲まれている感覚があった。自分の部屋、自分の家。燭台《しょくだい》を手探りしたが、そこであの男の警告を思い出した。夢の中で聞いた警告を真に受けるなんてどうかしているが、あの夢は形も内容もひどく異様だったので、信じずにはいられなかった。息を殺したままベッドカバーの下から抜け出す。床が冷たい。床板のきしみに気をつけながらベッドを離れ、壁に沿って手探りで進んで角までたどり着いた。背中を壁の角に押し付けて立つと、夢がもたらした強迫観念に従っている自分がますます愚かに思えてきた。物音にびくついてその場に立ちすくむ。時計がカチコチと鳴り、雨がリズムを刻む。床の冷たさが両脚を這いあがり、ベッドのほうから木槌《きづち》を枕に打ちつけるような音が聞こえてきた。扉へにじり寄り、ノブを手探りしたとたん、まばゆい光で目がくらんだ。目が慣れてくると、フードをかぶり、暗がりに沈んだ顔でこちらをうかがっている人影がベッドの上でひざまずいているのが見えてきた。片手に短剣を持ち、反対の手で星のように輝く青白い宝石らしきものを高く掲げている。あれが光の出所だ。

暗殺者が飛びかかってきた。はためくローブに暗い空洞に見えるフードという悪夢のような姿だ。ロザッハーはその攻撃で倒れたが、なんとか男のナイフを持ったほうの腕をつかんで手首を固定し、もつれ合ったままベッドの足のほうで絨毯の上をころがった。一瞬、ロザッハーが優位になって暗殺者の上になったが、男はさして苦労する様子もなくロザッハーをあおむけにひっくり返すと、こちらの体にまたがってきて、短剣を喉に突き立てようとした。切っ先が顎に刺さった。ロザッハーは悲鳴を、必死の叫び声をあげ、腰を振ってなんとか暗殺者を振り払い、残った力で刃をそらそうとした。床に落ちた宝石はまだ光を放っていたが、相手の顔はまったく見えなかった。暗殺者が短剣の柄を握り直して、押しつける力を抜いた瞬間、ロザッハーはふたたび叫び声をあげた。短剣がさらに二度、彼の体を傷つけた。一度は肩を、もう一度は鎖骨を。男の毛織のローブのかび臭さと、男が最後にとった食事の胡椒《こしょう》とタマネギのにおいで息が詰まった。あおむけでは戦えそうになかったので、力を振り絞って膝を暗殺者の背中に叩き込み、前方へつんのめらせて、男の下から這い出すと、空気を求めてあえぎながら立ちあがった。暗殺者が起きあがって身をかがめ、短剣でフェイントをかけた……そのとき、扉が勢いよくひらいてランタンの光が薄闇を切り裂き、ロザッハーの使用人が三人、部屋になだれ込んできた。一瞬ためらいながらも、彼らは暗殺者に飛びかかって床に押し倒した。ピストルを手にしたアーサーが、骨ばった膝まで届く寝巻用のシャツ姿で戸口にあらわれた。余力を使い果たしたロザッハーは、ふらふらとベッドに近づいてすわり込んだ。暗殺者はおとなしく横たわっていたが、押さえつけている三人のうちの一人は腕を切られていた。フードがはずれて、十六歳かそこらの少年の乱れた髪と子供っぽい顔があらわになっていた。目を閉じ、静かに唇を動かして、なにやら祈っているようだ。ロザッハーはその様子をひややかに見つめた。

「おまえがこの夜を乗り切るには祈りだけでは足りないぞ」ロザッハーは言った。

少年は目をぱちぱちさせたが、そのまま祈り続けた。

「怪我《けが》はありませんか？」アーサーがたずねた。

「ひどい怪我はな」ロザッハーは床に落ちた宝石を指差した。「それを。よこしてくれ」

アーサーはそれをひろいあげた。「教会の安っぽい飾りですね」

宝石はふれると温かく、桃なみの大きさがあり、おもて側には切子加工がほどこされていた。もう光ってはいない。ロザッハーはそれをざっと調べてから、ベッドの上にほうり投げた。

「ここでなにをしている?」ロザッハーはアーサーにたずねた。

巨人はきまり悪そうな顔になった。「あんたのところの新しいまかない女に誘われて泊まっていたんです。結果的にはそれが良かった」

「ルーディはどこだ?」

「乗馬に出かけたきりだと思います。明日まで留守だと言ってました」

女中が戸口に顔をのぞかせたので、アーサーが包帯と軟膏《なんこう》を持ってこいと命じた。ロザッハーはまだふらつきながら立ちあがり、ベッドの支柱をつかんでなんとか体を支えた。アーサーがもう一度大丈夫ですかとたずねた。ロザッハーはその質問を無視し、暗殺者に向かって手を振った。「地下室に連れて行って尋問しろ。それと兵舎にだれか送れ。二十人くらいの兵力が必要だ」

「なにをしようというんです?」

「いいから呼んでこい! 信頼できるやつらだけにしろ。民間人の服装をさせるんだ」ロザッハーは暗殺者を部屋から引っ立てていく三人の使用人を指差した。「あいつらには少し金をやっておけ」

アーサーが出ていくと、ロザッハーは浴室に入って壁のランプをつけた。新しい記憶と古い記憶が溶け合い、あるべき場所におさまって、さまざまなできごとや時間や場所と合致していく。鏡を見るまえから、自分が二度目の、より長期にわたる時の空白に見舞われたことはわかっていた。六年！　いや、七年か。七年だ。自分の変わりようが驚きだった。頭はもう剃《そ》りあげておらず、髪に交じる白い縮れ毛が首にかかっていた。顔は痩せて厳しさを増し、口と目の横には深いしわが刻まれていた。感情をおもてに出すことのない、威厳のある顔。なかなか立派なものだ。現実的な精神を反映した新たな強さがある——だから前回のようにひどく混乱することがなかったのだ。変化に順応しやすくなったのだろうが、それで歳月が奪われることに順応できるわけではなかった。

顎の傷からも額の傷からも血が流れ、頬や首筋を伝っていた。寝巻の右肩のところに血の跡がついていた。それを脱いで肩と鎖骨の傷を調べた。傷は浅く、どちらも出血はほぼ止まっていた。怒りはいくらかおさまっていたが、それでも雲海から顔をのぞかせる山の頂のように、ほかの感情の中から堅固に突出していた。暗殺者を送り込んだにちがいない教会に腹を立てていたのだが、望んでいたかたちで世界を征服できなかった自分自身に対する怒りや、こうした苦難と失望の根本的な原因であるグリオールに対する怒りはさらに大きかった。頭にどんな衝撃を受けようとこんなことが起こるはずはなく、もはや巨大なトカゲが自分の運命を支配しているのを否定することはできなかった。グリオールが使者を送ってロザッハーの命を救ったことはなんの慰めにもならない。自分がもっと複雑な運命のために保存されているのだと思うと、呪文でも、ひとさじの薬でも、祈りでも、なんでもいいから失われた歳月を取り戻してくれるものがほしかった。もどかしさで思いが千々に乱れた。

扉を叩く音で注意がそれ、ロザッハーは相手がだれであろうと悪態をぶつけてやる勢いで扉を引き開けた。そこにいた女中は、茶色の髪を短く刈り込んでいて、尻も胸もでかく、丸っこい顔には庶民的なかわいらしさがあったが、それもじきにでっぷりした二重顎の中に埋没していくのだろう……手に軟膏と包帯を持っている。女がもの言わぬ動物じみた集中力で軟膏を塗り始めると、ロザッハーはふたたび支配を確立して自分の意志を押しつけたいという衝動をおぼえ、そこには、かすかとは言いがたい欲望も混じっていた。彼がなれなれしく胸をなでまわしても、女は文句を言わなかった。まるで頭でもなでられているかのような反応だ。包帯を巻き終えたあと、ロザッハーは女を洗面台の上にかがみ込ませた。女はスカートをたくしあげて自分の秘所を愛撫《あいぶ》し、彼を迎え入れる準備をした。その牛のような従順さにいらだちをおぼえ、ロザッハーは十分以上かけて女のぼんやりした顔に情熱らしきものをかき立てようとした。女がうつむいたので、鏡で顔が見えるように頭をあげろと命じた。やがて女が目を閉じ、唇をぎゅっと結んでかぼそい悲鳴を漏らした。ロザッハーは、化粧だんすの上にある硬貨を一枚持っていけと伝えて女を部屋から送り出し――彼の自信は、完全には復活しないまでも、補強され磨きあげられていた――手早く服を着ると、暗殺者からなにを聞き出せたか確認するために地下室へ降りていった。

7

ヘイヴァーズ・ルーストの頂上にある建造物のうちで、大聖堂はもっとも壮大かつ優美であり、そのうねるような曲線から成る静謐《せいひつ》な構造は、なんらかの自然の造形――おそらくは巣ごもりをする白い鳩《はと》――を模したものと思われた。鳩の首と頭の代わりに丸っこい尖塔《せんとう》がそびえ、その最頂部の台座には、暗殺者が持っていた宝石の母岩である小さな家ほどの大きさの水晶が据えられていた（こうした水晶は、教会の権力中枢である遠いモスピールにあるライオニス大聖堂の地下の洞窟でのみ採掘され、新たな尖塔に設置されるたびに豪華な式典がおこなわれる）。ここの大聖堂は、地味な形状の庁舎に囲まれていても場ちがいには見えず、むしろそれらをひとつにたばねる、質素な会衆席のまえにある祭壇のようだった。

ロザッハーと彼の民兵が教会に到着したときには、明けの明星がのぼり、空は濃い鮮やかな青色に染まっていた。ロザッハーは、ライフルで武装して将校の指揮のもとにある兵士たちの半数を教会の裏手にある司祭館の出口へまわり込ませ、残りの半数には正面の両開きの扉を見張らせた。兵士たちが配置につくと、彼はランタンを二台用意して扉に投げつけ、その行為によってさらにみずからの怒りをかき立てた。火のついた油が木材に跳ねかかり、扉はすぐに燃えあがった。アーサーが四人の兵士を送り出して広場の入口を守らせた。市の長老たちは珍しく先見の明を見せて、広場の入口を建物と建物にはさまれた二人で歩くのがやっとの細い道のままにしていたので、暴徒から守るのがたやすくなっていた。ロザッハーの行動に対する抵抗は、たとえあるとしても形だけのものになるはずだ。近ごろは、テオシンテでもよその地域でも、教会の影響力はマブの人気によって低下していた。

正面の扉が焼け落ちて燃える板の山と化し、この一歩で少し冷静になったロザッハーが燃えがらを脇へ蹴飛ばして教会の身廊へ踏み込むと、一人の司祭が祭壇から飛び降りて司祭館へ続く通路に駆け込んでいった。背後で燃える炎の音以外、あたりは静まり返っていた。ロザッハーの教会に対する姿勢はどこまでも冷笑的ではあったが、大聖堂そのものには圧倒された。威嚇するような黒々とした座席の隊列に、〝優しい獣〟の出現（姿は見えないが、あふれる白い光によって存在がほのめかされ、人間を含めたより小さな獣たちはそのまえで頭《こうべ》を垂れている）を描いた天井画。左右の側廊に敷かれた濃い緑色の絨毯が祭壇に向かって伸び、草花の飾られた舞台全体がビロードのロープで仕切られ、その奥にならぶ七つの木製の聖座には金とラピスラズリでそれぞれの地位をしめす意匠がほどこされ、それらすべての上に、尖塔にあるものよりは小さいが大聖堂を隅々まで照らすには充分な大きさの水晶が吊るされていた。アーサーでさえこの光景には恐れをなしたようだったが、それでも民兵に前進を命じ、先頭に立つロザッハーと共に祭壇のすぐまえまで足を運んだ。

「おまえたちの暗殺者は死んだ！」ロザッハーは叫んだ。「おまえたちを巣穴から引きずり出さなければならないのか？」

返事を待ったが、なにも反応がなかったので続けた。「ルイス司教と話をしたい！　二分やるから彼を出せ！　二分だ！　それが過ぎたら兵士たちを送り込む！」

アーサーがそっと近づいてきた。「どうするんです？」

「それは司教次第だ」ロザッハーは言った。

「教会の扉を焼き払うのは……モスピールのお偉方は許さないでしょう」

「どうしろと言うんだ？　さっさと殺せと？」

「やつらは信用できません。どうせ呪われるなら小銭を盗むより王冠を盗むほうがいい」

「おそらく殺すことになるだろう。だが、人は交渉の可能性を探るまえに行動してはいけないんだ」

「あんたは怒ってるのかと思いました」アーサーは言った。「おれは怒ってるとなにも考えないので」

ロザッハーは楽しげにうなった。「きみにはいい教訓かもしれないな」

浅黒い肌がルーディよりも少しだけ明るい、茶色のローブを着た細身の司祭が、司祭館へ通じる扉から姿をあらわした。ごわごわした髪には白いものが交じっていたが、顔立ちは中年の美男子のそれだった。ふっくらした唇、幅のある鼻、広い額。

「おはようございます、司教」ロザッハーは言った。「あなたの眠りを妨げたことはおわびしますが、今夜はわたしの眠りも妨げられましてね……しかもきわめて不作法に」

「いますぐ出て行けば、きみのために〝獣〟をとりなしてやれるかもしれない」ルイスが厳しい声で言った。

誓いの言葉か呪文でも唱えようとしたのか、司教がぐっと胸を張ったが、ロザッハーはその隙に割り込んだ。「そんなアニミズムのたわごとでわたしを支配できるという考えは捨ててください。あなたのように長いあいだ宗教の仕事にたずさわってきた人なら、根っからの懐疑論者を見分けられるはずですよね？　そうであれば、お芝居はやめて、この先もあなたの身の安全が保証される状況を作り出せるかどうか考えてみませんか」

ルイスは平然としていたが、その不安が空気をかき乱しているように思われた。「きみの部下が教会を占拠しているかぎり、わたしはきみと話をするつもりはない」

ロザッハーは民兵に撤退を命じ、声が届かないところまで去るのを待った。「さて。これでアーサー以外に目撃者はいません。この男はわたしたちの会話の利害関係者だと思ってください」

「よくもこんなことを」ルイスは言った。「今夜やったことのせいで、きみに対してどんな力が行使されるかわかっているのか？　きみが神聖を汚《けが》したという知らせがモスピールに届いたら、彼らはただちに行動を起こすだろう」

「その知らせはモスピールに届かないかもしれません。少なくとも、あなたが許容できるようなかたちでは」

ロザッハーは大げさな身ぶりで司教をうながし、いっしょに最前列の会衆席に腰をおろした。アーサーは祭壇の手すりに背をもたせかけた。

「弱体化した教会がわたしの事業にあたえる影響については、しばらくまえから検討を続けていました」ロザッハーは言った。「教会の支配力が弱まるのは商売にとって良いことだと考えていましたが、これほど早く弱まるとは思いませんでした。教会が自暴自棄な行動に出るというのも予想外です。暗殺の指令はあのモスピールの老害から出たのですか？」

ルイスはじっと黙り込んでいた。

ロザッハーはいらいらした声をあげた。「ここでがんばっても無意味ですよ。あの少年が自白したんです」

「答《こたえ》がわかっているなら」ルイスは言った。「なぜ質問する？」

「命令をくだしたのがあなたではなく聖下だと確認したいので。それは今後の対応に大きなちがいをもたらすことになります」

ルイスはいっとき考え込み、ほんのかすかにうなずいた。「わたしはそのような決定について発言力を持っていない」

「なぜあの仕事を少年にまかせたんです？　教会のわたしに対する評価はそんなに低いんですか？」

「わたしは当初から反対だったということは理解してくれ。個人的な意見はさておき、彼らは以前にもあの少年を使っていた。能力があるとみなされたんだ」

「ふむ。断言しますが、もはや彼にそんな能力はありません」

「〝彼ら〟？」アーサーが割り込んだ。「〝われわれ〟じゃないのか？」

「わたしは不要と判断した」ルイスは言った。「教会の命と比べたら、人間ひとりの命などはかなく、取るに足らない。天寿を全《まっと》うしてさえ、死ぬまでの時間は短いのだから」

「たしかに」ロザッハーは言った。「しかし、マブはわたしが死んだあともずっと生産が続くんですよ」

ルイスは鼻で笑った。「人は完全なものには飽きる」

「教会が長続きしている理由を説明できそうな真理ですね」

ルイスはなにも言わなかった。

「どちらの薬《ドラッグ》がすぐれているか議論してもかまいませんよ」ロザッハーは続けた。「しかし、この時間は両者が共存できる戦略を考えることに費やすほうがいいかもしれません」

「わたしをもてあそんでいるのか？」

「とんでもない」

「信じられないな。きみは獲物をさんざんなめまわしてからまっぷたつに嚙み砕くのが好きな捕食獣だと聞いている。かかわり合うつもりはない」

「最近、だれをまっぷたつに嚙み砕きましたかね？」

ルイスはロザッハーから顔をそむけ、緑と金で彩られた祭壇へまっすぐ向き直った。

「わたしと話をするつもりはないと？」ロザッハーはたずねた。「あなたの利益になるかもしれないのに？」

司教は目を閉じてため息をついた。

「では、わたしが話しましょう」ロザッハーは足を組み、背もたれに寄りかかった。「いまから五十年近くまえ、教会はグリオールを神々の一員に含めるべきかどうかを決めるために公会議を招集しました。当然のことながら、そのときの決定は現状維持という狭量なものでした。わたしはこの問題をあらためて検討するために再度公会議を招集すべきだと考えています」

ルイスはなにか言いかけたようだったが、唇をぎゅっと結んで沈黙を守った。

「いや、これは先走りすぎですかね」ロザッハーは続けた。「わたしが今朝やったことが原因で戦争が起きたら——なにしろ教会はもっとささやかな挑発でも戦争をしてきたのですから——それは長く犠牲の大きな戦いになるでしょう。わたしは民兵と市議会を支配しています。断言しますが、どれほど強力な軍勢が押し寄せようとテオシンテは屈することなく防衛にあたるでしょう。しかしこれは簡単な交渉で回避できるのです」

「人びとはきみとの交渉についても警告をしてくれた」ルイスは言った。

「つまり備えができているということでは？」

司教は首をかしげた。「なにか提案があるのか？」

「あります。教会とわたしとのあいだの敵対行為の停止と引き換えに、わたしは二十五年後に、すべての工場と取引関係、すべての在庫、マブの生産と販売に関わるあらゆるものを教会に譲渡します。さらに竜の血の精製工程も明らかにします。それまでは、教会について暴言を吐くのもやめましょう」

ルイスは疑いの目でロザッハーを見た。「ずいぶん一方的な条件に思えるが。なぜそこまで譲歩する？」

「わたしはいまでも裕福です。二十五年後にはとてつもない大金持ちになるでしょう。十年もたてばマブはわたしの事業のほんの一部でしかなくなるので、自分にとって取るに足らないことと引き換えに、心の平和を手に入れることができるのです。もちろん、あなたがたを完全に信用するわけではありませんが、あなたがたがわたしに対して軍隊を差し向けないという確信はもてます」

「数年まえに暗殺者を送るべきだったかもしれないな」ルイスはうっすらと笑みを浮かべていた。

「数年まえにはこの提案をする準備ができていませんでした」ロザッハーは言った。「いまはできます。わたしの提案をモスピールに伝えてくれますか？」

「きみが精製工程を明らかにするという保証はあるのか？」

「あなたが今後は二度とわたしの命を狙わないと保証するのと同じことです。そんなものはありません。どんな交渉でもある程度の信頼は必要なのです。とはいえ、わたしのマブの株を教会へ譲渡することを保証する法的文書はお渡しします。それだけでもあなたがたにとっては莫大《ばくだい》な利益になります」

「なるほど」ルイスはひと呼吸置いて言った。「その提案は伝えるとしよう。モスピールは大いに興味をもち、きみが分別ある男かどうかを判断するために使者を送り込んでくるだろう。協定の詳細について交渉をおこなう権限を有する人物だ」

「すばらしい！　その人と話すのが楽しみです」

ルイスは少し緊張を解いたようだった。「公会議の再招集というのは？　いま話し合った協定となんの関係がある？」

「焼けた扉について説明が必要になります。人びとは天候をグリオールのせいにしがちですから、この件も彼の責任にしたらどうでしょう？　あるいは彼の功績に？」

「グリオールが教会の神聖を汚したことを功績に？」

「教会が竜の血を使った製品を扱うことになるとしたら、彼をさらに悪魔化するのは愚かなことです。いま言ったように、教会がグリオールの神性について再検討するために公会議を招集するほうが有益です。結論を出す必要はありません。そういう会議を招集するだけで無視できない意図を伝えることになるのです」

「言いたいことはわかるが、教会の扉を焼き払うという行為にどんな言い訳ができる？　どうすればそれを正義の行為に見せかけられる？」

「先週モーニングシェードで娼婦が二人殺されました。そうだな、アーサー？」

「はい。二人ともこまかく刻まれていました」巨人がこたえた。

「そして犯人は身元を特定されることなく逃げたな？」

「そうです。男はフードのついたマントを着ていたので、だれにも顔を見られなかったんです。女装した旅人と言われていますが、証拠はありません。いずれにせよ、すでにテオシンテから遠く離れているでしょう」

「これが言い訳になるわけです」ロザッハーはルイスに言った。「殺人犯は教会に逃げ込んだ。あらゆることを把握しているグリオールは、これに激怒し、炎の息吹を吹き付けて道を指ししめした。奇跡の詳細をどう伝えるかについてはあなたにおまかせします。わたしよりも得意でしょうから」

「きみの部下は」ルイスが言った。「事件を目撃した」

「あいつらは優秀だ」アーサーが言った。「口をつぐむべきときを知っている。指示されたことはなんでも証言する」

「あなたの司祭たちもそうでしょう」ロザッハーは言った。「その上でわたしたち二人がこの説明を支持すれば、異議を唱える人がいますか？」

ルイスは握り合わせた両手に顎の先を乗せてうなずいた。「実にみごとだ。欠点が見当たらない。とにかく、障害になりそうなものはないな」その笑顔はねっとりした共犯関係の産物のように見えた。「宗教上の問題には説明のつかない点がひとつやふたつあるものだ」

「では、これで話はついたと？」

「モスピールの代弁はできないが、きみの提案をじっくり検討すれば、彼らもこの協定を結ぶチャンスを逃すことはまずないだろう」

「けっこう、それでは！」ロザッハーは立ちあがってルイスの肩を叩いた。「あと必要なのは殺人犯の身代わりとなる司祭だけです」

ルイスはロザッハーをぽかんと見つめた。

「庶民は処刑が大好きだ」アーサーが言った。「だれかが悪魔のジグを踊ってるときほど正義を実感することはない」

「司祭の中に筋金入りの信者はいませんか？」ロザッハーはたずねた。「教会のためなら自分の身の犠牲もいとわない、若くて純真な人は？」

「絞首台へむかうときには真っ青になって打ちひしがれてるのが一番いい」アーサーが言った。「無実を主張してもたいした問題じゃない。みんなすっかり興奮してるから、脚がばたつくのを見るためなら、聖下その人の足もとの扉だって落とすだろう」

ルイスの表情は怒りと困惑とのあいだで揺れ動いていた。

「まさかこれほどの利益が些細な代償もなしに得られるとは思っていませんよね？」ロザッハーは言った。

「些細な？　人の命を些細なものと言うのか？」

「あなたも似たようなことを言っていたはずですが」ロザッハーは記憶をたどっているふりをした。「なんでしたっけ？　人間ひとりの命についてなにか……」

ルイスは立ちあがった。「わたしはこの件にはいっさい関与しない！」

「あなたの関与は事態を進めやすくしてくれますが、不可欠というわけではありません。わたしはなんらかの手段で司教たちに話を聞いてもらうつもりです。有益な提案を伝えなかったことがモスピールに知られたら、あなたはどうなります？　お偉方に友人がいるのはわかりますが、教会は自分たちが利益を得ることをじゃまする者を一様に弾圧してきました。組織内で出世しようというあなたの野望もきっと阻止されるでしょう。しかも、それは彼らの機嫌をそこねたことで生じる影響としてはもっとも小さなものかもしれないんですよ」

「なぜ司祭なんだ？　きみならもっとそれらしい身代わりを見つけられるはずだ」

アーサーがロザッハーのそばへ近づいてきた。「モーニングシェードから貧しい若者を連れて来るほうがいいと？」

「あなたに血を流してほしいからです」ロザッハーは言った。「それは別にしても、そのほうが民衆には受けがいいでしょう。あなたの司祭たちは娼館で頻繁に姿を見られていますし、聖職者が自分は純粋だと宣言しながらふつうの男と同じ泥沼にはまっていることに対する憤りというものがありますからね。ここで生贄《いけにえ》を差し出せば教会の評判は落ちるどころかむしろ上がることになります。あなたが説教している姿を想像してみてください。恥を忍びながら、民衆のまえで辱《はずかし》めを受けるという演出ができるのです。それはモスピールの人間味を増して、肥大化した体の上に悔悛者《かいしゅんしゃ》の顔をのせることになるでしょう。ただし、いますぐ決断しなければなりません。これ以上時間をむだにしたくないのです。あなたが大義に殉ずることを選ぶなら、わたしの部下にはやるべきことがあるので」

「きみは虐殺を容認するのか？」ルイスは明らかに震えていた。「それでどんな利益が得られるというのだ？」

「司祭の数が減る、というのがひとつ」アーサーが言った。

ロザッハーは皮肉るわけでもなく淡々と言った。「教会の利益と比べたらひと握りの司祭の命がなんだというのです？」

「どうやって選べというのだ？」ルイスは司祭館のほうへ弱々しく手を振った。「きみが好きな者を連れて行け」

「いえいえ」ロザッハーは言った。「選択は情報に基づいておこなわれるべきです。このちょっとした雑用はあなたにおまかせします」

ルイスは言った。「きみの言うとおりにしよう」

「あんたが選ぶまでここで待ってようか？」アーサーが歯をあらわにして不気味な笑みを浮かべた。

「時間がかかるかもしれない」ルイスは言った。「どうしても……」

「あなたのやりかたは承知しています」ロザッハーは言った。「慰め、励まし、永遠の王国で〝優しい獣〟のそばにいられると約束してあげる必要があるのでしょう。あなたが魔法をかけているあいだ待っていますよ」

ルイスは司祭館の扉に向かってぎくしゃくと歩き出したが、そこで振り返り、顔を怒りにゆがめた。「このクソ野郎！　きさまは……」

「ええ、わかっています」ロザッハーは穏やかに言った。「しかし、あなたは警告を受けていたんですよ」

8

メリック・キャタネイが自分の大仕事の進捗《しんちょく》状況を監視するために建てた塔は、高さが八十フィートほどもあり、板と柱で急ごしらえしたおんぼろだったので、強い風が吹くとぐらついて、眼下のモーニングシェードにつらなる屋根や煙突の上に崩れ落ちそうだった。てっぺんのデッキからは、竜の横腹に描かれた絵（足場と現在そこにいる十数名の職人のせいでごちゃごちゃしてはいたが）を一望することができた。絵そのものは、ロザッハーの目には、前脚の中央関節から湾曲した横腹に沿って広がる、竜本来の色よりもだいぶ明るい金色の染みのように見えた。染みからはほかの色も見え始めていたが、いつの日かあらわれる絵がどんなものになるかはまったくわからなかった。朝方の灰色の空を背に、グリオールの平らな額の上に建てられた巨大な桶も見えていた。これらの桶の中で毒になる絵の具の原料が精製されているのだ。桶の下からは昼夜を問わず煙が立ちのぼっていて、竜がその頭蓋からいらだちを吐き出しているかのようだった。

ロザッハーがその塔に登ったのは、一人になって（その願いは薄汚れたひげ面のキャタネイがデッキでスケッチをしているのを見たときに打ち砕かれた）全体像を把握するためだったが、絵の全体像ではなかった。彼はできるだけ眠らず、起きているために全力を尽くしてきたが、いくらかの睡眠は欠くことができず、その日の朝起きたときにはさらに四年を失ったことに気づいていた——こんな調子では、せいぜいあと一週間かそこらしか生きられない計算なので、こうして高い場所に来ればその問題に新たな気づきがもたらされるのではないかと期待したのだ。軽くあいさつを交わしたあと、キャタネイはロザッハーと同じくらい相手の存在に狼狽した様子でスケッチに戻り、ロザッハーはデッキのへりに腰掛けて両脚をぶらぶらさせながら金色の染みを見つめた。思考がすっかり混乱し、それを整理しようとするあらゆる試みに抵抗した。自分がいまや四十三歳になっている可能性が高く、十六年近くの歳月が奪い取られたのだと思うたびにひどく狼狽させられた。いまやるべきなのは、落ち込むのをやめて竜の血の研究に取りかかり、それが現在の困難な状況になにか光を当ててくれるよう願うことだ。工場に研究室を作ってあるから、じゃまするものはなにもない……それがグリオールでないかぎり。まえにも思ったことだが、グリオールが介入してロザッハーの人生をまったく別の進路へ向かわせたとすれば、彼は竜の健康を害する、あるいは竜の計画に反する、なんらかの突破口をひらきかけていたにちがいない。これは研究を押し進めるうえで刺激にはなったが、グリオールにいつ妨害されるかわからないと思うと気勢を削《そ》がれた。それに顕微鏡を何時間ものぞき続ける自制心がいまでも残っているのかという疑念もあった。おそらくルーディの言うとおりなのだ——ロザッハーは科学者としてよりも犯罪者として大きな成功をおさめていた。

　背後で板のきしむ音を聞いて振り返ると、キャタネイがあぐらをかいてすわり、茶色の包み紙からサンドイッチを取り出していた。彼はちらりと目をあげ、半分を差し出してきたが、ロザッハーは辞退した。キャタネイはサンドイッチをひと口かじり、うまそうにもぐもぐやってからのみ込んだ。満足げな声を出し、顎ひげについたパンくずを払い落とす。

「このチーズは絶品です」キャタネイは言った。「ぜひ食べてみてください。うちのアリーはベリー茶にひたして食べています。ほんとにおいしい」

ロザッハーはまたもや辞退した。そして絵描きが食事を続けるのをしばらくながめていたが、沈黙が気まずくなってきたので、作業の進み具合をたずねてみた。

キャタネイは肩をすくめた。「行ったり来たりですね。マゼンタの製造がうまくいかないんです。鱗に塗ると色がすごく変わってしまって……」サンドイッチをつかんだまま身ぶりをする。「いずれなんとかしますよ」

「グリオールはいつになったら死ぬのかという意味だったんだが」

「見当もつきません。申し訳ないです。いつ急死してもおかしくないとは思いますが。竜の生理学の専門家にきくべきですね……もしもそんな人がいるなら。あなたも以前は医師だったんでしょう？　ぼくよりも専門的な意見が言えるのでは」

デッキの下の梁にとまっている鳩たちが騒ぎ始めた。風向きが変わり、ならんだ桶から煮えたぎるにおいが流れてくる。ロザッハーは自分が竜に慣れきっていて、たいていの場合は岩ほどにも意識していないことに気づいた――グリオールについて話すときはいつも、ひとつの概念に、ひとつの原理に、竜の怪物じみた現実とは別のなにかに言及しているかのように抽象的に語っているのだった。

「商売のほうはどうです？」キャタネイがたずねた。

「まあまあだな。失敗もたくさんあるが、適応力が身につく」

「同じですね。いつもなにかあるんです。桶を焚《た》くための木材が届かなかったり、だれかが転落したり。もう責任を委譲してあるのに、なにかのトラブルで呼び出されない日はめったにありません」

「少なくとも、作業が終われば、きみの功績をたたえる記念碑ができあがる」

「壁画のことですか？　どうでしょうね。グリオールの死骸が処分されるまでどれくらいあると思います？　一週間？　一カ月？　それ以上ということはないでしょう」

　ロザッハーは同意のつぶやきを漏らした。

「プンタ・エスペランサにいる男が実物からその画像を作成することに成功しています」キャタネイは言った。「ここの作業が終わるころには、その手法も改良されていて、壁画もその形で保存できるでしょう。でも、同じものとは言いがたいですね」

　キャタネイはサンドイッチをもうひと口かじり、ロザッハーはデッキの側面にかかとをぶつけながら言った。「個人的な質問をしてもいいか？」

　口をいっぱいにしたまま、キャタネイは身ぶりでどうぞと伝えた。

「きみは幸せなのか？」

　キャタネイは食べ物をのみ込み、口もとをぬぐった。「とんでもない質問ですね……でもよくきかれます。アリーはほとんど毎晩その質問をしてきますよ」

「文脈が大きく異なっているはずだが」

「ええ、たしかに」キャタネイは歯のあいだにはさまった食べ物をほじった。「ふだんは幸せという言葉を使うことはないですね。満足してるとは言えるかもしれません。好きな仕事をしているんですから。なにもかも完璧とはいきませんが、充分に幸せなんでしょう。見たところあなたよりは幸せそうだ」

「その点については反論のしようもないな」

キャタネイは首をかしげ、ロザッハーのことをキャンバス上のうまく描けない部分のように観察していた。「あなたに足りないのは情熱かもしれません。人がほんの一分でも幸せになるためには情熱が必要なんです。情熱とそれにともなう集中力がなければ、あるのは混乱だけです。とにかくぼくはそう考えています」

「以前は科学に情熱を燃やしていたが、いまはちがう。商売に情熱を感じることはなかった。商売は……ただやるだけで、科学より簡単だった。ほんとうにやりたいことをやらないための言い訳にしてきたんだと思う」

「それなら、ほんとうにやりたいことを見つけるのが一番です。つまり、幸せになることが目標なら」

「目標は変わるかもしれない」

「ははっ！　ぼくなんか毎日昼食までに十回以上変わるんですよ。マゼンタのもっといい材料がほしいとか、画学生のすてきなお尻《デリエア》をながめたいとか……まあ、わかりますよね」

キャタネイはひと声うなって立ちあがった。サンドイッチを包んでいた紙をまるめて塔の上から投げ捨てる。眼下の通りにはわずかながら人の流れがあった。「桶のほうでやらなければいけないことがあるんです。最近、竜の上に行きましたか？」

「最後に行ったのは何年もまえだ……そのときも口の端までだったし」

キャタネイは塔の側面に付いている昇降機の籠《かご》に乗り込み、下へ降りる準備をした。「機会があったらあそこを散歩してみるべきです。いい刺激になりますよ。どんなものと出くわすかわかりませんから」

それから午後遅くまで研究室でだらだらと過ごしたが、直面している科学的な問題を解決できなかったので、ロザッハーはキャタネイの助言に従い、桶の足場をのぼって竜の背中に出ると、葉の枯れた茂みの中をうねうねと伸びる小道をたどってハングタウンにたどり着いた。その集落は、かつては広さ半エーカーの汚染された雨水だまりを囲むひと握りのあばら屋だったが、いまでは二百人ほどの住民が五十軒ないし六十軒の小屋に住む村へと発展していた。その中で一番大きな建物は酒場になっていて、きちんとした手書きの看板にはこう記されていた――

〈マルティータの天空の家〉

建物はわりあいに新しいようで、窓は壁に開いた四角い穴ではなく、ゆがんだ不透明なガラスがはまっていたし、木材はほかの多くの小屋のように灰色に色褪《いろあ》せてはおらず、まだゴキブリのような茶色をたもっていた。とはいえ、おんぼろであることに変わりはなく、ポーチは屋根がかしいでいたし、二階の一部はいまにも滑り落ちそうだった。ひとりの男——おびただしい緑と金の刺青《いれずみ》からすると鱗狩人《うろこかりゅうど》だろう——が、玄関先のポーチの椅子で気を失っていて、この店で出される酒の効き目の宣伝になっていた。散歩をしても爽快感も刺激も得られなかったので、ロザッハーは薄暗い中に炒《いた》めたタマネギのにおいがただよう広い店内に入った。一杯やればモーニングシェードへ降りるときの燃料になるだろう。六つの樽《たる》に板を敷いたカウンターの奥では、三十歳くらいの丸顔のたくましい女が、茶色の髪を長い三つ編みにし、布製の半ズボン（ハングタウンの女たちはこういう格好を好む——スカートだと小枝や棘に引っかかりやすい）と襟ぐりの深いブラウスを身に着けた姿で、せっせとジョッキを磨いていた。顔に傷のある白髪頭の老人と、その孫と言ってもいいくらい若い男が、窓際の長椅子でカードに興じていた。男たち二人は無関心に来客をながめ、女は奥の席にすわったロザッハーのところへせかせかとやってきた。

「ポート・シャンティの上等なブロンドエールがありますよ」女は言った。「そのほかは自家製です。とてもおいしくて、とても強いんです。そういうのがお好みなら」

ロザッハーはエールを選び、店内に目をやった。基本的には飾りけがないが、そこかしこに女らしさが感じられる。花瓶に生けられたカーネーション、雲を背景にしたグリオールの版画、文字が曲がりすぎて読めない訓戒の刺繡をおさめた額。エールを手に戻ってきた女は、テーブルのそばを離れず、支払いが済んだあともそのままでいた。ロザッハーはひと口飲んでから、女がエールを褒めてほしいのだろうと思って「うまいな」と言ったが、女はそれでもテーブルの横に立って、彼にほほえみかけていた。やがて女は言った。「わたしのことをおぼえていないんですか？　まあ、当然ですよね。あなたは顔なんかほとんど見ていなかった」女は大げさにウインクした。「もっぱらお尻に興味があっただけで」

「なんだって？」

「マルティータ」女は豊かな胸をとんと叩いて、谷間になかば隠れていた銀のロケットをはずした。ケースに自分で削ったかのような竜の絵が描かれている。「マルティータ・ドアンズ。あなたの屋敷で女中をしていました。暗殺者が来た夜、あなたのところへ包帯を巻きに行ったのがわたしでした」声が低くなってささやきに変わる。「愛し合ったでしょう？」

〝愛し合った〟という言葉に一瞬とまどったが、話が見えてくると、急に困惑と羞恥心がわきあがり、それでもなにも認めたくないという気持ちもあって、ロザッハーは弱々しく言った。「そうだった。ええと、その……元気にやっていたのか？」

「ありがとうございます、最近はとても元気にやっています。でもあなたのところを辞めたあとは、ちょっと厳しかったですね。家の事情があって頼るべき家族がいないもので」

女はロザッハーの向かいの席にすわって身を乗り出した。乳白色の胸がテーブルの上でつぶれ、薄っぺらな束縛からあふれだしそうだった。「赤ちゃんがあなたの子だというのはわかっていたので、あなたに伝えたかったんですが、あのルーディに大急ぎで追い出されたから、荷造りする時間もほとんどなくて」聞こえよがしのささやき声だった。「それにハニーマンさんが、もしもわたしがなにかもめごとを起こしたら、部下にわたしを襲わせて、見物したいやつには切符を売ると言ったんです。だからわたしは、大きなおなかをかかえて路頭に迷いました。身体を売ることさえできなかった」またふつうの口調に戻る。「ドアンズさんに——亡くなった夫のネイサン・ドアンズにひろわれなかったらどうなっていたか、まさにグリオールのみぞ知る、でしたね」

「まったく知らなかった！」ロザッハーは言った。「つまり、わたしは……」

「そうでしょうね。ハニーマンさんからあなたに迷惑をかけるなと釘《くぎ》を刺されました。わたしの状況を知らせようとしたら地獄を見ることになるぞって。そうは言っても、その後の数カ月はあなたに対して優しい気持ちにはなれませんでした」

カードをしている老人が呼びかけてきたので、マルティータは用件をききに行った。ロザッハーはいまの話に呆然《ぼうぜん》としたまま、エールを二口で飲み干した。もしも彼女の言うことが事実なら——そして疑う理由はどこにもなかった——ルーディとアーサーには説明してもらわなければならないことがたくさんある。マルティータのためにあの二人よりもずっとましなことをしてやれたというわけではない。おそらくその子を認知することはなかっただろうが、少なくともしかるべき世話はしただろう。自分の胸の内に子供への愛情があるような気がして、よけいに憤りが深まった。アーサーとルーディの手綱を引き締めなければ——事業の再構築を視野に入れるくらいまでしっかりと。ここ数年、あの二人はおおむね独自に行動していたが、おそらくロザッハーのためではないだろう。そろそろ人員整理をすべきかもしれない。二人とも必要不可欠な存在ではないし、もはや信頼が置けないのは明らかだ。

マルティータがおかわりを運んできたので、ロザッハーはたずねた。「その子供は？　男の子？　女の子？」

マルティータの顔が暗くなった。「男の子でした。流産したんです」

ロザッハーは一瞬言葉を失った。「もはや取り返しがつかないようだが、せめて手助けはさせてほしい」

「多くは望んでいません。ここのほとんどの人と同じように、ドアンズさんも鱗狩人でした。とてもうまくやっていたんです。博物館レベルの鱗もいくつか見つけて」マルティータは残念そうに首を振った。「二年まえに亡くなりました……まだ若かったのに。でも鱗狩人はそういうものでしょう？」カードに興じている男たちのほうを顎でしめす。「わたしの知り合いで中年を過ぎても生きているのはジャーヴィスだけ。それで良かったのかどうか。みじめな人生です。でも、さっき言ったように、ドアンズさんはわたしに酒場とかなりのお金を残してくれました。いまはまともな暮らしができているんです」

「なにかわたしにできることがあるはずだ」

「ときどき立ち寄って一杯やってください。あなたがいると店が華やぎますから」マルティータは顔を赤らめた。「わたしもうれしいです」

「なぜわたしに来てほしいんだ？　わたしはきみを手込めにして、おまけに……」

「ああ、そんなふうに考えないで！　あなたはそう思ったかもしれませんが、わたしはちがいました。あの屋敷で働いていた若い女はみんなあなたのことを気にしていたんです……特にわたしは」

「なるほど」

「少しはロマンスがあってもよかったとは思いますが、あのときもいまもわたしに不満はありません」

マルティータの寛容な態度だけでなく、彼女を気遣う自分の気持ちにとまどいながら、ロザッハーは言った。「きみが来てほしいと言うなら、そうしよう……ただ、わたしがいることできみの店の道徳的あるいは精神的な傾向が改善されるかどうかは疑問だな」

マルティータは彼がなにを言っているのかわからなかったらしく、作り笑いで当惑をごまかした。

「さてと」彼女は両手をこすり合わせ、にこやかな笑みを浮かべた。「そろそろ料理を始めなくちゃ。みんな食べるものがほしくなるころだし」

マルティータの手をとり、なにか約束をして、彼女になされたすべてのあやまちを正すと誓いを立てたいところだったが、恥ずかしさと、そのせいで弱さがばれてしまうのではないかという恐れから、冷静な態度を崩せなかった。ロザッハーは自分を厳格な人間だと思うようになっていたが、実はそうではないことに気づいたいま、この六年間に自分がどれほど大きく変わったかを理解して、せめて厳格な印象だけでも保つよう努力しなければと考えたのだ。しばらく席にとどまって、カウンターの奥の扉から見えるコンロと店内とを行き来するマルティータの様子を見守りながら、商売が忙しくなれば退散しても目立たないだろうと機会をうかがった。さらに何人か客は入ってきたものの、隠れみのを提供してくれるほどではなかった。ロザッハーは二杯目のエールを飲み干すと、マルティータに軽く手を振って外に出た。

冷たい空気で心が洗われて、新しい未知の感情が浮き彫りになるような気がした。藻《も》と浮きかすでうっすらと覆われ、月明かりに照らされた、ハングタウンの浅い閉塞湖《へいそくこ》を急ぎ足でとおり過ぎたとき、自分がどれほど孤立しているかを実感した。ルーディがちがう道を行き、アーサーがずっと民兵と共に過ごすようになって、ロザッハーの生活は空っぽになった。さまざまな女たちと関係を持ち、仕事上の付き合いも絶えることはなかったが、失われたものを同じくらい深い人間関係で埋め合わせようとはしなかった。孤独の中でぐずぐず後悔や不満の念をつのらせ、自分を哀れみ続けるうちに、本心では軽蔑しながらも自分の計算高く残忍な性格の伴侶《はんりょ》として頼るようになってきた感傷的な一面が、恋人や友人の代わりをつとめるようになっていた。以前なら母親が乳飲み子をあやす姿や小さな男の子が子犬と遊ぶ姿などほとんど意識することもなかったのに、いまでは、そうしたできごとこそが人間らしさに見えて、世界のはかなさと美しさを象徴しているように思われ、ときには目に涙さえ浮かぶようになっていた。とはいえ、自分に起きた変化を額面通りに受け止めているわけではなく、こうした反応は利己心と、おそらくは死の必然性に対する再認識と、自身の失敗は取り返しがつかないという感覚に結びついているのだと考えていた。

雑木林は取るに足らない生き物たちでにぎわい、茂みのてっぺんはグリオールの背中を吹き抜ける強い風に揺れていた。その中に分け入り、ところどころ草木の茂りすぎた小道をたどっていくと、行く手に黒々とした断崖のようにそびえる竜の矢状稜が見えてきた。自分が子供を持つなどとは想像したこともなかったのに、たとえ流産でも息子の父親になっていたと知ると……まるで魂の水面に小石を落としたかのように、波紋がずっと広がり続けて、父親になるという失われた可能性について考えるのをやめられなくなった。悲嘆や憤怒《ふんぬ》というレベルまで高まることのない、もどかしい感情に圧倒され、そこからのがれることもできないまま、ロザッハーは目を上に向けた。頭上には占い師が黒い布の上にほうり投げたタカラ貝のように星が散らばっていて、彼はそこに自分の人生の道筋をしめす青写真を見たような気がした。

「リヒャルト！」背後で女の声がした。

ズボンに腰までの丈のジャケットという服装のルーディが、リュウゼツランのとげとげしい影になかば隠れて、陰気な顔でこちらを見つめていた。ロザッハーはここにルーディがいることと自体に警戒心をいだき――ふつうなら、彼女は竜の上にはけっして足を踏み入れない――なにをしにきたのかとたずねた。

「自分の投資を守りにきた」ルーディは言った。

アーサーが茂みから姿をあらわしてルーディの背後に立った。右手に銃身の長いピストルをぶらさげている。巨人はあいているほうの腕を彼女の腰にまわし、親指で片方の乳房をつついて、にたりと笑った。

「おまえたち二人がなにをもくろんでいるのかは知らない」ロザッハーは言った。「しかし、行動を起こすまえにもう一度よく考えてみることだ」

「ああ、それはやったよ」アーサーが言った。「あんたが言うように、問題点を徹底的に分析してみたんだ」

「おまえたちに事業を運営する能力があるのか。それがどんなに複雑なことかわかっていないだろう」

ルーディがアーサーの腕から身をほどいた。「これはあたしたちが事業を運営できるかどうかとは関係ない。すべてはあなたの無能さが招いたこと」

「無能？　気でもちがったか？」

「この一年で、創業以来初めて需要が供給を上回った。盗難やらお粗末な経営やらのせいで、利益は最盛期から三十パーセント近くも落ち込んでいる……つまり五年まえから。あなたは企業家としての本能を失ったのよ、リヒャルト。ゲームに対する熱意もね」ルーディは腕を組んだ。「あたしたちは市議会と新しい協定を結んだ。ブレケは、あなたの後任が見つかるまでのあいだ日々の運営を引き受けると約束してくれた」

「きみにはブレケと渡り合う能力はない。あいつはきみを簡単に打ち負かしてしまうぞ」

ルーディの口もとがこわばった。

「なぜブレケがそんな取引をしたかわかるか？」ロザッハーは続けた。「わたしがいなければきみを出し抜けると知っているんだ」

「あたしはバカじゃない。いずれブレケが寝返ることくらい理解してる」

「理解するのとそれに対処するのとは別物だ。きみには集中力がないからな、ルーディ。自制心もない。必要なときに一日十八時間も働くことはできない。最初はうまくいっても、遅かれ早かれ……」

「アーサー」ルーディが身ぶりでうながすと、巨人は二歩で距離を詰めてきてロザッハーの襟をつかんだ。

「下で会いましょう」ルーディがブラウスの左右の腕をさっと広げて言った。そしてなんの感情もなくロザッハーを見つめると、急にきびすを返して小道を歩き出した。ロザッハーは背後から呼びかけようとしたが、アーサーが彼の耳のうしろにピストルの床尾を叩きつけた。

その一撃から回復したとき、ロザッハーはまだ意識が朦朧としたままで、かすむ視界には月が見え隠れしていた。アーサーに襟首をつかまれ、草木がまばらに生える斜面で、グリオールの横腹に垂れているのと同じ一面の蔓草の上を引きずられているのだ。どこに向かっているのかを見ようとして体をひねると、谷間に星のようにみっしりと広がるテオシンテの町明かりがちらりと目に入り、竜の肩の上にいるのだとわかった。もう少し行ったらなにかにつかまらなければ側面を滑り落ちてしまう場所だ。手足をばたつかせてアーサーの手からのがれようとしたが果たせず、なにかほかの脱出方法を見つけようとしたとき、巨人が足を止め、伸ばした腕の先でシャツをつかんでロザッハーを立ちあがらせた。ぞっとするような重力を感じて、アーサーの腕をかきむしり、おだてるのと脅すのと、どちらの戦術がより効き目があるだろうかと思いをめぐらした。アーサーはかすかに笑みを浮かべ、「ほら、落ちるぞ」と言うなり、手をひらいて虜囚《りょしゅう》を解放した。ロザッハーは怯えた悲鳴をあげてアーサーの袖にすがりついた。鱗のつるりとした表面で足が滑ったが、両腕を振りまわしてなんとかバランスを保つと、グリオールから離れてあおむけに落下するのではなく、そのまま腹ばいに倒れ込むことができた。竜の側面をずり落ちながら鱗のへりをつかもうとしたが、指の力が弱くて手掛かりは得られず、やむなく蔓草にしがみついたら、運良く一本に腕がからんだので、さらにもう一本をつかむと、落下が止まることはなかったものの、だんだんと勢いが弱まり、ついには落下というより降下していくような感じになった。自分でも驚いたことに、これなら死なずにすむかもしれなかった。

ピシッという銃声が響き、弾丸がロザッハーの肘のそばで鱗に跳ね返った。グリオールの湾曲した胸郭に沿って、アーサーの視界から隠れるところまでずり落ちて、だらんとぶらさがり、半回転して大聖堂の扉ほどの大きさの鱗にぶつかると、刑務所の外壁に垂らした短すぎるロープで脱走をくわだてる犯罪者のように、ひどく無防備な感じがした。ここまではただの反射行動だったが、いまはとぎれとぎれではあっても頭が働き始めていた。モーニングシェードを見おろすと、オレンジ色の明かりが蛍《ほたる》のようにちっぽけに見えて気力が奪われた。

キャタネイの壁画があるところは蔓草が切り落とされていた。そうでなければ、竜の側面を横にわたって足場の上に降りられたかもしれない。谷底まで降下することはできなかったので——どんなに長い蔓草でも、一番高い屋根の数百フィート上で途切れていた——地衣類でまだらに覆われた鱗の列をじりじりと横へ進み、蔓から蔓へと移動してグリオールの前脚の肩関節の下にある暗がりを目指した。そこに隠れていて、朝になったら上へのぼるか、それがむりなら鱗狩人に見つけてもらおうと考えたのだ（欠けたりはずれたりした鱗を見つけるなら関節の下が一番いい）。目的の場所までたどり着くと、蔓草を編んで間に合わせの腰掛けを作り、中に入ったときにそれなりに安定感が得られるように籠の形に仕立てた。できあがると、関節の下側にしっかりと体を寄せ、ほかの蔓草にくくりつけて籠を固定した。そこまでやってようやく、ひと息ついて状況を確認することができた。

　あたりにはなにも見えず、さわれる鱗さえなかったが、竜の脇の下と言っていい場所にもぐり込んでいると、グリオールのにおいを嗅ぎ分けられるような気がした——あたりに広がる冷たく乾いたにおいは、より控えめな草木や地衣類の香りと入り混じることはなく、風とトカゲたちの亡霊が宿る放棄された古い石造りの要塞《ようさい》のにおいを思わせた。竜の月に照らされた側は惑星のように湾曲していて、そこを鎧《よろい》のように覆う鱗は、どれもかなりの大きさだったが、頭上約三十フィートの一部分だけは、幅四、五インチのふぞろいな鱗が何百枚も集まっているように見えた……ひょっとすると、それはかぞえきれないほどの打撃で割れたひとつの鱗で、こまかな亀裂で数百枚に分かれて見えるのかもしれない。だとしたら、犯人は鱗狩人以外のだれかだろう――鱗狩人は迷信深いことで有名で、彼らの伝承には、鱗を剥《は》がそうとしたり竜の体にちょっとした傷をあたえたりした男たちが、グリオールからどんな復讐《ふくしゅう》を受けたかという教訓話があふれているのだ。これまではそんな逸話など鼻で笑っていたものだが、こうして竜の上でほぼ一人きりになったいま、それを無視することはできなかった。ロザッハーの位置から見ると、獣の大きさはもはや数値化できるようなものではなかった。〝巨獣〟というのは、それ自体がひとつの領土である生物をあらわすには控えめすぎる言葉だ。グリオールの口に踏み込んだ夜のこと、そこに身をひそめていた奇妙な虫の群れのこと、それらが一斉に動いていたことを思い出し、その体験に神秘的な意味を見出すのは現象学的に見れば少しも不合理なことではないのだと理解した。グリオールを神秘的な存在と考えたらまた不安をかき立てられたので、五百フィートの高さに蔓草でぶらさがり、両足のあいだからモーニングシェードの明かりを見つめながら、手のひらを鱗に当てて身の安全を祈った。恐怖に負けたという羞恥を帯びてはいても、それはやはり熱烈な祈りで、名前こそ出さなかったが、グリオールに向けられたものだった。いっとき気弱になっただけだと思い直しはしたが、それでも気分は落ち着いた。竜の胸郭のふくらみをながめながら、鱗に照り返す月光のゆらめきに心癒されていると、自分の幸運に驚きをおぼえた。あのときアーサーが手を離すだけでなくロザッハーを突き飛ばしていたら、彼は下の通りまで墜落し、すべての臓器をずたずたにされて死んでいただろう。復讐を果たすためには、事業がこれ以上危険にさらされるまえに、迅速《じんそく》に行動する必要がある。それだけでなく、ブレケをどうにかしなければならない。市議会はロザッハーと教会とのあいだの効果的な緩衝材の役割を果たしているので、当面はそのままにしておきたいところだが、いまこそ思いきった手を打つべきかもしれない。ロザッハーの立場は自分で望んでいるほど強固ではないが（たとえば、アーサーを指揮官からはずした場合に民兵がどんな反応をするかわからないし、ブレケが身を守るためにどんな手立てを講じているかも不明だ）、こちらには奇襲を仕掛けられるという優位と（まさにこうした非常事態にそなえて用意しておいた）潤沢な資金がある。数日あれば暗殺者を何人か雇って、それぞれの任務をとりまとめることができる。あとは腰を据えて指揮をとるだけだ。マルティータの酒場を拠点にすればいい。たとえうまくいかなかったとしても、かくまってもらえるはずだ——あの女のロザッハーに対する犬のような忠誠心は明白だった。

かすかな音で思考の流れがさえぎられ、グリオールの側面をくだってくるひょろりとした人影が目に入った。アーサーだ。巨人はジャケットを脱ぎ、白い絹のシャツに光をゆらめかせていた。蔓草を腰に巻き、左手を使って降下速度を調節し、右手にピストルをつかんでいる。十五フィートほど上で止まり、自分より下の一帯へ視線を走らせた。ピストルをホルスターにおさめて、横方向へ移動を始め、竜の肩関節があるほうを目指す。ロザッハーにできるのは祈ることだけだったので、初めは名前のない存在にひたすら祈ったが、アーサーが近づくにつれて、それはグリオールへの熱烈な嘆願へと発展し、竜が巨人の気をそらすか、遠くへ誘導するか、あるいは蔓草をぽきりと折ってくれることを願った。アーサーは両者のあいだの中間点をわずかに超えたところでピストルを抜き、関節の下の暗がりをめがけて二発撃ち込んできたが、どちらもロザッハーからは大きくそれた。

「姿を見せろ！」アーサーが叫んだ。「手早く終わらせてやるから！」

ロザッハーはこの状況を打開するためにできることはないかと必死に考え、古い戦略を次々と発掘しては捨てた。そこで急に疲れをおぼえ、すわったまま自分を閉じ込めている蔓草をむしった。光と活力が頭の中から消えていくような気がした。

「どうしてもおれに追いかけさせようというなら」アーサーが叫んだ。「きっと後悔することになるぞ！」間があった。「聞いてるのか？」

ロザッハーの隠れている暗い場所を怖がっているのかもしれない、と思ったが、それは気分をほんのひととき高揚させただけだった。

アーサーが悪態をつきながら数フィート降下し、ロザッハーが砕けた鱗だと思ったものにブーツを当て、割れた破片のいくつかを蹴り飛ばした――ところが、予想に反してそれらは落下せず、まるで無重力状態で上昇気流に乗ったかのようにアーサーのそばにふわりと浮かんだ。残りの破片が同じように巨人のまわりに舞いあがると、その下にある傷ひとつない鱗があらわになった。破片は降りしきる落葉のように巨人に群がり、その姿をほぼ覆い隠した。悲鳴があがった。ピストルが発射され、ふたたび悲鳴があがり、上半身を覆う金色の破片のかたまりから突き出した両脚が狂ったように暴れて、薬物でいかれた芸術家の脳によって生み出されたようなイメージを見せつけた。正体がなんであれ――虫であれもっと不可解なものであれ――それらが両手や首や顔のむきだしの肌にへばりつくと、アーサーは巨大な金色の手袋をはめてふつうの三倍はある不格好な金色の頭をのせたような姿になり、その頭は縮んだりふくらんだりと微妙に形を変え続けた。全身に痙攣《けいれん》が走っても、もはや悲鳴はあがらなかった。なんらかの反射行動で自分を支える蔓草を握り続け、一瞬だけそこにぶらさがっていたあと、町明かりへ向かってくるくると落ちていった。虫たち（ロザッハーはそのように判断した）は、落下する死体からちりぢりに離れてひとかたまりになり、竜の湾曲したあばらのあたりをただよった。ロザッハーはまたもや、金色の惑星の表面に沿ってそのまわりを周回する奇妙な天体を観察しているような気分になった。

沈黙と静寂に包み込まれて、自分が震えていることに気づいた。呼吸が浅く速くなり、その夜はかなり暖かかったにもかかわらず、骨まで冷え切っているように感じた。目をぎゅっと閉じて、体の支配を取り戻そうとしたとき、やかんが沸騰し始めたような、かすかなキーンという音が聞こえてきた。なんだろうと目を開けると、アーサーを襲った虫の一匹が顔のまえで舞っていた――長く、黒い、だらりとした胴体が、紙のような金色の羽のあいだにぶらさがっている。あわててひっぱたくと、ぱたぱたと飛んでいって視界から消えた。耳障りな音は聞こえなくなったが、姿を見ようとして蔓草の檻《おり》の中で身をよじると、そいつは背中からぱたぱたと近づいてきてロザッハーの顎にへばりついた。払いのけようとしたが、その身ぶりは途中で止まった――羽をたたんだ二匹目の虫が中指の関節に止まったのだ。ちくりと針で刺されたような痛みと共に、冷たく燃えるような感覚が押し寄せ、手が痙攣してぎゅっとこぶしを握った。別のひと刺しが首をつらぬいた。冷たい炎が喉をくだり頬を広がっていく。そのあとも刺され続けたが、もはや数は追えなかった。すべてが混じり合った激痛のうねりは、火、毒、酸、それぞれの抽出物が結合して、第四の、それにふさわしい強烈な効果を生んでいた。痛みは音をともなっていたが、その割れるような悲鳴は自分の喉から出ていた。音の大波に運ばれるようにして暗い海岸へ向かうと、そこから投じられるあまりにも深い影により、もはや動きも色もなにもかも区別がつかなくなった。痛みすらのみ込まれていたが、その記憶だけはありがたき暗闇の中へいっしょに運ばれたようだった。

9

赤々とした光がまぶたの下に差し込み、だれかが聞きおぼえのある歌を口ずさんでいるのが聞こえた。混乱した記憶が脳内にあふれ——どれもまったく意味をなさなかった——視界を横切るぼんやりした人影が、半ズボンと襟ぐりの深いブラウスを身につけた美しいラファエロ風の女へと姿を変えていく。女はそのままとなりの部屋へ入っていった。声をかけようとしたら咳が出て止まらなくなった。ようやく治まったときには、わけがわからず呆然としていた。なにかが顔の一部を覆って呼吸を妨げていた——さわってみたら、顔の下半分と両手に包帯が巻かれていた。マットレスに身をゆだねてここはどこだろうと考えた。部屋は質素で、家具がいくつかと石油ランプが一台、壁は切り出したばかりの板を張ってあり、窓はオレンジ色の日よけで覆われていた——それでも、見た目に心地よく、白木の色はむきだしの生命力に輝いていた。ベッドは簡易寝台と変わりない大きさだが、寝心地はよかった。意識がはっきりするにつれて、包帯が巻かれている部分に痛みを感じたので、もう一度、今度は慎重に呼びかけてみたが、出てきたのは弱々しい耳障りな音で、またもや咳の発作が始まった。返事はなかったものの、数分後にふたたび女が入ってきたので、手を動かして合図を送った。女はベッドの端に腰をおろし、彼の額に手を当てて、心配そうな目でのぞき込んできた。なにか必要なものはあるかときかれたので、唇を動かして「水」と伝えた。

水をもらい、女から押し付けられた二錠のトローチをのみくだしたあと、ロザッハーは女を値踏みした。マルティータの双子かもしれない、と思った。二人はほとんどあらゆる面でそっくりだったが、マルティータを凡庸に見せていた身体的特徴が、なぜかこの女には堂々たる官能的な美しさをあたえていた。女がロザッハーのほうに身を乗り出して、頭の下にある枕の位置を調節したとき、竜の雑な絵が刻まれた銀のロケットが彼の顔のまえに垂れさがった。

「マルティータ？」名前を呼んだら、また立て続けに咳が出た。

「ほら、だめですよ！」女は唇に指を当ててロザッハーを黙らせた。「すぐに話せるようになりますから。でも、質問はあるでしょうね。わかるだけのことは教えてあげます」

ロザッハーはうなずいた。

「あなたとハニーマンさんは〝ひらひら〟の群れに出くわしたんです」女は言った。「グリオールのこちら側、テオシンテのある側では、以前ほどたくさんは見かけません。キャタネイの作業員たちがあちこち這いまわっているから近づいてこないんです。〝ひらひら〟は辺《へん》鄙《ぴ》な場所が好きですから。それでも、ときには群れがこちら側に流れてきて被害が出ることがあります。あなたが刺されたのはほんの数カ所。ほとんどはハニーマンさんで毒を使ってしまったんだと思います。遺体がひどく損なわれていて、身元を確認するのに苦労したとみんなが言ってます。もちろん、墜落したせいもあります。なにしろ浴場の屋根を突き破ったんですから。〈アリの永遠なる報酬〉の女たちが寝転んで、つまりその、おたがいに楽しんでいたところへ、ハニーマンさんがそんなふうに飛び込んできたもので……まあ、すっかり気分が萎《な》えたそうです」

ロザッハーはこれを聞いて大きな安堵《あんど》をおぼえた。また何年も失ったわけではなく、ほんの数日しかたっていないとわかったのだ。

マルティータは部屋の片隅を、そちらからなにか情報でも受け取っているかのように見あげた。「あの女の人。ルーディが。あなたを探しにここに来ました。何人かの民兵といっしょに。あなたのことが心配だと言ってましたが、あの人は信用できないので、ジャーヴィスがグリオールの横腹にぶらさがっているあなたを見つけたとき、わたしはあなたにぜんぶ決めてもらおうと思ったんです。あなたがここにいることを知らせたほうがいいなら、わたしのほうで……」

ロザッハーはマルティータの腕をつかんで首を横に振り、「やめろ」という意思をせいいっぱい強調して伝えた。

「そうだと思いました。あの人はあなたのことをすごく心配するふりをしていましたが、あの態度からすると、あなたが死んだのを確認したかったようです」マルティータはロザッハーの手をなでた。「心配しないで。ここは安全です」

その点については、ロザッハーはマルティータほど確信を持てなかったが、議論する気にはならなかった。なにしろひどく疲れていたので、会話はその後も続いたのかもしれないが、あとで思い出すことはできなかった。

それからの一週間は、ほとんどが意識を失ったり取り戻したりの繰り返しで、片方の状態がもう片方と区別しにくくなってきた。眠るたびに現実離れした鮮明な夢が訪れた――夢の中で、ロザッハーは黒い帽子とコートを着込み、カーボネイルス・ヴァリーのいたるところを旅していて、たいていは竜の体のどこかだが、ときにはグリオールの体内を訪れることもあり、そこで種々雑多な人びとと話をする（こうした会話の詳細はあまり思い出せなかったが、重要だという印象はあった）。それとは対照的に、起きているあいだはずっと眠くて頭がぼんやりしていて、マルティータが訪ねてくるときだけ、性的興奮による昂《たか》ぶりを感じて活気づく。痛み止めとしてもらっているのはマブで、そのせいで彼女に新たな魅力を感じているのだと気づいたが、それを知ったからといって魅力が薄らぐわけではなかった。ロザッハーがよくベッドに連れ込んでいた女たちと比べたら、太めだし、優美でもなかったが、それを不快に感じることはなかった。マルティータは存在が叙事詩のようであり、ロザッハーは、彼女が胸をあらわにして行く手を見つめる姿が船の舳先《へさき》に彫られているのを、あるいは、彼女が戦闘服を着て軍隊の先頭に立つ姿が彫刻になっているのを心に思い描き、自分が彼女の青銅の胸当てを持ちあげてその下にある豊饒《ほうじょう》に唇を押しつけるさまを夢想した。その週の終わり近くに、マルティータが夕食の残りを片付けに来たとき、ロザッハーは彼女を引き寄せ、愛撫し、首筋に鼻をすり寄せた。マルティータはしばらくなすがままになったあと、扉まで行って、階下にいる助手のアンソニーにカウンターをお願いと呼びかけた。彼女が服を脱ぐと、その肌はまるで太陽が宿っているかのように白く輝いていた。ロザッハーは、いま見ているものが、かつて見ていたマルティータの姿とちがうことは理解していたが、彼女に対する自分の反応を疑うことはなく、すぐにその体のやわらかなうねりにのめり込んだ。マルティータはロザッハーにまたがり、両手を彼の肩に置いて、おさげにした髪で彼の胸を打ち据えた。まぶたの重い目をとおして、ロザッハーは彼女の揺れるおなかの丸みを、いっしょになってはずむ夏カボチャのような垂れ気味の乳房を、運動でピンク色に染まった弛緩《しかん》した顔を、それらの光景がリズミカルに打ちつけられる肉体によって指揮される様子を観察した。マルティータはまるで人間の姿をした神獣のようで、彼はその行為に身をまかせ、その肉体に溺《おぼ》れ、これまでどんな女とも経験したことのない快楽にふけった。終わったあと、ロザッハーはしわくちゃの寝具にぐったりと横たわり、マルティータがズボンのボタンを留めるのをながめながら、この女に愛は感じないが（自分がそんな感情を知ることがあるとは思えなかった）、どうでもいい女と関係を持ったときにありがちな軽蔑も感じないことに気づいた。それどころか、冗談を言ったりじゃれあったりしたい衝動に駆られたが、自分の直感に自信が持てなかったので口を閉じていた。

「わたしをはずませるほど体力が戻ったのなら……」マルティータはベルトを締めた。「じきに起きて動きまわりたくなるはずです」

マルティータはクロゼットに近づき、黒いスーツとスローチハットを取り出し、ベッドの足のほうに置いた。

「気が向いたら着てみてください。ドアンズさんは町に出かけるときはいつもこのスーツでした。必要なら少し裾出しもできますよ」

ロザッハーはもう一度マルティータをベッドに引き倒そうとしたが、彼女はカウンターに戻らないとアンソニーに全財産を盗まれると言ってかわした。

「今晩また様子を見に来ます」マルティータは言った。「少し休んで、そのときに具合をたしかめましょう」

マルティータが去ったあと、ミスター・ドアンズのスーツと帽子を調べてみた——それは夢の中で自分が着ていたものと同じで、あの教会の暗殺者が寝室に侵入してきた夜に夢にあらわれた、ひどい咳をして顔に包帯を巻いた男が着ていたものとも同じだった。そんな話をしたらマルティータがなんと言うかはわかっていた。きっと、グリオールのやることは人間には理解できないほど巧妙なのだから、自分の能力を超えたことで時間をむだにするなと忠告するだろう。お決まりのたわごとだ。これまではそうしたものの見方からは距離を置くようにしてきたが、いまはそのお決まりのたわごとを無視するのがだいぶむずかしくなってきたようだった。

10

ロザッハーの傷跡はあとに残るもので、しかも男の顔をエキゾチックに引き立たせるような傷跡ではなかった。顎と首の左側の皮膚は赤茶色に変色して、焼きすぎたベーコンのようにこまかく波打ち、両手の甲も似たような感じになっていたが、こちらはさほど目立つことはなかった。マルティータの常連客の多くがこういう傷跡をつけていることを知ってからは、あまり人目を気にしなくなったが、それでも襟の高い服を着て手袋をはめることが多くなり、頭を左にかしげて傷跡の一番ひどい部分を隠そうとする癖がついた。〝ひらひら〟の毒による高熱が続いて体が弱ってしまったので、ルーディに復讐するのは力が戻ってからにしようと決めた。実を言えば、復讐はもはや第一の目的ではなくなっていた。療養中に、遅かれ早かれルーディとブレケはどうにかしなければならないと腹をくくったが、仕返しというわけではなかった――報復などしなくてもかまわないのだ。重要なのは自分が生きのびることであり、あの二人を殺すより殺さないほうが危険要素が少ないのであれば、その道を選ぶだろう。もっとも、実際にそうなるとは考えにくかった。

毎朝起きるたびに、マブをやるのはよそうと思ったが、マルティータがトローチを持ってくるとためらうことなく口に入れてしまった――薬の服用をやめるだけの充分な理由が見当たらなかったのだ。アーサーに命を狙われてから五週間たっていたが、これほど満足していたことはいままでなかった。酒場のがさつな心地よい雰囲気も、マルティータとの関係も気に入っていたので、少なくとも現状をもっとしっかり把握する時間ができるまでは、この関係に影響をあたえそうなことはなにもしたくなかった。この満足感が化学物質によって生み出されているとしても、それがなんだというのか？　ふつうの状況であれば、幸せはなんらかの一時的な不均衡によってもたらされるのではないのか？　だが、マブをやっているもっとも説得力のある理由は、もはや眠りに落ちるのが恐ろしくないということだ――そうした苦痛緩和効果に加えて、いまは歳月が失われることもなくなっていて、この状態が続くのかどうか、あるいはマブが決定的な要素なのかどうかはともかく（歳月が失われたという感覚は、すでに解消したなんらかの精神的苦痛が原因なのかもしれない）、再発が怖いので自分の行動を少しでも変えるのは気が進まなかった。

　ロザッハーは酒場で手伝いをするようになり、日中はカウンターの中で働いた――おかげでマルティータは、テオシンテに用事があるときも彼にまかせて店を開けておけるようになった。午後になると、窓から射し込む日光がざらざらした板張りを美しく輝かせ、常連客はみな光の筋に包まれ、頭上で渦巻くほこりが、それぞれの思いをきらきらした動きで描き出す。調理されたリンゴ（グリオールの背中に生えるいじけた果樹園で育った、薬効のある竜リンゴ）の香りがただよう、なにもかも穏やかで気持ちのいい空間……とても静かで、とても古風で家庭的で、これまでに経験したどんな環境とも異なっていたので、ロザッハーはその魅力に、その赤く輝く空間にどっぷりとひたり、そんなものは幻想だと、人はそんな空間ですら血みどろの衝動でだいなしにしかねないのだと知りながらも、それが続くかぎりは幻想を受け入れようとした。結局、長くは続かなかった。二カ月もたたないうちに、マルティータを毎日はずませて、常連客と上っ面だけの（ほとんどは）中身のないおしゃべりをして、酒場の通常業務をこなすという新たな暮らしの閉塞感に、いらだちをおぼえ始めたのだ。マブはそのいらだちが大きくなりすぎるのをふせいでくれた――なんとなく不満が続くだけで、簡単に無視できるような感情だったのだ。だが、ロザッハーは不備を見過ごすような男ではなかったので、毎日この心の傷をほじくり返しているうちに、その悪化を抑えられるのはトローチだけになっていた。

　ある日の午後、竜の肩の下から自分を救い出してくれたジャーヴィス・リギンズという高齢の鱗狩人と話をしていたとき、ロザッハーはまさにこの不満を口にした。ジャーヴィスは革のズボンに袖なしのキャンバス地のシャツといういつもの服装だった。腕にも頬にも首筋にも刺青がびっしりと入っていて、そのほとんどは狩人にとって重要な発見物である緑と金の鱗を小さくあらわしたものだった。シャツに隠れているもっとも大きな刺青は、凶暴な竜の姿で、頭の一部が襟の上にのぞいていた。窓に背を向けてすわっていたため、くすんだ白い乱れ髪は午後の太陽の光を受けて燃えあがる後光のように輝き、傷跡の残るしわくちゃの顔が影に沈んでいた。あまりにも荒廃した容貌なので、高所からだと人間の戯画のように見える地形の一部なのかと思うほどだ。ジャーヴィスはロザッハーに、自分がどこにいるかわかっているのかとたずね、返事を待たずに次の質問をした。「おまえさんの生まれた土地じゃ全長一マイルの竜が群れをなしてるのか、ぼうず？　きっとそうなんだろうな……さもなけりゃ、ここに住んでいるのに自分が奇跡の上を歩きまわっていることに気づかないはずがない」

　ロザッハーはいらいらとため息をついた。「そういうバカげた話にはうんざりだ。グリオールはなにもかも知っている。グリオールはあたえてくれる。グリオールはすべての祈りにこたえてくれる」

　ジャーヴィスは手首の刺青の鱗を爪でこすった。「グリオールはおまえさんの祈りにこたえただろう？」

「それをあんたに話して後悔しているよ」ロザッハーは言った。「そのとおり。わたしだって恐怖に負けたことはある。迷信にすがりつきたくなったこともある。だが、合理的な目で世界を見れば、どんなことにもいずれは明快かつ信頼できる科学的説明がつくことがわかるんだ」

　ジャーヴィスは低くうなった。「やはりな。自分がどこにいるかわかってない」

「まあ」ロザッハーはぼろきれでカウンターの水けを拭き取った。「もしもグリオールが神だとしたら、ずいぶん気まぐれな神だよ。やることなすことひどく行き当たりばったりに見える」

　老人はなにか言おうとしたが、ロザッハーが先に言葉を継いだ。「グリオールの計り知れない目的とか、謎めいたなさりようとかいった話も聞きたくない。そういうのにもうんざりしてるんだ」

奥のほうにいる客に呼ばれたので、ロザッハーはエールのおかわりを届けにいった。太陽の光が酒場の窓から射し込んでいた。長椅子やカウンターのそこかしこでジョッキに向かって頭を垂れる孤独な人びとは、修道院で教義上の微妙な問題について瞑想《めいそう》でもしているかのようで、その姿を包むほこりっぽい光の筋は板張りの赤味をいっそう濃くしていた。ロザッハーが別の客の相手をすませて、窓ぎわの自分の持ち場に戻ったときには、ジャーヴィスは帰り支度をしていた。

「明日の夜明けごろにまた来る」老人は言った。「おまえさんを翼の下へ連れて行って見せたいものがあるんだ」

「なにを？」

「それは自分で決めればいい。一日分の食料と水を用意しておけ」

ロザッハーが仕事があるかもしれないと抗議すると、ジャーヴィスは言った。「ネイサンが死んでからは、マルティータが一人でここを切り盛りしてきたんだ。一日くらいどうってことはない」

「翼の下には危険な動物が棲《す》んでいるのでは？」

「あまり深く入らなければなにもしてこないさ……まだあそこにいるのかどうかもわからないしな。最後にだれかが襲われたのはずいぶんまえのことだ」

「〝ひらひら〟は？　目的が自然散策だけなら、もう刺されるのはかんべんだ」

「おまえさんは二度と〝ひらひら〟には襲われない。一度刺されたらそれっきりだ。群れのまっただなかに踏み込んでも連中は気にしない」

そのような行動について、生物学的必然性に合致する筋のとおった説明を思いつかなかったので、ロザッハーはなぜそうなるのかとたずねた。

「謎だな」ジャーヴィスは言った。


翌日の夜明け、遠い丘陵地の切れ目にゆらめく赤い太陽が浮かぶころ、ジャーヴィスとロザッハー（現地へ向かう途中で切り出した長さ十二フィートの二本の竹竿《たけざお》の先端に大きな鉤をつけたものをかつがされていたが、ジャーヴィスからは「……役に立つんだ……」以外の説明はしてもらえなかった）は、ロープで竜の翼の下に降り立った。遠い昔の傷――肉が裂けたくさび状の傷の表面に鱗がゆがんだ形で再生している――が、数千年たつうちに広いくぼみになった場所で、グリオールの東側の斜面とその下の田園地帯を見渡すことができた。そちら側の鱗はもつれた蔓草で見えにくく、表面を覆う地衣類は、全体がさまざまな色合いの鮮やかな緑色で、そこかしこに銹色《さびいろ》や緋色《ひいろ》や薄茶色が入り混じっていた。竜の腹の下には土と草が高く盛りあがり、竜の脚の大部分を覆い隠しているため、西へ向かう旅人の目には、巨獣のこの部分が自然の地形、すなわちヤシやイバラの茂みや深い雑草の平原から立ちあがる断崖のように見える。その印象を唯一否定しているのが、頭上十フィート足らずのところでくぼみを隠すように垂れさがる巨大な翼で、何本もの軟骨が黒々とした脈の走る皮膜のかなりの面積を支えていた。太陽がのぼるにつれ、空が明るくなってコマツグミの卵のような青色に変わり、丘の上に浮かぶ筋状の雲はピンクに染まって、グリオールの上やその周辺に栄えるおびただしい生命が姿をあらわした。群れをなす虫たちがなにかの宗教儀式のように勢いよく飛び交い、ときおり〝ひらひら〟の群れが視界に入ってくると、ロザッハーは身をかたくしてそれが消えるまで見送った。判別もつかないほど小さな無数の生物がグリオールの体表を動きまわり、澄み切った水の底を透かし見ているかのようなさざ波を立てていた。上空で旋回する鷹《たか》が、獲物をとろうとして急降下すると、ツバメやムクドリやスズメといった小鳥たちはぱっと舞いあがって逃げ、さもなければ竜の上を低く飛んで、ほんの数秒だけ背中の地形をたどってからテオシンテのほうへ消えていく。その光景の生き物のような複雑さは、海岸で半透明の水にもぐって岩礁を観察していた子供のころの夏を思い起こさせた。サメの影の下を群れで疾駆する魚たちの奇妙な一体感、穏やかに揺れるゴルゴニアンとイソギンチャク、関節がたくさんある甲殻類、とても分類できないほど奇妙な形をしたきゃしゃな生命体、数限りないこまごました相互作用が調和した動きの中で結びつき、まるで巨大な脳の指示を反映する、生きた思考となっているかのように見えた。

　三十分後、ジャーヴィスが横になって眠り込み、ロザッハーは老人との必要最低限の会話もなしに景色をながめることになった……おそらく、それがこの遠征の目的なのだろう。巨大な共同体を支えるグリオールという生物空間《ビオトープ》を見せつけ、じかに体験させて、ロザッハーが驚きのあまりそれを神とかんちがいすることを狙っているのだ。たしかに驚いたし、その光景には目を見張らされた。だがロザッハーは、グリオールが生物群集の中心となっているという事実に、神性の証拠ではなく、アルフレッド・ラッセル・ウォレスやアレクサンダー・フォン・フンボルトなどの科学者たちがしめした原理の証拠を見た。そして、あらゆる魔術的思考や迷信に対して防御をかためたまま、鱗に背をもたせかけ、頭上に壊れた巨大な傘の残骸のように広がる竜の翼を見つめた。翼の下側は、ミソサザイ、オリオール、グラクル、カシケといった多種多様な鳥たちの巣がぶらさがっていて、中にはかなり手の込んだものもあり、その主たちが飛び交うせいであわただしい空間になっていた。翼のへりにならんだ何百羽もの鳥たちが餌を求めて飛び立つ準備をしており、いつしかロザッハーは、矢のように飛翔《ひしょう》し急降下する鳥たちを魅せられたように目で追っていた。見ているうちに思考が同じように気まぐれな軌道を描き始め、見かけは論理的なつながりもなく次々と主題が移り変わり、気がつくと、自分の事業のことをグリオールとの関係で考え、いくつものミスや逃した機会をかぞえあげていた。もっとも明白なのは、グリオールの神性を信じる人びとをあざ笑うのではなくむしろ受け入れて、マブを生ける神の聖餐として宣伝し、薬物依存を信仰の模範として掲げていれば、ものごとはずっと簡単に進んでいたはずだということだ。なぜいままで気づかなかったのだろう？　もしもそうしていたら、ロザッハーはどこまで支配を広げ、どれほどの権力を握っていたことだろう。モスピールの教会だろうと、それを言うならどこの教会だろうと、いますぐ約束を果たしてくれる宗教にはたちうちできまい。マブというう聖餐は、死後の漠然とした空想などではなく、実体がある報酬をただちに授けてくれるのだ。もちろん困難はあっただろう――教会は権力を手放すのをいやがっただろうが、それでもいつかは手放したはずだ。彼らの信奉者たちの信仰がトローチをのむだけでくつがえされる可能性があることを考えれば、手放さないわけにはいくまい。

自分が生み出せたはずの世界を想像し、沿岸地域の隅から隅まで、おそらくはもっと広大な領土を支配する自分の姿を思い浮かべながら、何年もまえに自宅の窓からモーニングシェードの町明かりを見つめ、そのパターンに自分の問題に対する答を見出したことを思い出した。それはあまりにも単純な答で、天の配剤のように思えたものだ。いまかかえている問題はそこまで深刻ではないが、鳥たちのパターンから導き出した（あるいは提示された）解決策は、同じくらい優雅で、その到来のしかたが同じくらい神秘的で……しかも同じくらい的確だった。これは逃した機会ではない。まだ生かすことができる。むしろ簡単になったかもしれない。いまなら相手にしなければならないのはただ一人、ブレケだけだ。ルーディはしばらくのあいだは細部にまで気をくばるだろうが、次第にブレケに権限をゆずり、快楽の追求に身をゆだねるようになるはずだ。ロザッハーがブレケに対抗するための準備をととのえるころには、ルーディの役割はただのお飾りになっているだろう。

もちろん、ブレケを敵にまわす必要はないかもしれない。いっそのこと共犯者にできるだろうか――よく考えてみなければならないことだが、ものごとには順序がある。まず必要なのは建物だ。大聖堂に匹敵し、同じような目的を持った建造物を、その機能をぎりぎりまで教会に悟られないように建設する必要がある。どのみち、計画が知られたところでなにもちがいはないのだ。教会は威嚇をし、極端な場合、挑発を受けてテオシンテに軍隊を送り込んでくるかもしれない。だが、こちらの民兵は都市を守れるだけの力をつけてきたし、ひとたびモスピールの軍隊がマブを味わえば、戦争も短く済むだろう。

目がなにかの動きをとらえた――五十フィートほど下から二人のいる場所へ向かって這い進んでくるものがある。正確には、這っているのではない。こちらに向かってじわじわとにじみ出てくるように見える。はっきりと形を見きわめることはできなかったが、かなり大きいようで、幅が七、八フィートあり、平らで、まだらな緑色をしていた（さもなければ地衣類に覆われていた）。ときおり、頭らしきものを持ちあげて、黒い斑点がある肝臓のような肉のうねをあらわにしている。ジャーヴィスを起こそうかと思ったが、脅威が迫っているわけではなかったので（その生き物の歩みは異様に遅かった）、目を離さないようにして老人は眠らせておくことにした。二本の長い針金（よく見ると触角だった）が、すぐそばにある二枚の鱗の隙間から突き出して、ロザッハーの注意を引き付けた。だが、その虫だかなんだかはいつまでも姿を見せず、うとうとしながら、計画を実行に移すためにすべきことを頭の中でぼんやりとかぞえあげ……そこで足を叩かれてはっと目を覚ますと、ジャーヴィスが手を貸せと怒鳴っていた。

生き物がもう六フィートもないところまで接近して、鱗から体を持ちあげていた。さらにあらわになった肝臓のような裏面には、唇はないが口のように見える切れ目があった。黒ずんだ舌の先端みたいにふるふると身を震わせ、口が食べ物でいっぱいになっているような粘っこいうなり声をあげている。ジャーヴィスが竹竿の一本で牽制《けんせい》し、先端の鉤で黒い斑点を刺した——それは変色ではなく、毛で覆われた隆起だった。ロザッハーは二本目の竹竿をつかんで同じように刺し始めた。相手の圧力にあやうく倒れそうになったが、がんばってこらえ、数分間の奮闘の末に、なんとか闘志を削ぐことに成功した。そいつは頭をさげて後退し、近づいてきたときと同じ道筋をたどって退却していった。

ジャーヴィスが竹竿に寄りかかり、あえぎながら言った。「ずいぶん長いこと見かけていなかった。もう死に絶えたのかと思っていた」

「あれはなんだったんだ?」

「悪魔の舌。苦い舌《アマルガ・レングア》。いろいろな呼び名がある。忍び寄ってきて獲物を毒でしびれさせるんだ。それからじわじわとのしかかって、埋葬布のように覆い尽くし、去ったときにはなにも残らない。染みひとつさえ」ジャーヴィスはにやりと笑って竹竿を振りかざした。「こいつが役に立つと言っただろう」

「だから持ってきたのか?」ロザッハーは疑いのこもった声でたずねた。「だが、どうしてわかった? もう何年も、その……悪魔の舌を見たことはなかったんだろう」

「ああ、それで持ってきたわけじゃない!」ジャーヴィスは翼を指差した。「巣をいくつかはずせるかと思ってな。観光客は巣が大好きだ。飾りになりそうなやつなら高値で買ってくれるぞ」

11

このできごとはロザッハーの転向の始まりとなったが、傍目《はため》にはもっとまえから始まっていたように見えたかもしれない。とらえにくい変化であり、徐々に昇華して絶対的な信念という状態までたどり着いたのだ。それからの数年（飛ばされてよくおぼえていないのではなく、ちゃんと生きて過ごした年月）、自分の宗教の基盤とそれをおさめる聖堂を構築しているあいだ、ロザッハーはグリオールの東側から見た静かな光景を忘れることができなかった。ジャーヴィスと過ごしたくぼみを繰り返し訪れては、その静けさに身をゆだねて発想のきっかけをもらった。奇妙な考えや洞察を頭に詰め込んで、それを数日ないし数週のあいだ脳内でただよわせていると、目のまえの問題にどう適用できるかが明らかになるのだった。

こうした洞察のかなりの部分が、ロザッハーの宗教と聖堂の設計の改良につながっていた。聖堂はモーニングシェードの代表的な事業、すなわち娼館に偽装されていて、これは建物が完成する三年まえから門戸をひらいていた。ロザッハーは宗教的法悦を高めるために肉体の快楽を利用しない手はないと考えていた――それは祭司と具象化された神とのあいだの絆を強めるだけだからだ。彼はテオシンテではなく沿岸地域の町で女たち（そしてかなりの数の男たち）を募集した。必要な条件は、姿が美しく、ロザッハーが彼らのために書く台本を学ぶ意欲があること。信頼できる人間かどうかは考慮しなかった。マブに依存するようになれば、大それた衝動は昇華され、自分が客に語る言葉を信じるようになるとわかっていたからだ。隠し持っていた巨額の資金を使い、何人も代理人をとおしてホテル・シン・サリーダを買収し、それを取り壊して、もっと大きくて立派な〈グリオールの館〉という施設の建設に着手した。完成した建物（のちには、ただ〈館〉と呼ばれた）は、半分に切った十一段のウェディングケーキを竜のくるぶしと前脚で支え、その上に二本の尖塔を立てたような姿で、形状だけはゴシック様式の大聖堂を思わせた。だが、随所に凝らされた意匠——華麗な装飾、アジア風の派手な色使い、ルビーガラスを使った大量のランタン、ファサードのあちこちに何百と飾られている金箔《きんぱく》をかぶせた木彫りの竜——が、その印象を大きく損なっていた。結果として、ぱっと見は巨大な娼館でありながら、意識下におよぼす影響は礼拝堂という、まさにロザッハーの意図したとおりの効果を発揮していた。

建物の四階までは、カーボネイルス・ヴァリーを囲む丘陵地から切り出した花崗岩《かこうがん》のブロックで作られ、執務室、更衣室（客は白いリネンのローブを着ることになっていた）、大きな厨房《ちゅうぼう》、宴会場、不届き者を効率よく処理する警備室、ワインや食材やマブを保管する倉庫などをそなえている……だが、その空間の大部分を占めるのは、長椅子や寝椅子がならぶ広大な円形劇場で、そこに案内される客を歓待する美しい女たちの白い絹のローブや男たちの絹のズボンには、小さな太陽に巻き付いた金色の竜を描いた飾りがついていた。ここの役割は、客が味わえるさまざまな快楽とその提供者を紹介することだが、彼らの転向もここから始まることになる。円形劇場の底に位置する舞台には、大理石と金で作られたグリオールの浮き彫りが大きく飾られ、その下で薄紗《はくさ》の衣装をまとった踊り子たちが、小編成のオーケストラ（弦楽器、フルート、フレンチホルン、ギター）の演奏に合わせて淫靡《いんび》なバレエを演じる。静かな音楽はこの空間全体を満たすが、音響的に完璧な造りなので、客と〈館〉の男女の会話が妨げられることはない。言うまでもなく、こうした会話は必然的に四階より上のどこかの部屋での性行為につながるわけだが、それぞれの部屋には、ロザッハーが彼らのために書いた説話の一部が侍者たちによって差し入れられている。グリオールの本質にまつわる考察、グリオールの壮大さをたたえる賛歌……こうした戦略（まさに戦略だった）は寝室でも続いていて、そこではどんなに常軌を逸した性行為だろうと、まずはヘッドボードの上に据えられたグリオール像への祈りから始まるのだった。

ロザッハーの狙いは、遊蕩《ゆうとう》と偽の霊的権威とを合体させた空想の宗教を作りあげ、神聖を汚すぎりぎりのところをすり抜けて、最終的には〝ほんもの〟の宗教の地位へ移行させることだ。カーボネイルス・ヴァリーの住民はもともとグリオールの神性をなかば信じているので、信仰への一歩を踏み出させるための説得はほぼ必要なかった――グリオールやマブになじみのない観光客にしても、〈館〉を出るときには、鱗のかけらが埋め込まれた竜の首飾りや腕輪（土産物屋にある）を記念に身につけていて、ストレスがきついときにはついさわっていたし、語る言葉にも滞在中にそっと吹き込まれたうたい文句や連祷《れんとう》の一節がちりばめられているのだった。ロザッハーは、自分の計画に人びとがいとも簡単に取り込まれるのを見て、テオシンテが世界中の〈グリオールの館〉から集まる巡礼者が神を讃《たた》えるメッカになることを夢見たが、それを実現させるためには直面する危機をなんとか切り抜けなければならないのだった。

最上部の三つの階が未完成のまま〈館〉が営業を開始していた初期のころ、一人の教会関係者――モスピールから派遣された枢機《すうき》卿《けい》――が執務室を訪れ、責任者と話をしたいと告げた。頭のまわらない若い事務員は、ロザッハーの代理人を紹介するのではなく、そのまま男を四階の研究室へ案内してしまった。未完成の石壁が刑務所のそれを思わせる窓のない部屋で、ロザッハー（〈館〉では偽名で仕事をしていた）は、そこでグリオールの血液の研究に取り組んでいたのだ。枢機卿は肉付きのよい、わし鼻の男で、豊かな髪には白いものが交じり、顎は二重になりかけていた。薬指にはヘイヴァーズ・ルーストの頂上にある大聖堂のてっぺんに据えられているような大きな宝石をはめ、銀の縁取りがある黒いローブに身を包んでいた。枢機卿はロザッハーの顔も見ないでしばらく歩きまわり、作業台の上にあふれている小瓶や蒸留器などの科学器具に視線をさまよわせた。視察をすっかり終えたところで、彼はずっとそばにいたロザッハーに目を向けた。まずは全身をざっとながめて、みすぼらしい身なりや顔と両手の傷跡に目を留めてから、いかにも横柄な態度で告げた。「責任者と話をしたいのだが」

「ミスター・マウントロイヤルに会いに来なすったんですか」ロザッハーは田舎風のなまりで言った。「ここにはいねえですよ。わたしかほかの管理者と話してくだせえ」

「待とう」枢機卿は言った。「今日中に会いたいが、明日の午前中でもかまわん」

「言葉が足りなかったようですな。ミスター・マウントロイヤルは海のむこうのセント・セシリア島に住んでおりやす。ここに来るには一週間近くかかりやす。よそで仕事をしていればもっとかかるでしょう」

枢機卿はいらいらとため息をついた。「待たなければならないのなら、待とう。わしと助手のために泊まる場所を用意してくれ」

「あのお……」ロザッハーはいかにも不安そうに口ごもった。「猊下《げいか》はもっとふさわしい宿を探すべきかと思いやす。たとえば、ヘイヴァーズ・ルーストの司祭館とか」

「これまでずっと罪深き人びとの中で暮らしてきたのだ」枢機卿のもったいぶった口ぶりは、それが比類なき業績であるかのようだった。「ここでなにが起きようがわしにはこれっぽっちも影響はない」

〝それはどうかな〟とロザッハーは胸の内でつぶやいた。そして壁に近づいて呼び鈴の紐《ひも》を引いた。すぐに別の事務員があらわれ、ロザッハーはその男に部屋をふたつ用意して枢機卿が不快に感じるようなものはすべて取り除くよう指示した。

「いや、だめだ！　ここへ来たのはきみの施設のふだんの様子を見るためだ。すべてそのままにしておきたまえ」枢機卿は隅にある木製の椅子を見つけて、そこへ向かい、女のようにローブを広げて腰をおろした。「ミスター・マウントロイヤルに伝言を頼みたい」彼はロザッハーに語りかけた。「チアーノ枢機卿がモスピールからやってきて、彼の仕事の好ましくない傾向について質問をしたがっていると。わしは彼に会うまで帰るつもりはない。できるかな？」

「できやす」ロザッハーは扉へ向かって歩き出したが、ノブに手をかけたところで立ち止まった。「猊下、わたしから質問してもええですか？」

チアーノはほんのかすかにうなずいた。

「〝好ましくない傾向〟とはどういう意味で？」

「わかりきったことだ。事業のあらゆる面において、きみたちは教会をあざ笑っているように見える」

ロザッハーは驚いているふりをした。「いいえ、そうじゃねえです。むしろ、グリオールを神とみなしている人びとをあざ笑ってるんで」

「グリオールは神かもしれんぞ。教会が任命した公会議はまだ決定をくだしていない」

「猊下、あなたの公会議にはまちげえなくわたしよりも賢明な人たちがそろっているでしょうが、わたしは生まれてからずっとグリオールのそばで暮らしてきやした。はっきり言いやすが、あのうしろにある悪臭の山は死にかけたトカゲでしかねえです。とてつもなくでっけえトカゲですが、トカゲに変わりはねえです」

「なぜ断言できる？」

「もしもグリオールが神なら、わたしたちが国内最大の娼館を安定させるために彼の皮に穴を開けるのを許したと思いやすか？」

「ほんとうにあの獣に穴を開けたのか？」

「ミスター・マウントロイヤルが、施設の大きさを考えたらここにあった古いホテルのようにケーブルに頼ることはできねえと考えたんで」

チアーノは唇をすぼめた。「一理あるかもしれんな」

「このあたりの人びとは宗教に夢中です。最近まで教会がなかったんで、人びとは手近にあるものを崇拝していやした。もしもグリオールがいなかったら、ワインの空き瓶を岩の上に立てれば、だれかがそれに祈りを捧《ささ》げたでしょう。結局のところ、この〈館〉はあのトカゲを、こう言っちゃなんですが、うめえ魚と結び付けることで、教会の役割を果たしてるんです。人びとがバカげた迷信を新たな視点から見られるようにしてるんです」

「おもしろい見解だな、拍手を送ろう」チアーノは言った。「きみの名前は?」

「マイリーです」ロザッハーは、しゃべりすぎて枢機卿に興味を持たれてしまったのではないかと怪《あや》しんだ。「アーサー・マイリー」

「ふむ、アーサーか、いずれまた話をする機会もあるだろう」

ロザッハーが部屋を出ようとすると、枢機卿が作業台を手でしめしてこの機材はなんのためにあるのかとたずねた。

「ミスター・マウントロイヤルの趣味です。いつも化学薬品でなにかやってやす。いくつかコツを教わったんで、時間があいたときはここに来て試してるんです」

ロザッハーは研究室を出ると、執務室でふたたび一人になって机に向かい、枢機卿の存在が引き起こす問題について考え込んだ。問題が深刻だというわけではない。ここ数年、教会の腐敗は予想以上に進んでいたので、彼らが自軍とほぼ同等の民兵を相手に軍事衝突を仕掛けてくるとは思えなかった――ほとんど抵抗を受けることなく進出できる地域がほかにもあるのだ。武力を誇示し、肥え太った使者をさらに送り込んできて諭したり脅したりするかもしれないが、いまの状況ではそこまでが限界だろう。しかも、枢機卿の来訪はロザッハーが自分の立場を強化するチャンスだ。架空のミスター・マウントロイヤルを演じる俳優を用意してチアーノの相手をさせるだけなら一日もかからないだろうが、できるだけ枢機卿の出発を遅らせれば、それだけさまざまな可能性を探ることができる。じっくり考えたあとで、ロザッハーは枢機卿を研究室に案内した事務員を呼び出した。

「ミスター・マウントロイヤルは来客をわたしのところへ連れてくるなと命じたはずだ」ロザッハーは言った。「わたしの傷跡に不快感をおぼえる人もいるからな」

「申し訳ありません」事務員はまだ二十代だが、すでに頭頂部が禿《は》げていて、薄い赤色のまばらな髪の房がそこを横切るように櫛《くし》でなでつけられていた。「あわててしまいました。枢機卿があんなにそばに来たのは初めてだったので」

「どんな感じだった？」

「なんですって？」

「枢機卿がすぐそばに来て。わくわくしたのか？　気絶しそうになったのか？　心を洗われるようだったとか？　教会への信頼がよみがえったとか？」

「ああ……いいえ、ちがいます」

「なにかがきみの反応の引き金になったはずだ」

「おそらく……」

「なんだ？」

「指輪の大きさです。宝石の。そのせいだと思います」

「ほかにはなんの影響もなかったのか。ほかに印象はなかったのか？」

「ええと、もっぱら気になったのは、枢機卿は歩くときに息が荒くなるということ……それと、体臭がすごく変わってました」

「聖人らしい体臭だったんだろうな」ロザッハーは机をばんと叩いた。「わかった。二度と同じことはするなよ。さて……」椅子に背をもたせかけて、両足を机にのせる。「チアーノ枢機卿が必要とするものを調べてほしい。厨房になにを注文して、なにを飲んで、どうやって暇つぶしをしたか、すべて記録しておくんだ。いい仕事をすれば、きみのミスを規則どおりミスター・マウントロイヤルに報告するのはやめておこう」

「ありがとうございます。がんばります」

「もうひとつ。枢機卿の滞在中は、うちでもっとも魅力的な男の護衛を彼の付き添い役にしてくれ」

「男ですか？」

「ただの印象だがな」ロザッハーは言った。

〈館〉の建設中とその後の数年間は、売春から宗教への移行が始まる時期で、ロザッハーは相変わらずマルティータとハングタウンで暮らしていたものの、時間がたつにつれて家を空けることが増えていった。マルティータのことはまだ魅力的だと思っていたが――当然だろう？――愛してはいなかったし、それは彼女のほうも同じだった。マブは強力な精神安定剤であり、使用者の嫉妬心《しっとしん》をほぼ消してくれる（すでに完璧なものがあるときに、なぜほかの女や、もっと大きな家や、より上等な服をほしがる？）が、強い感情を捏造《ねつぞう》したり引き出したりすることはできない。こうして、恋の絆が弱まったロザッハーとマルティータは、それぞれがよそに愛人を作りながらも、断続的に同棲《どうせい》を続けて親友であり続けた。

ある朝、ロザッハーは差し迫った問題について熟考し、できれば解決策を見つけるために竜のくぼみへ出かけようとして、鏡のまえに立ち、傷跡のある顔に影が落ちるように帽子の位置を直していた。そんな傷跡が珍しくないハングタウンにいたときでさえ、なかなかやめることのできなかった習慣だ。そのとき、マルティータが彼の背後にあらわれてむっつりと言った。「あなたはここに来てから少しも変わっていませんね」

ロザッハーは声をあげて笑いながら、傷跡のある頬や首筋を身ぶりでしめした。「本気じゃないだろう？」

「それを別にすれば、初めて店に来た日とまったく同じように見えますよ。あれからどれくらいたちます？　十年近く？　わたしのほうはおばあさんになってしまったのに」

ロザッハーはマルティータの容姿について励ましの言葉をかけ、彼女が弁当の用意をしにいったあとに、鏡で自分の姿を見てみた。傷跡のせいで判断しにくいが、顔のそれ以外の部分は比較的しわがなく、白髪も目につくほど増えたようには見えない。奇妙だ。たぶんストレスがないことが大きいのだろう。薬物事業は神経をすり減らす仕事だったが、〈館〉の建設や運営は毎日が楽しみで、むずかしくはあっても、楽しい挑戦であり、ストレスはこれっぽっちもなかった。一日の仕事が終わるときには、疲れてはいても、神経がぴりぴりしていることはなく、眠る気になれず、頭の中は偏執的な妄想でいっぱいで、ときにはそれが妄想では終わらないこともあった。

グリオールの西側の斜面を歩いて竜のくぼみにたどり着き、モーニングシェードの南側から広がる平原を見おろすと、歩兵と騎馬隊が行きつ戻りつ駆けまわり、白っぽい砂ぼこりを巻きあげていた。隣国テマラグアへの出撃（ロザッハーから見ると危険な流れだった）に備えて訓練中の民兵たちで、これは〝テマラグアの侵略〟と呼ばれるできごとに対する報復だった。問題の事件は、テオシンテの狩猟隊が道に迷って国境を越え、多雨林で暮らす原住民に惨殺されたというもので、いまやブレケが全権を握る市議会が、両政府間で長いあいだ議論の種になってきたテマラグア北部地域の併合につながる紛争を起こす口実になるのではないかと見られていた。その地域が鉱物資源に恵まれ、ポート・シャンティよりもはるかに喫水の深い好景気の海港をそなえているのは、もちろん単なる偶然でしかない。ロザッハーはしばらくその醜い混沌をながめて、いずれは介入しなければならないのだろうかと考えながら、かすかな槌音や衝突音といった下から聞こえてくる雑多な騒音に耳をすましたあと、ふたたび自分の道を歩き出した。

　風が強くなり、東から黒々と垂れ込める雲が押し寄せて、ぽつぽつと雨が落ちてきた。足取りを速めて竜のくぼみにたどり着くと、その数分後に霧雨が滝のような豪雨に変わり、頭上の翼に叩きつけて鳥たちをねぐらに追いやった。ロザッハーは目先の問題に取り組む代わりに、雨の音にあやされるまま眠りについた。目が覚めたとき、グリオールの上空にはまだ雲が広がっていたが、東の空から太陽の光が射し込んでいた。巨大な水晶で集束させたような光の筋が降り注いで、神かだれかが拡大鏡で海岸の一部を焼いているように見える。鳥たちが巣から飛び立ち、空気の具合をたしかめ、いっとき大騒ぎを繰り返してから朝食を求めて去っていく。水が竜の翼の軟骨性のへりからしたたり落ちた。あらゆる創造物が雨で生まれ変わったかのようだ――這うもの、走るもの、跳ねるもの、舞うもの、それらすべてが心をとらえる一体感を生んでおり、いまやロザッハーは、その癒しの効果を高く評価し、頼りにさえするようになっていた。そしてあらためて、竜のこちら側からのながめと西側の斜面から見える優美な姿との明確な二面性に思いをめぐらした。前者はグリオールの原点と思われる牧歌的だが野蛮な世界であり、後者が象徴する自分が押し込められた世界は、やはり野蛮ではあるが、静けさや一体感をただよわせることはなく、人間という汚染物質がもたらす、およそ一貫性のない毒々しい錯乱を反映していた。だが、その錯乱の原因の一端はグリオールにあるのではないのか？　ロザッハーはプロイセンの村で発育期を過ごし、ベルリンで大学生活を送った――どちらの土地も整然としていて、しっかりと管理されているように見えた。テオシンテやその周辺地域がまともに機能していないのは、グリオールによってもたらされた苦悩が原因なのかもしれない。それとも、実はプロイセンも記憶にあるほど整然としてはいなかったのだろうか。結論を出すには、もっと広く世界を旅してよその文化を観察してみなければ。

そのまましばらくグリオールの二面性について思索を進め、考えを整理するためにこの主題でなにか書いてみようかと検討していたとき、男の声が呼びかけてきた。背後へ目をやると、竜の隆起した背の上に二人の男が立っていて、一人は長銃身のライフルを手にしていた。小柄なほうの男がロザッハーに手を振って斜面をくだり始め、もう一人はライフルをかまえてその場にとどまっている。近づいてきた男はブレケ議員だった。初めて会ったときよりもだいぶ髪が白くなったブレケだ。ロザッハーは急に警戒心を強め、片膝をついて体を起こし、逃げ道を探した。ブレケはくぼみまでたどり着くと、両手を腰に当ててしばらくその場にたたずみ、息をととのえながら谷を見渡した。

「美しいところだな」ブレケは言った。「わたしの好みからすると少々けわしすぎるが、実に壮観だ」ロザッハーのかたわらの鱗を指差す。「すわっていいかな?」

「禁ずるものは見当たらねえですが」ロザッハーは田舎風のなまりで言った。

ブレケは身をかがめ、鱗に腰を据えてから言った。「ずいぶんたつんじゃないか?」

「なんですって?」

「このまえ話をしてからだよ。もう十年近くになるはずだ」

ロザッハーは耳のうしろをかいた。「なにを言いてえのかわからねえんですが」

ブレケは笑いをこらえているかのように唇をひくつかせた。「わたしはきみが何者か知っているよ、リヒャルト。そのバカげたなまりはやめたまえ」

ロザッハーは口をつぐんだまま、翼の下のもっと奥のほうへ駆け込めば、ひだのあいだにまぎれて追跡をかわせるかもしれないと考えていた。

「わたしがきみに危害を加えるために来たと思っているのなら」ブレケが続けた。「そんなことはまずありえないと断言しよう」

「あなたの部下がライフルをおろせばもっと説得力が増すかもしれません」

「あの男のことは気にするな。ここにいるのはわたしの身を守るためであって、きみに害をおよぼすためではない」

「微妙なちがいですね。一方が他方の結果として生じるように思えます」

ブレケは憤慨したようなため息をついた。「きみが行方不明になっていたあいだ、わたしはほぼずっときみの居場所を知っていたんだ。ミスター・ハニーマンの死と、きみの死を偽装する死体の不在……わたしは初めからきみが生きているのではないかと疑っていたが、ルーディはそんなことはないと主張した。あれは彼女の希望的観測だったんだろうが、きみを見つけたあとは、彼女にその考えを捨てさせる理由もなかった。とにかく、わたしは長いあいだずっときみから目を離さずにいたんだ」

雨のしずくがぱらぱらと鱗に落ちて、たちまち小さく薄れていく。

「なんのために？」ロザッハーはたずねた。

「きみは賢い男だ、リヒャルト。理由はそれだけで充分だろう。その賢さをどう生かせるかということだ」

「あなたに逆らうつもりはありません。わたしのことはほうっておいてください。それだけです」

「いいだろう」ブレケは言った。「きみがわたしに敵意を持っていないと聞いて安心したよ。しかし、ここで言いたいのは、もしもわたしがきみを殺したいと思っていたのなら、その目的を果たすための機会はいくらでもあったということだ。わたしはきみを貴重な人材と考えている。事実、きみが事業から離れていたあいだもそのように扱ってきたし、われわれの利益の一定割合をきみの口座に支払い続けてきた。きみが〈館〉で必要とする製品をどれだけ流用しようがそれを黙認してきた」

ロザッハーは仰天したが、なんとか冷静な表情をたもった。「わたしがマブを購入している相手は……」

「ポート・シャンティのボーニッシュ兄弟《きょうだい》からだな。原価以下のわずかな金しか支払っていないのは、ボーニッシュ兄弟の商館の所有者がきみ……というか、きみの代理人であるサミュエル・マウントロイヤルだからだ」

ロザッハーは自分の事業がブレケに知られていることは気にしなかった。ブレケがこうしてその事実を伝えているのは、もはやロザッハーには主導権がないことを思い知らせるためだろう。「あなたはなぜここに？」

「もっと喜ばしい状況で訪問できれば良かったんだがね。きみとルーディとの関係は、控えめに言ってもぎくしゃくしていたはずだが、それでも少しは感情面のつながりが残っているのではないかと思う」

「要点を言ってもらえませんか？」

「ルーディが亡くなった。昨日の夕方、イースト・クレセント・ロードへ乗馬に出かけたんだ。どうやら落馬して岩で頭を割ったらしい」

頭を温かい布でくるまれたように、ロザッハーの感覚は麻痺した。心がぐるぐると渦巻いていた。涙が出るほど悲しくなったかと思うと、次の瞬間には、ルーディという問題が片付いたことに安堵をおぼえた。

「ルーディが？」ロザッハーは言った。「ルーディが死んだ？」

「残念ながら」

「いっしょにいたのは？」

「わたしの知るかぎりでは、一人で出かけたようだ。ここ数年、彼女の薬物使用量は無謀なほど増えていた。主にアヘンだ。以前にも乗馬中に居眠りをして落馬したことが何度かあったそうだ。今回もそれが原因ではないかと思う」

骨までえぐるような寒さに代わって、怒りがあふれ出した。「あなたがどう思おうが知ったことではない！　ルーディの死でだれが得を？　遺言は読まれたんですか？」

「それはまだだが、わたしは一年ほどまえにルーディの最後の遺言に署名している。そのあとで書き直されたかもしれないが、わたしは承知していない。こまごました遺贈がいくつもあって、彼女は会社の自分の持ち株をモーニングシェードの住民のために公益信託に寄付したいと言っていた」

ロザッハーは愕然とした。それは二十五年まえに彼が教会と結んだ協定に反する行為だった。「信託を管理するのは？」

「法律事務所だ。ローレンス・べーレンス・エクレストン法律事務所。よく知っている弁護士たちか？」

ロザッハーは怒りのあまり、それは自分と教会との協定を処理した事務所で、きっと教会がしびれを切らしたのだと言いかけたが、そこで警戒心が頭をもたげた。ルーディは協定の存在をブレケに明かしたのか？　ありえない話ではない。だとしたら、そのことはブレケの訪問とどう関係する？　教会は辛抱強い怪物だ——あと十年弱待てばいいのだから、よほどの挑発を受けなければ協定を破ることはないだろう。ルーディがロザッハーと教会との協定をコケにするためにそういう遺言を残した可能性はあるが、協定を作成した事務所がそんな遺言書を作成するとは思えない。となると、ブレケがなにかごまかしているのではないかという疑いが出てくる。ルーディの死という知らせだけではなく、自分が薬物事業に引き戻されていることを実感したせいで、急に手足や心が重くなった。

「ほんとうのところ」ロザッハーは言った。「今日、あなたはなぜここに？　なにが目的なんです？」

「ルーディは血の精製工程を明らかにすることなく死んだ」ブレケは片方の脚を伸ばし、凝りをほぐすように足首をまわした。「手元にあるマブで客を満足させられるのはあと二週間かそこらだ。追加の薬を作るためにきみの協力が必要だ」

ルーディが精製工程を——というか、そんなものがないことを——秘密にしていたという事実は、ロザッハーを驚かせ、問題をさらに複雑にしていた。だが、それは彼が生き残るために必要なこととはなんの関係もなかった。ロザッハーはその質問についてじっくり考えるふりをしながら言った。「追加の薬を作るのはかまいませんが、条件があります」

ブレケはうなずいた。「そうだろうと思った。続けてくれ」

「第一に、ルーディの遺言を見せてください。第二に、処理室ではわたし一人にさせてもらいます。なにがあろうと、あなたやあなたの部下が作業をのぞき見ることは許しません。協定のこの条項が守られなかった場合、わたしは手を引いて、何千人もの不機嫌な中毒者についてはあなたに対処してもらうことになります」

ブレケが口をひらきかけたが、ロザッハーは手を振ってさえぎり、続けた。「精製工程に関する情報を詭弁《きべん》や暴力で引き出そうとする試みがあった場合、事業全体を破壊する仕組みが作動することになります。この仕組みはわたしたちの関係が始まった当初からあるもので、わたしはその有効性に全幅の信頼を寄せています。理解できましたか？」

「ああ、もちろんだ」ブレケは言った。「しかし、できれば……」

「第三に、わたしはあなたの拡張主義的な政策が事業を危険にさらすと考えています。だから外交政策のあらゆる問題について相談をしてください。テマラグアだろうとそれ以外の地域だろうと、領土拡張の試みに関することは特にです。あなたが自分の方針は正しいとわたしを納得させることができず、なおもそれを続けるなら、わたしはマブ製造であなたに協力するのをやめます」

ブレケは信じられないという顔で言った。「わたしのあらゆる決断に対して拒否権がほしいというのか？」

「外交政策に関しては、そうです。あなたは複数の方面への拡張をもくろんでいて、紛争にそなえて資金を必要としているのでしょう。莫大な資金を。そんな決断に対して発言権を求めないのは愚かなことです。わたしには自分の投資を守る権利があります」

「こちらに選択肢はないようだな」しばらくしてブレケが言った。

「いや、選択肢はいくつもありますが、注目すべきものはひとつだけ——あなたの選んでいる道は成功を約束されているとわたしを説得することです。拡張主義的な外交政策を押し進めることに反対はしません。ただ、分別あるやりかたをしてもらいたいのです」

「きみのおかげでわたしは裕福になった……権力も手に入れた」ブレケは次の言葉の強さをやわらげようとするかのように笑みを浮かべた。「地方政治に手を出す以外にはほとんど楽しみがないいんだ。慎重な人であれば、わたしを妨害するのは危険なゲームだと言うかもしれない」

「あなたが愚か者なら、そのとおり――危険でしょう。しかし、わたしはあなたを愚か者とは思っていません」ロザッハーは返事を待つために間を置いた。ブレケは唇をすぼめて空気を吐き出し、不安げな音を立てた。

「最後にもうひとつ」ロザッハーは続けた。「アルタミロンやモスピールのような場所には、あなたのために秘密裡《ひみつり》に調査をおこなう諜報員がいるはずです」

「当然だ」

「そのうちの二人を、ええと……三カ月ほど貸してください。それで充分です。できれば男女一名ずつ。最高の人材を徴用するつもりはありませんが、有能な者は歓迎します」

「どんなことに使うつもりだ？」

「あなたは頭のいい男だ、ジャン＝ダニエル。見当はつくでしょう？」

「ルーディの死について調べるつもりか。しかし、なぜ自分の諜報員を使わない？」

「わたしには諜報員はいません。街角の目と耳があるだけです。あなたの部下ならわたしが雇っている連中のだれよりも腕が立つにちがいないので」

明らかにうわべだけの社交辞令を交わしたあと、ブレケは去り、ロザッハーはふたたび景色をながめたが、瞑想的なムードはだいなしになっていた。胸がざわついて、気分が悪かった。どんなにがんばっても、その景色の中に身を投じて、調和のとれた全体の一部となることができなかった。自分の人生の明細がきちんと整理されていないような気がした。腰をおろして、こまごました問題に頭を悩ませながら、たとえいまは無力化されたように見えても、ブレケ議員はこれからも深刻な問題であり続けるだろうと考えた。あの男は権力が好きで好きでたまらず、ロザッハーは過去の経験から、破滅の脅威さえその意欲を削ぐことはできないのだと知っていた。

12

　ブレケと再会するまで、ロザッハーの日々は比較的のどかだった。〈館〉の補給関係の問題を数時間かけて処理し、ものごとが順調に進んでいるのを確認すると、残りの時間は新たに見出した信仰について考えることに費やして、この不完全なものをさまざまな角度から吟味し、補強したり解体したりを繰り返していた。危機的な状況に対処するために〈館〉に呼び戻されることもあったが、彼が鍛えた側近たちの能力が高まるにつれて、そうした事態は少なくなっていった。しかし、あの出会いのあとは、円形劇場の地下にある処理室に毎日何時間もこもって、竜の血に人間の摂取を可能にする魔法をかけるふりをしなければならなかった。その作業を見ることはだれにも許されていなかったので、初めのうちは空想や心理ゲームで時間をつぶしていたが、それにも飽きてくると、自分の考えを書き留めるようになった。グリオールの血（道理に反して、凝固の兆候はなかった）が入った、セラミックの内張りがほどこされた桶の横で木の椅子にすわり、金色の液面に浮かびあがってはまた消えていく黒い暗号をにらんでいれば、その考えがグリオールのことになるのは当然だろう――竜の意図にまつわる考察、グリオールとのかかわりで考えた人間の位置づけ。ほどなく、ロザッハーはこれらの考えを小論文のかたちにまとめあげ、数カ月かけて刈り込みと仕上げをおこなったあと、グリオールがテオシンテの歴史におよぼした影響を考察した『われわれの竜の性質について』という一篇を、自身のしわがれ声で読みあげ、伝声管を通じて円形劇場全体に届けた。反響は予想を上回るすさまじいもので、土産物屋には、この小論文の印刷物をもらえないかという依頼と、次の〝説教〟はいつなのかという問い合わせが殺到した。言葉にならない思いを形にしてくれるこのような説教は、大勢の人びとから待望されていたらしく、ロザッハーはそれを励みにして二作目の小論文の執筆にとりかかった。適当な題材を探しながら、自分と竜との最初のかかわり、これまで進めてきた血の研究、そして竜がその研究を阻止しようとしたときに起きた奇妙な時の空白（まるで時間という川の流れを飛び石伝いにわたったかのような）に思いをはせた。こうして振り返ってみると、あれはずいぶん手間のかかるやりかただった。竜にしてみればロザッハーの死を仕組むほうがずっと簡単だっただろう――使える武器はいくらでもあったのだから。だが、〝ひらひら〟や商売敵《しょうばいがたき》や自然界にあるそのほかの要素に仕事をまかせるのではなく、グリオールはロザッハーを幾度となく危険にさらしたうえで、なんらかの謎めいた目的、おそらくは彼がいま進めている竜の神格化を実現させるために命だけは救ってきた。それはあたかも、グリオールが人類との交流をとおして、人間の問題解決の手法である行き当たりばったりの経験主義を取り入れ、さまざまな策略を取捨選択し、無数の可能性をふるいにかけて、一本の有望な糸に絞り込み、死すべき者たちの世界に不死の視点を組み込もうとしたかのようだった……こうして、ロザッハーは『わたしが崇拝する神はわたしがもたらした神なのか？』と題する小論文を執筆することになり、それは彼の最初の神学的説教の試みよりもさらに熱狂的な反響を呼び起こした。

ある晴れた風の強い日の午後、塔の上にいるメリック・キャタネイを訪ねたとき、ロザッハーはこの話題を持ち出し、じっくり考えたことがあるかどうかたずねてみた。キャタネイはデッキに置いた頑丈な椅子にベルトで体を固定して、スケッチブックの白紙のページに絵の具を垂らし、色を混ぜ合わせて亜麻仁油《あまにゆ》を加え、その効果をたしかめていた。彼はこの十年でめっきり老け込んでいた――白髪まじりだった頭はほぼ真っ白になっていて、顔のしわは縫い目のように深く、身のこなしがひどくぎくしゃくしているので、塔が風できしむたびに、その音がキャタネイの関節から出ているのかと思うほどだ。塔の昇降にも手助けが必要で、それゆえに椅子が必要なのだった。「昔はよくそんなことを考えたものです」キャタネイはぼろきれで刷毛をぬぐいながら言った。「なんの結論も出ませんでした。たぶん忙しすぎたんでしょう。そしていまは時間がありません。死ぬまでに壁画を完成させるには、大急ぎで仕事をしなければならないんです」

「大げさすぎる」ロザッハーは言った。「きみにはまだ長い歳月が待っているのに」

キャタネイは刷毛を洗浄液の入った瓶に突っ込んだ。「それを信じられたらとは思いますが、自分の体のことはわかります……もうそれほど長くはないんです。両親は六十代の早い時期に亡くなりました。あなたの両親とはちがうでしょう。歳月はあなたにはとても優しかったようですね」より細めの刷毛を選び出す。「グリオールについて、あれは神なのだろうかとか、いろいろ考えたこともありましたが、やはり神だという結論になりました。それ以外のなんだと言うのです？　これまでに出会った中でもっとも神々しい存在ですし、その疑問について統一見解があるとしたら――どうやらあるように見えますが――反論なんかできますか？　わたしはただの職人で、深い考えを持っているわけではありません。それはあなたとブレケにまかせます」

「きみはグリオールについてさんざん考えてきたんだろう。つまり、あっさり結論を出したわけではない」

「充分に考えましたよ」キャタネイは刷毛に藍色の絵の具をつけて、それをページに塗りつけ、なにかつぶやいたが、ロザッハーには聞き取れなかった。「実を言えば、グリオールを形而上学的な問題として考えるのをやめたら、そのほうが楽になりました。それまで悩んでいたことの多くは……つまり、女とのもめごととか、補給の問題とか、そういったことですが、グリオールに気を取られていたせいでややこしくなっていたんです。自分で解決できる問題に集中するほうが満足のいく結果になるんですよ。たとえば」彼は色を塗っているページをロザッハーに見せた――金色の染みの一部が藍色で縁取られていた。「壁画の右下の四半分を藍色で縁取るかどうかずっと迷っていました。境界線にするわけじゃないですよ。こんなにきれいな線にはなりません。この部分だけ塗料が金色から藍色にじわじわと変化していきます。どう思いますか？」

　ロザッハーはそのページを見つめた。「どうだろう。わからないな」

「もちろんわからないでしょう。判断するには専門知識が必要ですし、その色が鱗の上でどう作用するのか理解する必要があります。ニスについても勉強しないと。これまでは蜜蠟（みつろう）で色止めをしていましたが、藍色はもっとふつうの仕上げにしようと思っています」キャタネイは静かに笑った。「あなたにはそういうことを決める資格はない。そしてわたしたちのだれにもグリオールの謎めいた可能性を評価する資格はない。ほうっておけばいいんです。自分が得意とすることに集中すればいい。そのほうがずっと幸せになれますよ」

「わたしが得意になったのは娼婦の扱い方だ」ロザッハーはむっつりと言った。「それと薬物。どうやって薬物の需要を生み出すかも知っている」

「あなたは商売人だ。そして科学者でもある。しばらくは科学に専念するほうがいいのでは。グリオールのことを気にするのはやめて」

ロザッハーは笑い出しそうになるのをこらえた。「残念ながら、この件では科学が形而上学とからみ合っているんでね」

白い髪が風になびき、老人は椅子の横のデッキに置かれたベレー帽を手探りした。ロザッハーはそれを手渡してやった。

「あなたが下へ降りるときに」キャタネイが言った。「いえ、追い払おうというわけではないですよ。でも、あなたが降りるときに、塔のそばに赤毛の男の子が立っているかもしれません。その子に毛布を持ってくるよう頼んでくれませんか?」彼はスケッチブックの新しいページをひらき、グリオールの壮大な頭部になかば隠れている、沈みゆく太陽のほうへ目を向けた。「ほんとうに驚きですよ……こんなところにすわっているなんて。できれば画廊をひらいて、自分の絵を何枚か売れればいいと思っていました。これだけのものを目《ま》の当たりにする幸運に恵まれるなんて思ってもみませんでした。彼のような存在に会えると思ったことがありますか？」

「あったよ」ロザッハーは言った。「だが、こんなものとは思わなかった」

キャタネイの言うことはおおむねもっともではあったが、ロザッハーはその助言には従わなかった。二篇の小論文の好評に励まされて、週に一篇ずつ新作を書きあげ（必然的に深夜まで働くことが多くなった）、毎週金曜日の夜、週末の大宴会をまえに円形劇場に集まる人びとに読み聞かせることにした。これらの小論文からもっとも顕著《けんちょ》な影響を受けたのは、聴衆かと思われるかもしれないが、実はロザッハー自身だった。彼はペンを取るまえから、竜は人間の営みに強い影響をおよぼすと結論づけていたが、その信念は圧倒的な数の証拠に基づいていただけで、信仰のレベルまで達することはめったになかったし、絶えず疑念に苛まれてもいた。ところが、単語をひとつずつ書いて、語るたびに、グリオールの神性に対する信念は力を増し、やがて敬虔《けいけん》なる崇拝へと変わって、とうとうロザッハーは竜の聖なる力を肯定するようになった——かつてグリオールを、大多数の竜よりいくらか大きいが、それでもごく平凡な存在と断じたときと同じほどの熱意をもって。

ルーディの死に関するロザッハーの調査は実を結ばなかった。彼女の遺言はやはりでっちあげだったし、事件については、殺人犯がその痕跡をみごとに隠蔽《いんぺい》したか、さもなければ事故がやはり事故でしかなかったかのどちらかだった。だがロザッハーは確信していた。ブレケは事業を教会に譲渡するというロザッハーの約束を知っていて、それを破棄させるために彼をモスピールと敵対させようとしているのだ。ブレケの事務所からは毎週のように新たな不満が届いた――司教たちから海外市場の比率を増やせとか品質管理を厳しくしろとかいった要求があり、応じないと教義に反すると言って些細なことで難癖をつけられるのだ。ロザッハーはブレケに要求のごく一部をかなえて彼らをなだめるよう助言し、ブレケもそれに従ったが、彼は近隣の国々に対して武力による威嚇を続け、国境沿いに軍勢を集結させては演習を繰り返していた。ロザッハーは、ブレケの野望を阻止するためになにか手を打たなければならないと思ったが、機が熟すのを待つことにした。二人の関係は、ときに厳しくなることもあったが、ブレケが信頼できるパートナーなのは証明済みだったし、ロザッハーの成功はブレケに負うところが大きかった。少なからぬ影響があったのは、ロザッハーがルーディの死を調査するためにブレケから借りた工作員の片割れ、アメリータ・ソブラルだ。すらりとした黒髪の女で、乳白色の肌と、この世のものとは思えぬほど繊細な顔立ち（大きな黒い瞳、小さな顎、高い頬骨と、まるで異国風味を好む熟練した彫刻家の作品のようだ）のせいで、いつも助けを必要としているおとぎ話の乙女のように、見た目だけはひよわな気配をただよわせているが、実際はそれとはほど遠く、態度も厳粛で、笑顔を引き出すのはなかなかむずかしかった。アメリータとその相棒の男がロザッハーの行動をブレケに報告するのは想定済みで、この二人を借りたもっと深い動機は、彼らに材料をあたえ、そこからブレケに伝わったことをこちらの工作員に報告させせることで、双方の事務所のあいだの情報の流れをあやつることだった。この実験で特に知りたかったのは、ブレケが殺人事件の捜査に関する偽情報に反応し、それによって彼自身がルーディの死に加担したことを証明してくれるかどうかだった。

アメリータが配下に入って間もなく、ロザッハーは彼女と恋仲になった。そうなるだろうと思っていたし、アメリータにとってはずいぶん皮肉な展開だとは思ったが、それでもその関係が進むのを止めなかったのは、自分の戦略に合っていたし、しかも彼女に心を奪われていたからだ。ところが、数カ月たつうちに、アメリータがブレケに渡す情報は、議員をあえて刺激するような内容が排除された、つまるところ、ロザッハーが彼女に見せることを許した無益な要約になっていることに気づいた。協力を依頼してから二年近くたったある霧雨の降る朝、ロザッハーが執筆をするために、そしてグリオールの横腹から見える移り変わる田園風景から発想を得るために出かける竜のくぼみに、アメリータがやってきた。ハングタウンの女らしいカーキ色のズボンに黒い光沢感のあるブラウスという服装は、彼女の仲間たち、すなわち森深い低地を流れるプトマヤ川のほとりで暮らす禁欲的なカルト崇拝者たちのあいだで自己犠牲をあらわすものだった。アメリータは顎の下に両膝を引き寄せてすわり、ブレケにロザッハーの行動を報告していたのだと、みずからの裏切りを告白した——ロザッハーへの思いが募るにつれて、重要だと思われることは省いて報告するようになったが、もはやその程度のごまかしも通用しなくなったのだと。ロザッハーは疑いの気持ちを消すことができず、アメリータの誠実さに感動しながらも、彼女が人を欺くことに長けているのを知っていたので、心の片隅では判断を保留していた——この告白は彼の信頼を得るための策略かもしれない。ロザッハーはアメリータを抱き寄せ、その髪に顔をうずめて、愛していると言った。口にしたときはその言葉を熱烈に信じていたが、彼女を解放したとたん価値が下がってしまったように思えた。

「こんな任務を引き受けるべきじゃなかった」アメリータが小声で言った。「本能がなにがなんでもあなたを避けろと言っていたのに」

「そうしたらわたしたちが会うことはなかった」ロザッハーは言った。「そのほうが良かったのか？」

「それが一番良かったのかも」

「こんなことは乗り越えられる」

「どうかな」

「まちがいない！」

「わたしはあなたよりも行動基準が高い……みたい」

ロザッハーはアメリータの顔を読もうとしたが、感情は見えなかった。「わたしになにをさせたいんだ？　なにか罰をあたえろと？　きみは命令に従っただけなんだから、罰を受ける理由はない。きみを許せと？　わたしはきみを許す。言うまでもないことだ」

アメリータは探るような目でロザッハーを見てから、うつむいてズボンの裾のほつれを引っ張り、しばらくして言った。「あなたはずいぶん落ち着いているね……わたしの二枚舌に少しも驚いていないように見えるのが不思議」

「きみのために大騒ぎをすると思ったのか？　泣きながら髪をかきむしるとでも？　わたしはバカではない。きみがわたしに関する情報をブレケに届ける可能性があることは最初からわかっていた」

「なるほど。あなたも二枚舌だったんだ」

「自分の身を守るのは当然だ。それを二枚舌と言っていいのかどうか。もしもわたしがきみに関する疑念を口にしていたら、二人の関係は終わっていただろう。終わらせる覚悟がなかったんだ」

翼のへりから垂れる雨のしずくがぽたぽたと音を立て、さまざまな小さな生き物がグリオールの鱗の隙間から頭や触角などの突起物をのぞかせていた。アメリータはロザッハーの話をしっかりとのみ込んでから、わかったと言うように頭をかすかにうなずかせた。

「ブレケのことでひとつ質問がある」ロザッハーは言った。「あの男がルーディの殺害に関与していたことを示唆《しさ》する情報をわたしに隠していたことはないか？」

「ブレケの関与を示唆するものはなにも見つからなかった」アメリータが言った。「それで無実の証明にはなるわけじゃないけど、たとえ関与していたとしても、彼はいっさい痕跡を残していなかった」

ロザッハーは落胆を隠せず、アメリータは彼の腕に手を置いて言った。「あなたがそうしてほしいなら、これからもつながりを探してみるけど」

「いや、いまやっていることを続ければいい」

「どういう意味？」

「ブレケに報告書を送り続けるんだ」

アメリータの表情にとまどいがよぎった。「ブレケをだまし続けろというの？」

「それがわたしたちを守るんだ。もしもきみがブレケのところに行って、もう彼のためには働けないと言ったら、代わりが送り込まれてくるだけで、わたしにはそれがだれなのか見抜けないかもしれない」

アメリータが不満顔なのを見て、ロザッハーは続けた。「きみがこんな状況に陥ったのは、きみが欺瞞《ぎまん》の道を歩んだからだ。自分を解放するためには時間が必要だ」

「〝自分を解放する〟ために、ブレケの手先であることをやめて、あなたの手先にならなければならないの？　それとも、わたしはずっとあなたの手先だったの？　わたしがスパイだと最初から知っていたんでしょう？　わたしを利用したんだ！」

「きみがわたしの立場だったらどうした？　ブレケのせいでわたしは自分を守らなければならなかった。悪いのはブレケであって、きみではない」

竜の翼のへりの下にならんでいる巣で騒ぎが起こり、そのうちのひとつ、泥色で大きくて、底の形が四つの棘を持つ星のように見える巣が、ぐらぐらと揺れた。ロザッハーは急にいらだちをおぼえ、すわっている鱗にこぶしを叩きつけようとしたが、過去に同じようなことをして手を怪我したことを思い出し、寸前で引っ込めた。

「あぁくそっ！」ロザッハーは言った。「きみほど意固地な人には会ったことがない！」

アメリータの反応からすると、大きな声は出ていなかったのかもしれない。彼女は少し離れたところを見つめていて、竜の背中を低く飛んで、羽ばたきながら数フィート先を通過するツバメの群れにさえ気づいた様子はなかった。ロザッハーは彼女が言葉を発するまでどれくらいかかるかじっと待っていたが、途中で秒数をかぞえきれなくなった。おそらく三分くらいだっただろう。

「じゃあ、もしもわたしたちが関係を続けるなら」アメリータは言った。「その家は嘘の基礎の上に建つことになる」

「きみがこの会話から得たのはそれだけか？　暗澹《あんたん》たる未来だな」

アメリータは黙ったまま、南のほうにあるなにかが気になったのか、ロザッハーから顔をそむけた。

「まあ」ロザッハーはそっけなく言った。「少なくとも基礎はあるわけだ」

ロザッハーは自分がなぜアメリータを愛しているのか、どうしても理解できなかった。正直なところ、自分が感じているのが愛なのかどうかもわからなかったが、彼女に夢中になっているのはたしかだった。マブのおかげで、ロザッハーにはすべての女が美しく見えていたが、アメリータの美しさはすべてを超越していた。体のあらゆる線に彫刻のような勢いがあって、その流れに視線は次々と誘導され、彼女が動くたびに、風に吹かれた小麦の動きにも似た、自然そのものを目の当たりにしたように思えた。精力的で思いやりのある恋人で、めったにないことだが雲が晴れて気分が明るくなると、快活で利発になり、気の利いた返事をするようになる。だが、たいていは落ち込んでいて、言葉にできない理由で泣いているのを見かけることもよくあった。ロザッハーは、自分とアメリータとの関係には大きな空白があり、その重大な欠落が二人の完全な融合を妨げているのだと考えた。幼少期の道徳的および肉体的な清廉さが原因ではないかと思われたが、本人がそれを漠然とした一般論でしか語らないので、どうしても原因と結果を結びつけることができず、そのせいで対策を見つけることもできなかった。結果として、ロザッハーがアメリータを詮索する視線は、より集中した、より執拗《しつよう》なものになった。

竜のくぼみでの会話からほどなくして、二人は〈グリオールの館〉の最上階にある、重要な来客のために確保してあった区画に移り住み、三年のあいだそこで暮らした。アメリータはその豪華さに歓声をあげた。部屋から部屋へと歩きまわり、金張りの椅子や竜をモチーフにした布張りの長椅子の背もたれに手をすべらせ、壁に取り付けられた真鍮製のランプの明かりのそばでテーブルに腰かけて、チーク材に真珠貝をはめ込んだ天板の凝った装飾を仔細にながめ、居間にある氷のように繊細なシャンデリアを、そのプリズムの奥深くになにかの解答がひそんでいるかのように熱心に見つめた。ロザッハーには、そうした豪華な設備が実際にアメリータの幸福感を高めたかどうかはわからなかったが、それによって彼女は立ち直り、なんらかの重要な欲求を満足させたらしく、以前のように簡単に涙を流すことはなくなって、グリオールに棲息する動物に興味を持ち始めた――それどころか、竜の周辺を一日中歩きまわっては、見つけた生物をスケッチし（驚くほど精密なスケッチで、それまで開拓されていなかった芸術的才能があらわれていた）、それを手書きの観察記録とともに一冊の書類入れにまとめていた。アメリータのお気に入りの部屋は寝室だった。ふんだんに彫刻のほどこされた黒檀製の四柱式ベッドが台座に据えられていて、天蓋にはやはり竜が描かれ、桃色のサテンのシーツがかかっていた。だが、アメリータがなによりも心を奪われていたのは、イスファハンから輸入された、赤、紫、灰色、白が複雑に織り込まれた絨毯だった。模様がふたつの大きな半球に分かれていて、アメリータに言わせれば、まるで空想の世界の古地図のようだった。いったんこの連想ができあがると、彼女は自然の中で散歩するのをぴたりとやめて、一日中ベッドに横たわり、心の中でその世界に住まわせている空想の生き物をスケッチし始めた。ロザッハーはこんなに活動しないのは心身ともに不健康だと考え、散歩を再開するよううながしたが、アメリータは態度を変えず、こういう芸術のほうが創造性にあふれていて、自分は満足しているのだとこたえた。だが、さほどたたないうちに、彼女はより頻繁に、より長く涙をこぼすようになり、雰囲気が暗くなって、みずから命を絶つのではないかと心配になるほどだった。アメリータの顔には老化のきざし――目尻や眉間《みけん》のかすかなしわ――があらわれてきたのに、ロザッハーの顔の傷のない部分はなんの変化もなく、彼はこの相違が彼女の絶望の原因なのかもしれないと考えるようになった。

ある日、処理室で二十ガロンの桶に入った金色の血のかたわらにすわり、その移り変わる模様に目を奪われていたとき、自分が歳《とし》をとらないのは、いまは亡きアーサー・ハニーマンによって竜の血を大量に注射されたせいではないかと思い当たった。それが事実だとしたら、竜の血を大量に摂取することで老化の進行が緩和され、ひょっとしたら寿命が延びるのかもしれない。その効果がロザッハーに限定されたものでないとすれば、アメリータにも同じように投与できるので、彼女がその効果を自覚したら、元気を取り戻してもらえるという二次的影響もあるかもしれない。こうした発想はどれも啓示で得たわけではなく、ただの思いつきでしかなかったが、何度も考え直し、検討を繰り返しているうちに、啓示のような力を有するようになった。これは何十年ものあいだ頭を悩ませてきた、なぜグリオールはロザッハーが研究に集中するのを妨げてきたのか、という疑問に対する答だった。もしもロザッハーが早い時期にこの結論に達していたら（いまになってみると達しなかったはずがない）、それが正しくても正しくなくても、結論自体は広まっていたはずなので、長生きを望む人びとが竜の血を求めて殺到していたはずだ。あれだけの巨体であっても、グリオールは血を残らず抜かれ、血管を空っぽにされていただろう。こうした発想が生まれるのをグリオールが阻止しなくなったのは、竜が死を覚悟したことのあらわれなのか、あるいはロザッハーの献身を信じるようになって、その信仰に報いるための恵みとして自分の血という救済策を提供したのか？　この最初の疑問にともなって無数の教義上の疑問が生まれ、そのすべてが基礎となる仮定に疑問を投げかけたが、アメリータとの関係を修復する方法を見つけたい、彼女に若さの延長という贈り物をしたいという熱意のあまり、彼はそれらを無視した。その夜、アメリータはベッドの上で桃色のシーツの下に裸で横たわり、ロザッハーはそのかたわらに腰かけて、自分が竜の血を使ってどうなったかを話し、血を満たした注射器を見せてこれからすることを説明した。アメリータは注射器を受け取って中身の液体を見つめた――ゆらめくランタンの光の中で、血中の黒々とした構成物がウナギのように浮かびあがり、そのしなやかな力強さを一瞬だけ見せてから、また金色の媒質の中へと滑り込んでいく。

「これがあなたの望み？」アメリータがたずねた。「わたしはそんなに美しくない？」

ロザッハーはこういうそっけない反応を予期していたので、この血液は見栄えを良くするものではなく、ふつうより長く維持するだけなのだと助言した。

「でも、これがあなたの望みなのね？」

「喜んでもらえると思ったんだ」ロザッハーは言った。「女はだれでも美しさを長く保ちたいものだろう？」

「わたしはずっと美しかった。歳をとってしわくちゃになったらおもしろいと思う」

いらいらしてきたので、ロザッハーは注射器を取り返そうとした。だが、アメリータはふざけて抵抗し、注射器を枕の下に隠してしまった。

「わたしを愛していると証明して」アメリータは言った。「そうしたら返してあげる」

「こんなに長くたったあとで、いまさら証明することなんかない」

「〝こんなに長く〟？」アメリータの遊び半分の態度が消え失《う》せた。「そんなに面倒だったの？　わたしの相手をするのが？」

「そういう意味じゃないのはわかるだろう」

　アメリータは真顔で彼を見つめた。「あなたには驚かされるね、リヒャルト。ずっと驚かされてばかり」

　ロザッハーは彼女の言葉に冗談で返そうとした。「それが狙いだからな」

「まあ、成功してるよ。あなたは娼館の主で、麻薬の売人で、ビジネスでは情け容赦もない。人を殺したことだってある。それでも自分を善人だと思っている。たいていの人がそう。だれだって自分をだましているところはあるけど、あなたほどうまくやってはいない。あなたはとても大きな罪をおかしているのに、その事実を自分から徹底的に隠している！　ほんとうに驚かされる」

　ロザッハーはアメリータの言葉に胸を切り裂かれた。「いいかげんにしろ、リータ！　わたしたちの喜びはいつでもきみの病的な人生観のせいでだいなしにされなければいけないのか？」

　ロザッハーはもう一度注射器を取り返そうとしたが、アメリータは今度はかなり強い力で彼を押しのけた。

「あなたは善人ではない」アメリータは言った。「あなたはわたしを愛していない……ほとんどの人と同じ愛し方はしているけど、それはほんとうの愛ではなく、ある種の自己満足でしかない。わたしにもあなたのように自分から隠れて現実を無視する才能があれば良かったのに——そうすれば、あなたがわたしを愛しているふりをしているように、わたしもあなたを愛することができるのに」

「だったらなぜわたしといっしょにいる？　金……なのか？　権力か。それで心が浮き立つのか？」

「わたしの心が浮き立つのは、あなたがあまりにも巧みに自分をだますせいで、わたしまであなたの語るおとぎ話を信じられそうになるとき」

ロザッハーは、アメリータが主張する彼の感情の特徴なるものを否定したかったが、そんなことをすればさらに怒らせるだけだとわかっていた。たとえロザッハーがその理屈を受け入れたとしても、アメリータは彼の言葉から争いの種を見つけ出す可能性が高かった。

アメリータがシーツを引いてやわらかな太ももをあらわにし、注射器の先端をそこに突き付けた。「ここに注射するつもり？」

「ああ」ロザッハーは奮い立った——アメリータが軟化して、二人で先へ進むことを認めてくれたのかと思ったのだ。「筋肉に注射する。チクッとして、体が冷たくなるような感じがするだろうが、長くは続かない」

「あなた以外に竜の血をこれほど大量に注射された人はいるの？」

「いや、しかしきみの体重が軽いから投与量を調節した。なんの問題もないはずだ」

その言葉を口にしたとき、ロザッハーはさらなるテストをしないのはあまりにも無責任だと気づき、ふたたび注射器に手を伸ばした。だが、アメリータは膝でそれを妨害し、注射針を刺してプランジャーを押し込んだ。

「さてと」アメリータはもっとなにか言おうとしたようだが、血の威力に圧倒されて、喉からはかすかなあえぎのような音しか出てこなかった。

ロザッハーはアメリータも彼と同じように反応し、回復するにつれて頭がぼんやりして色っぽい気分になるだろうと思っていた。だが、ベッドで上体を起こしたときには、ここ数カ月見たこともないほどしゃきっとしていて、彼の心配そうな表情を陽気な身ぶりでしりぞけると、室内を歩きまわり、金色の額縁をしげしげとながめ、鏡の表面を、それが自分の姿であることを確認するかのようにさわり、ビザンティンの王子の所有物だった長椅子《ディヴァン》の荘厳な曲線をいつくしんだあと、最後に絨毯の中央、ふたつの半球のあいだに立ってポーズをとった。頭を横に向け、とがったこぶりの胸と豊かな腰をほのかな光で輝かせ、左手で左肩にふれたその姿は、裸体にもかかわらず不思議と慎み深く見えた。血によって肉体に変化が起きたのか、ロザッハーのほうの知覚のゆがみなのか、アメリータの全身は白い光輝に包まれていて、そのオーラが、その輝きが、足元から彼女の空想世界の複雑な模様の上に広がって光だまりを作っている様子は、こうして花ひらいた彼女の美しさが、いままで絨毯の糸の中に閉じ込められていた発光性のエキスによって生み出されたかのようだった。

ロザッハーはほとんど息もせずにアメリータが口をひらくのを待ち、彼女の思考が言葉となるとき、それは事実上の神託になるだろうとなかば確信していた……ところが、アメリータはなにも言わずに扉へ駆け寄り、椅子から灰色の外套をつかみあげて身を包むと、そのまけたものの、アメリータはすでに階下へ姿を消していた――ふたたびその姿をとらえたのは二十五分後、廊下で出くわした人びとにたずねながら〈館〉の中を探しまわり、正面玄関までたどり着くと、階段にたむろしていた若い男たちが彼女の居場所を指差してくれた。強い月明かりに照らされたアメリータは、グリオールの横腹に架けられた足場――六週間まえにおこなわれたメリック・キャタネイの葬儀で使われた黒い垂れ幕がまだ残っていた――のてっぺんにあるデッキにのぼり、いまは蔓草をつかんで体を引きあげながら竜の肩関節を目指していた。身のこなしは俊敏かつ優雅で、とてもこの数カ月おおむね寝たきりだった女とは思えなかった。若者たちのひやかしの声を無視して、ロザッハーは足場の下へ駆け寄り、そこをよじのぼり始めたが、アメリータの速さには追いつけないと悟ったので、足もとに注意して慎重にいくことにした。デッキにたどり着いたときには、アメリータの姿はグリオールの背中の雑木林に消えていたが、ロザッハーは絶望感に突き動かされるまま、茂みやもつれた蔓草をかきわけて先へと進み続けた。ハングタウンのはずれ、木の葉や枝の隙間からマルティータの店の明かりが見えるあたりをまわり込みながら、いったいアメリータはなにを考えているのだろうと思いめぐらした。錯乱しているのか？　そんな様子はなかったし、むしろ集中して落ち着いているように見えた……だが、寝室から逃げ出したあとで取り乱してしまったのかもしれない。それに、アメリータの体から発せられていたあの光は？　いまは光っているようには見えないから、おそらくロザッハーの目のほうがストレスからくる精神障害でおかしくなっていたのだろう。たとえそうだとしても、竜の血に対するアメリータの反応がロザッハーのそれとはまったくちがっていたのはたしかで、彼女の身を案じずにはいられなかった。

　翼の下のくぼみを確認し、奥にひそむ影に呼びかけてみた。なんの反応もない。そのまま竜の背に沿って進んでいく。アメリータが眼下の平原へ向かったのだとしたら、二度と見つけられないかもしれない。彼女の名前を叫び、風が途切れた静寂に耳をすました。茂みが濃くなり、足取りもおぼつかなくなったころ、竜の背が下へ傾斜し始める地点を通過した。ここから先へ行くのはよほど命知らずの鱗狩人だけだ——老ジャーヴィスが、竜の腰部の上の茂みにはなにか大きなものが、人を引き裂くことができるある種の動物、ひょっとしたら熊が棲んでいると語っていたのをおぼえている——犠牲者の遺体が何度も発見されていて、ごくわずかな目撃例もあったが、いずれも一過性で信頼できないものだった。もちろん、何年もまえの話なので、その動物はどこかよそへ行ったか死んでしまったかもしれないが、ロザッハーはそういう警告を無視するのは賢明ではないと学んでいた。軽んじれば厳しい結果になることが多いのだ。ほぼ満月に近い月が天頂に達し、その光を浴びて眼下の平原にならぶヤシの樹冠が浮かびあがっていたが、幹までは見えなかった。薄い霧が星ぼしの輝きを隠していた。虫たちがチーチーと鳴き、一羽のヨタカが叫び声をあげた。ロザッハーは、ずっとまえにグリオールの舌から血を抜いたあの夜と同じように孤独と恐怖をおぼえたが、かさかさという物音や、急な影の動きや、木の葉や小枝のざわめきにいちいち神経をとがらせながらも、雑木林の中へと踏み込んでいった。

さらに十五分ほど進むと、竜の背中がむきだしになった部分にたどり着いた。差し渡し五十フィートか六十フィート、ひょっとしたらもっと大きな楕円形の領域で（グリオールの横腹にどこまで広がっているかは判断がつかなかった）、うっすらと土と雑草に覆われていたが、雑木林は途切れていた。足を踏み入れると、そこに草木がない理由がわかった。どこかの愚か者が——おそらくこの一年ほどのあいだに——一帯を伐採し、巨大な鱗を引き剝がそうとして何十もの破片に砕いてしまったせいで、ロザッハーが重みをかけたところがぐらぐらと揺れたのだ。こんなところにうっかり侵入したら、自分の体を荒らしに来た鱗狩人だとグリオールにかんちがいされる危険があった。ロザッハーはグリオールが人間を見分けられると信じていたし、竜が彼のことを認識している証拠もたくさんあったが、この状況でその信念を頼りにするつもりはなかった。マルティータの店に行き、エールを一杯やって、じっくり策を練るのが一番だろう。うまくすれば店にいる鱗狩人たちを説得して捜索を手伝ってもらえるかもしれない。まさにそのとき、ロザッハーはアメリータを見つけた。こちらに背を向けていて、灰色の外套で姿は隠されていた。二十ヤードほど離れた竜の横腹のかなり低い位置にいるので、あと一歩か二歩進んだらとても立っていられそうになかった。

「リータ！」ロザッハーは叫んだ。

外套が大きくはためき、竜の背を吹き抜けている風よりも強い力が働いているのがわかった。上昇気流か。ロザッハーがもう一度叫ぶと、アメリータが振り返った。距離があるので表情までは見えなかったが、肌は外套のねずみ色に染まっていた。なにかおかしいと思ったので、ロザッハーは五、六歩まえに出て、立ち止まり、さらに二、三歩歩いた。アメリータは顔が灰色になっただけではなく、いまや肌に無数のこまかなしわが入っていて、彼から逃げるうちにひどく老け込んでしまったかのようだった——だが、あらためて目を凝らすと老けたようには見えず、むしろ若いころの姿がジグソーパズルのような不規則な断片に切り分けられているようでもあった。ロザッハーはもう一度呼びかけてみたが、それは叫びというよりは悲しげな問いかけだった。アメリータの周囲の風はさらに強さを増していた——少なくとも髪の毛（やはり灰色）はうねり、外套はより激しくはためいていた——が、ロザッハーの立っている場所ではそんな変化は感じなかったし、強い弱いにかかわらず、いっさい風の音は聞こえなかった。死者の手でつかまれたかのように、うなじが冷たくなった。あとずさりしたら、ゆるんだ鱗の破片にかかとが引っかかって横ざまに倒れ、こめかみを強くぶつけた。意識が飛んでいたらしく、目をあけたときには、体のすぐ上にアメリータが立っていた。初めは彼女の顔の筋肉が痙攣しているのかと思ったが、表情は苦しげでもなくゆがんでいるわけでもなく、いつもどおり冷静そのもので、特に心境や態度を反映しているわけではなかった。そのとき、動いているのは筋肉ではないと気づいた——皮膚だ、それも顔の皮膚だけではない。全身のあらゆる皮膚がフライパンで焼かれるベーコンのように波打っている。ひび割れでこまかく仕切られたそれぞれの断片は、別々のリズムで脈打ち、まるで水ぶくれのように、いまにもきたない液体を噴き出しそうだ。ロザッハーの中から、恐怖が生んだうめき声がこぼれだした。自分への恐怖、アメリータへの恐怖、そして嫌悪。這ってその場を離れ、立ちあがろうとした……が、ふたたび倒れた。アメリータの唇がひらき、まぶたが垂れさがり、片方の腕があがった。オペラ歌手が高音を出そうとして力をこめるときにするようなしぐさ。手の甲からなにかが灰のように軽々と舞いあがり、翼を持つなにかが、彼女の頭上でひらりと羽ばたいた。別の灰色のかけらが次々と彼女から剝がれてそれに加わり、ひとつの群れをなして、雲となり、頭上でゆらゆらと舞い踊った。体からかけらが離れるたびに、あとにはぬらりとした肉の区画が残され、それが急激に黒ずんで脈打ち始めた。アメリータは溶けて、崩れかけていた……その変化はどんどん勢いを増し、二、三分たつころには、彼女はもはや判別不能となって、灰色の石筍《せきじゅん》のような姿にまで縮まり、そこからあらわれた〝ひらひら〟と同じくらいの大きさの翼を持つものたちは、集団でロザッハーの周囲をぐるぐるとめぐって、彼をその場に閉じ込めた。ロザッハーは恐ろしさのあまり、アメリータがすっかり溶けたら、残ったかけらが降りてきて彼の顔にとまり、針で刺して殺すのだと思い込んだ。だが、結局はそのうちの一匹がふれただけだった。そいつが一瞬だけ顔のまえで静止したとき、恐怖で頭が真っ白になったロザッハーは、その翼が付いているのは虫の体ではなくほっそりした白い女の体だという印象を受けた。細部まで完璧に再現された、かつての恋人のミニチュア版――それはロザッハーの頰をかすめて、冷たい感触を分けあたえたあと、舞いあがって羽ばたく灰色の雲と合流し、そのまま南へ向かって、グリオールの背中の隆起のむこうへ消えていった。

それからの数分、ロザッハーは倒れた場所でじっと横たわっていた。頬が全体に冷たくなっていたが、動揺はしなかった。むしろ、その冷たさが軟膏でも塗ったように心地よかった。アメリータの奇妙な死――あれがほんとうに死で、彼女が〝ひらひら〟の群れとして生まれ変わったのではないとすれば――は、落ち着かない気分と大きすぎる悲しみを残していたが、同時に、これは彼女にとって最善の結果ではなかったのかという思いもあった。アメリータはずっと不幸せで、それも単なる不幸せではなく、ひどい失意と絶望をかかえていて、そうでないときはまれだったので、ロザッハーの胸の内には、アメリータを失ったつらさはあっても、彼女がずっと自分を苦しめていたなんらかの痛みから解放されたことへの安堵感もひそんでいた――とはいえ、それで彼自身の苦しみがやわらぐわけではなかった。歩いてマルティータの店まで戻るあいだもずっと泣いていたので、入口で心を静めなければならなかった。中に入り、奥のテーブルで腰を据えると、薄暗くゆらめくランタンの明かりが、気の抜けたビールのにおいが、周囲のにぎやかな話し声や笑い声が、いつもどおりのくすんだ茶色い空間がいやでたまらなくなった。うつむいて落ち着こうとしたが、頭が混乱し、体から生きた薄膜が次々と剝がれ落ちていたアメリータの姿が繰り返し脳裏によみがえってきた。口をひらき、目を閉じた、二人で愛し合ったときのことを彷彿《ほうふつ》とさせる表情――だが、そこには生気が欠けていて、情熱の音も、あえぎ声も、音楽のようなため息もなかったので、まがいもののように思われた。

マルティータが向かいの長椅子に腰をおろし、相変わらずの陽気さで、どういう風の吹き回しかとたずねた――ロザッハーがここへ来たのは数カ月ぶりだったのだ。「エールのジョッキをご所望なんでしょうね」彼女はそう言うと、ロザッハーが返事をするより先に、手を口もとに当てた。「うわっ！　その顔はどうしたんです？」

「顔？」ロザッハーは言った。「顔がどうかしたか？　血でも出てるのか？」

マルティータは待つように言い、カウンターに駆け寄ってその下に置いてある小さな鏡を持ってきた。「自分の目で見ないと信じられないでしょう」そう言って、彼女は鏡を差し出した。

くすんだ鏡の表面に映っていたのは、ロザッハーの昔の顔だった。ルーディとハニーマンに裏切られるまえの顔、傷跡などどこにもなく、その姿を損なうのは中年期のしわだけ。そして彼は理解した。いや、実際にはそんなことはなく、理解したと思いたかっただけなのかもしれない――アメリータの体から離れたあのちっぽけな生き物の一刺しが、なぜあれほど心地よく感じられたのか。その不完全な理解に心動かされて、ロザッハーはふたたび涙を流し始めた。

13

アメリータの死は、ロザッハーに内省をうながしたが、それは光明をあたえるものでも苦しみを終わらせるものでもなかった。彼のアメリータへの愛は、他者をあやつることに長けた精神のせいで汚れ、毒されていたかもしれないが、悲しみは充分にほんものらしく思われた。それは心をむしばみ思考を腐らせる黒い癌だった。終わるときが来るとは思えず、いずれ自分で編みあげたとばりの下で過ごすことを余儀なくされ、人生の生気あふれる側面を消し去る憂鬱に侵される未来しか見えなかった。部屋に閉じこもり、アメリータと分かち合っていたベッドに横たわり、カーテンを引いて、光が射し込む可能性すら否定し、この暗闇がなんとか自分を彼女の暗闇とつないでいてくれますようにと祈った。働く意欲もなく、食欲もなく、マブを吸っても、自分だけの影がさらに濃く深くなるだけだった。アメリータが死んだ夜に腹を立てたこと、かぞえきれないほど小さな罪をおかしたこと、アメリータにのめり込みすぎたこと、生きていたときよりもいまのほうが彼女を強く溺愛《できあい》していること、それらすべてについて自分を罰した。そのあと、この悲しみがほんものなのかどうか疑っている自分が憎くなった。竜への執着心を、哲学的な疑問から現実的な判断（グリオールはこれを認めるだろうか、など）まであらゆることに結び付けた自分も、あの獣について見たところ薄っぺらな形而上学を構築し、どれだけの推論や否定を重ねても解体できなくした自分も憎かった。もしも外を見てあの巨大な前脚がそびえているのを目にしたら、竜のことも憎むだろうと思ったが、窓をあけてその仮説を証明する気力はなかった。

　アメリータの性格を知る手がかりを探すために、長い時間をかけて彼女のスケッチブックに目をとおし、女の肉体を持つ灰色の有翼の生物を描いた絵を見つけた。白い肌、小さくとがった胸、流れ落ちる黒髪。同じ生き物の絵は五、六枚あった――最後の絵はほぼ自画像と言っていいようなもので、〝アウレリア段階〟という付記があった。そのあとに数行の文章が続いていて、この生物は夜明けまえと夕暮れどきの薄明かりを栄養源としていると書かれていた。〝アウレリア〟という言葉のこうした使い方にはなじみがなかった――ふつうは名前に使われるのだが、さなぎという意味もあるらしい。ロザッハーは、あんな生物はただの幻覚で、彼の恐怖の副産物でしかないのだと納得しかけていたが、絵によってその思い込みをくつがえされたために、アメリータが〝ひらひら〟の群れに変身して、現在の段階からなにか別の、おそらくはもっと忌まわしい段階へ移行するのではないかと頭を悩ませることになった。それがまた、アメリータが変身を予期していたのか、それともグリオールが彼女の脳にあった概念を抜き出して現実にしたのかという疑問を生んだ。その思いと、それにともなう竜への執着を彷彿とさせる数多くの思いに、またもや自己嫌悪が強まり、ロザッハーは新たな暗闇と絶望の底に沈んでいった。

　ブレケはときどき訪ねてきて、短時間だが滞在していった。アメリータの死から八カ月後には、分厚い書類ばさみを持ってきてロザッハーのかたわらの床に置いた。そしてベッドの脇にある金色の椅子にすわり、桃色のシーツの下で横になって何週間も洗濯していないローブにくるまっているロザッハーを、じっと観察しているようだった。ロザッハーの頰は無精ひげに覆われ、髪はぼさぼさになり、ベッドにはワインの空き瓶（中身がほとんど残っているものもあり、そのせいでシーツは紫色の染みだらけだった）が散乱していた。ブレケはひとつ咳払いをして、ロザッハーが反応せずにいると、口をひらいた。「状況はなにも変わっていないようだな。帰ったほうがいいか？」

「ええ……急ぎの用事がないのなら」ロザッハーは言った。「わたしは遅れを出すことなくマブの生産を続けていますし、〈館〉はおおむね独力で営業しています。あなたの訪問がわたしたちの事業と関係ないのであれば、雑談をする気分ではないので」

「わたしのすわっているところから見ると、屁をして床ずれをひっかく気分ではあるようだな……しかし、それ以外にはあまりすることがなさそうだ」

ロザッハーはなにも言わなかった。

「いいだろう」ブレケは言った。「きみにひとつ提案がある。いささか急を要する話なんだが、〝ビジネス〟と呼べるかどうかは微妙なところだ」ブレケは鼻にしわを寄せた。「ここは臭いな」

「あなたが帰るべきもうひとつの理由ですね」ロザッハーは寝返りを打って壁のほうへ顔を向けた。「いずれにせよ、わたしは気に入ってます——自分のにおいですから」

「最後にだれかに掃除してもらったのはいつだ？」

「さようなら」ロザッハーは言った。

長い沈黙のあと、ブレケが言った。「われわれは長い付き合いだろう、リヒャルト。常に意見が一致していたわけではないが、おたがいに対して妥協するすべを学んできたし、わたしは……」

「こんな話がなにか役に立つとでも？」ロザッハーは軽蔑をあらわにした。「とにかく、妥協しているのはあなたであって、わたしではありません」

「なんとでも言いたまえ。いずれにせよ、われわれは助け合いながらいくつもの苦難を乗り越え、強い友情を育んできたわけだ」

「友情？」ロザッハーはブレケに顔を向けた。「笑わせないでください！」

「きみはわたしの友達ではないと言うのか？」

「傷ついたんですか？　すみません、冗談かと思って。わたしの知っているあらゆる人間関係の根っこにあるのは強欲です……あるいは安全を求める欲求。それは強欲のより悪質なかたちに過ぎません。そういう基準で言えば、コブラとヤマアラシは友達だと言えるでしょうね」

「友達でないなら、われわれの関係をどう説明する？」

「特定の社会的義務によって生じた犯罪的共謀。それ以上のものだと思うのは愚か者です」

「では、わたしは愚か者なのだろう」ブレケは足を組み、すわり心地が良くなるように椅子の上で体を動かした。「わたしはきみを同盟者として、友人として尊重している。だからここに来た。わたしの友情を活用し、わたしの助言に耳をかたむけるよう勧めるためだ」

「おお、あなたの助言を聞くのが待ちきれません」ロザッハーは上体を起こし、背中の枕を大げさにととのえて見せた。「さあどうぞ！　あなたの豊富な経験と知恵を受け取る準備はできています」

「きみは忙しくしているべきだ。なにか挑戦するものを見つけ、その克服に乗り出すべきなんだ」

ロザッハーはあきれ顔になった。「次は子犬を飼って愛を学べと言われそうですね」

「死を悼んでいると言いたいのかもしれないが、そんなものは……」

「ほかになんだと言うんです？」

「きみがアメリータの死を悼んでいるのを疑うつもりはない。きみが彼女を愛していたのはわかる。しかし、死を悼むというのは思い出にひたることではない。きみはいわゆる明るい人間ではないが……」

ロザッハーは皮肉な笑い声をあげた。「今度は批判ですか！」

「……特別に陰気なわけでもない。それなのに、きみはアメリータの敗北主義を、絶対的な厭世観《えんせいかん》を借用し、それらの特質を一種の形見にしてしまった」

「アメリータが正しかったと気づいたのかもしれませんよ」

「あるいは不幸を楽しんでいるのかもしれない。どっぷりと身をひたして。アメリータの死は、きみの怠慢にすばらしい言い訳をあたえてくれる」

「出ていけ！」

「いや」ブレケは言った。「出ていくつもりはない。ここにとどまり、きみが酒を飲んで酔いつぶれるのを、あるいは、ほかのなんらかのかたちで今日という日を過ごすのを見物しようと思う。きみの腐りっぷりについて書き留めておこうか。いつかそれを使って伝記を書きたくなるかもしれない。魂の腐敗が肉体の腐敗に先行するのか、あるいはその逆なのかという命題について、わたしの考察をまじえた論文を」

部屋の静けさと薄暗さが合わさってずっしりしたマントになり、ロザッハーの両肩にのしかかってきたように思われた。「わたしになんの用が？」

「あるプロジェクトを持ってきた」ブレケは言った。「ほとんどなじみのない分野だとは思うが、きみならわれわれに有利なように解決できるはずだ。わたしがもっとも高く評価しているきみの資質はな、リヒャルト、贅肉《ファット》を切りひらいて問題の本質《ミート》に迫る力なんだよ」彼は書類ばさみを取りあげてベッドの上に置いた。「こいつには分厚い贅肉《ぜいにく》があるが、きみなら素早く切りひらけると期待している」

「プロジェクト？」ロザッハーは、咬《か》みつかれると思っているかのように、人差し指で書類ばさみをつついた。「説明してください」

「この中には、計画書、地図、そして民兵の元指揮官からのさまざまな提案事項が入っていて……」

「コーリーですか？　彼の提案は信用できませんね」

「アルド将軍のことだ」

「アルド？　彼は有能なリーダーで、やや気性が荒いとはいえ、すぐれた戦略家です。なにがあったんです？　降格させたんですか？　だとしたら賢明ではない」

「アルドはあまりにも気性が荒すぎることを証明してしまった。二週間まえに、わたしの命令にそむき、部隊を率いてテマラグアとの国境を越え、小競り合いで命を落とした」

「だれが指揮を引き継いだんです？　わたしならミーズを選びますが」

「ミーズは南方にいたときにひどい熱病にかかった。数週間は寝たきりだろう。いまのところ適当な代役は見つかっていない」

　ロザッハーはもどかしさに声をあげた。「アルドは命令にそむいたかもしれませんが、あなたはいつも彼にもっと攻撃的に行けと圧力をかけていたじゃないですか。これはあなたの責任ですよ」

「問題の一部がわたしの誤算にあることは認めるが、いまは責任を追及している場合ではない。テマラグアとモスピールの連合軍による侵略を阻止する方法を考えなければならないのだ」

「なんの話をしているんです？　彼らが協力して動いていると？」

　ブレケはうなずいた。「わたしの諜報員たちから、両国が数週間まえからテオシンテへの攻撃を計画しているとの報告があった。わたしはアルドにそのことを伝え、これが……」書類ばさみをとんと叩く。「これが彼が死んだときにとりかかっていた計画だ」

「いったいなにをやらかしたらそんなことになるんです？　こちらからよほどの挑発をしないかぎり、モスピールとテマラグアが手を組むことはありません。テマラグアへの不用意な侵入以上のなにかがあったはずです」

「さっきも言ったように、わたしの誤算だった。わたしの過失の程度や責任の所在については後日議論すればいい。いまは攻撃に対する防御を確立することが急務だ。一カ月の猶予があるが、もっと短いかもしれないし、もう少し長い可能性もある」

「一カ月」

「おおよそだ。アルドの推定では多く見積もっても六週間……敵の準備を遅らせる陽動作戦をとらないかぎりは」

「ついにあなたの望みがかなったわけですね」ロザッハーは苦い声で言った。「本格的な戦争……しかも相手は一国ではなく二国。お祝いを言わせてください」

「過去にどんないさかいがあったにせよ、モスピールがテマラグアと手を組むのは避けられないことだった。アルドはそう信じていた。今回の小競り合いはそれを早めただけだ」

倦怠感《けんたいかん》がロザッハーに忍び寄ってきた――感覚をにぶらせて四肢を重たくするぬるい風呂にほうり込まれたかのようだ。「グリオールに運命を託すべきかもしれません。もしもグリオールが一国をこれだけの災難から救うことができたら、それこそ彼の神性の究極の証《あかし》となるでしょう。できなければ、偽りの神に頼ったわたしたちが虐殺されるのはやむをえないことです」

「だからこそアルドの書類を持ってきたのだ」ブレケは椅子の上で身を乗り出し、口調にいっそう力をこめた。「わたしの知るかぎり、きみはだれよりも強い絆でグリオールと結ばれている。きみの人生には彼の意志が繰り返しあらわれ、そのたびにある種の奇跡が起きてきた。きみはそれを疑うこともあったようだが、その疑いの下には、壊されることのない信仰の核があるとわたしは確信している。きみはグリオールに選ばれて、彼を脅《おびや》かすあらゆるものに対する武器となったのだ」

数年まえなら笑い飛ばしていただろうが、いまのロザッハーはその言葉にほだされていた。ただ、ブレケはお世辞をならべるほうではないし、竜に対する姿勢も現実的だ——ほぼすべての人びとがグリオールの力を信じているので、外交辞令としてそうした信念を口にしているに過ぎない。とにかく、ロザッハーはブレケをそういうふうに見ていたし、それはこの男の熱弁に偽りの光がほの見えたことでも裏付けられていた。

「あなたがグリオールを信じているとは思いませんでした」ロザッハーは言った。

ブレケは椅子にすわり直した。「最近になって転向したのさ」

そこにはまちがいなく偽りの響きがあった。任務に成功したと思っているのか、少しばかりのうぬぼれさえ感じられた。ロザッハーはブレケの成功を否定したい衝動に駆られた。

「わたしがグリオールを信じるようになったのには、きみを長年にわたって観察してきたことが多分に影響している」ブレケは続けた。「熱狂的な信者だったことはなかった。実を言えば、いまでもちがう。しかし、目のまえにある証拠を無視するのは愚か者だろう。この状況をわれわれに有利なように解決できるのはきみしかいないという証拠を」

会話はこんな調子でもうしばらく続き、ブレケは説得に自信をしめし、ロザッハーは抵抗した。議員が帰ったあと、ロザッハーは強要されたりおだてられたりするのが気にくわなかったので、書類ばさみを三日間放置した。だが、ロザッハーがこの仕事のために選ばれたのだと明言するブレケの言葉がどうにも頭を離れず、とうとう書類ばさみをひらいて、中身をベッドの上に広げた——地図、部隊の集結と配置にまつわる詳細、テマラグアとモスピールの各軍が使用できる兵器類の推定、敵のおもだった軍事指導者の能力の分析。要するに、テオシンテが防衛に成功する見込みはほぼないということだ。余白のメモを読むと、アルドがモスピールへの先制攻撃を望んでいたことがわかった。そんな攻撃が成功する見込みは少なかったが、敵陣は混乱するはずなので、先見の明がある将軍ならそこに決定的な好機を見出すことができるかもしれなかった。

がっくりくる書類の内容に、ロザッハーはあらためて意気消沈してワインを一本半あけた。思いはふたたびアメリータのもとへ飛び、罪悪感と寂寥感《せきりょうかん》の泥沼に引き戻された。だが、次の日の朝は、悲しみの底に沈み込むまえに、もう一度書類ばさみに目をとおしてみた。敵の軍事力の評価を見直してもしかたがないので、アルドの注釈に集中した。テマラグアへ遠征したときの日誌の何ページかに、アルドがメモを書き込んでいたのだ。メモと言っても、ほとんどは二つか三つの単語をならべただけで、ときにはひとつの単語しかなく、ロザッハーにはほとんど意味をなさなかったが、彼の直感はそのまま探し続けろと告げていた。日誌の終わり近くでひとつの書き込みに興味を引かれた――ブルーノ・チェルーティという人名が、三つの感嘆符で強調されていた。同じページのすぐそばには〝狩り〟という単語が、もっと下のほうには〝カルロス〟という別の名前が記されていた。

チェルーティという名前にはなんとなく聞き覚えがあったが、いくら頭を絞っても、どこで聞いたのかは思い出せなかった。そして午後の昼寝をしようとしたとき、ジャーヴィスが竜の後脚の近くの平原に住む鱗狩人のことを話していたのを思い出した。風変わりな性格のせいで〝妙なやつ《オッドボーイ》〟というあだ名で呼ばれている男だ。人間よりも動物との付き合いを好むために、平原に茅葺《かやぶ》き屋根の家を建てて一人で住んでいて、同居しているさまざまなペットたちはグリオールの周辺に特有の生き物ばかりだという。オッドボーイはまちがいなく世捨て人なので、ロザッハーは一度も会ったことがなく、会いたいとも思わなかったが、男の姓がチェルーティだということはおぼえていた。ブルーノ・チェルーティはあの鱗狩人とは別人かもしれないが、このあたりでは珍しい名前なので、見つけられるかどうか一日かけて遠征する価値はありそうだった。

翌朝、シャワーを浴びて、数週間ぶりに髭を剃り、猟銃とアルド将軍の手帳と双眼鏡をたずさえ、〈館〉の所有する鹿毛《かげ》の馬に乗って出発した。グリオールの恐ろしい口をまわり込んで平原に乗り出し、深い緑色の崖のような竜の横腹からは距離を置いた。ほんとうの外形は、地面に近いあたりは盛りあがった土と草、もっと高いところは蔓草と苔と着生植物によって隠されており、花のほとんどは薄いラベンダー色だったが、いくつかはどぎつい赤味がかったオレンジ色で、炎の点のように周囲から浮きあがっていた。きっとチェルーティを見つけられると期待していたわけではなかったが、走っているうちに重苦しい気分は薄れていった。まだ九時まえだというのに、太陽の強烈な白い輝きを浴びて、ヤシの木立からは強い香りが立ちのぼり、ロザッハーの背中と肩からは汗が噴き出していた。ゆっくりと馬を進めて、ときどき止まっては双眼鏡で平原を見渡した。竜の臀部《でんぶ》が近づいてくると、さらに注意深くあたりを見渡したが、家は見当たらなかった。オッドボーイは移動してしまった可能性が高かったが、念には念を入れたかったし、ずいぶん長く引きこもっていたあとで外の空気が気持ち良かったので、そのまま捜索を続けることにした。昼過ぎには竜の全長を走破して、尻尾《しっぽ》が土と草に完全に埋もれた場所までたどり着き、そこで馬をつないで冷製の豚肉とブドウで昼食をとった。平原に出たのは数年ぶりで、その広さをすっかり忘れていた。空気が澄んでいるため、谷を囲む低い丘がすぐ近くに見えたが、日暮れまでにそこへたどり着けるとは思えなかった。気まぐれなそよ風が丈のある黄色い草を揺らし、ときおり勢いを増してヤシの葉を持ちあげたりしていたが、それ以外はなにもかも静まり返っていた——ただし、それは不吉な静けさだった。空気がこまかく震えているような気がするのは、身を隠してロザッハーを監視している大小さまざまな捕食獣の無数の心臓の鼓動のせいだ。昼食を消化するあいだに双眼鏡をのぞき、棘のある低木、アカシア、またもやヤシの木、コエビソウと順に見渡していくと、目の粗《あら》い汚れた布地に包まれた二本の脚が視野に飛び込んできたので、ぴたりと動きを止めた。双眼鏡をほうり出し、大急ぎで立ちあがる。ほんの十ヤードほど先に一人の男が立っていた——日焼けした体は痩せていて、茶色の髪は肩まで伸び、身につけているのはサンダルと穿き古したキャンバス地のズボンだけで、シャツは着ていない。片手に赤茶色の染みのついた獲物入れの袋、もう片方の手に刃の長いナイフを持っている。ロザッハーが反応するより先に、男が距離を詰めてきた。思っていたほど若くはない。髪に白いものが交じり、深いしわの刻まれた顔は、そもそも見栄えが良くなかった——長い馬面、鉤鼻とすがめたような青い目、強膜《きょうまく》はかすかに黄色がかっている。鼻は何度か折れたらしく、左の目尻から首筋にかけてはうね状の傷跡が伸びていた。口がなにかまずいものを吐き出そうとしているかのように動き、そこから流れ出したのは、ロザッハーの予想よりも一オクターブ高い、鼻にかかっただみ声だった。

「ここらじゃ人は簡単に死ぬ」男は言った。「おまえ、死にてえのか？」

「いえ、わたしは……人を探しているんです」

「よっぽどだいじな相手なんだな、こんなとんでもねえ危険をおかすってことは」男の口がまた動いた。「おまえ、あのロザッハーか？」

「わたしを知っているんですか？」

「まえに見かけたことがある。顔はどうやって治した？　〝ひらひら〟に焼かれると、ふつうはずっとそのままなんだが」

「よくわかりません」ロザッハーは言った。「つまり……説明がむずかしいんです」

男はうなった。「だろうな」ナイフを振って平原をしめす。「おれがおまえなら、これ以上ここにはいねえぞ。なにかにまっぷたつに嚙み切られるかもしれねえ」

男が立ち去ろうとしたので、ロザッハーは呼びかけた。「待ってください！ ブルーノ・チェルーティに話があるんです」

男は振り返った。「なんのために？」

「あなたがチェルーティですか？」

「否定してもしかたがねえな。なんの用だ？」

「アルドという男が最近あなたを訪ねてきましたか？」

「何週間かまえに兵士を連れてここに来た男はいた。名前はおぼえちゃいねえが、兵士たちがフレデリックをひどく怖がらせた。抑えるのはひと苦労だった」

ロザッハーはフレデリックと言われてもわからなかったが、チェルーティのぞんざいな態度と早口から、質問をして用件を伝える時間が限られていることを察して、ここは聞き流すことにした。「アルドはなにをしに来たんですか？」

「それはおれとやつとの問題だ」

汗がロザッハーの背中を流れ落ち、額にも浮きあがった。「もう、そういう状況ではないんです。アルドは死にました」

「ほう。残念だ。いいやつに見えたんだがな」チェルーティは茶色いタバコのかたまりとおぼしきものを吐き出した。「やつはフレデリックにご執心だった。だれかを殺さなけりゃいけねえと言ってた。だが、兵士たちがフレデリックを興奮させたから、帰ったほうがいいと忠告したんだ。やつはまた来ると言って、それで話は終わった」

ロザッハーは目元から汗をぬぐった。「ここは暑いので、どこか話ができる場所はありませんか?」

チェルーティはためらった。「家に行ってもいいが、おまえの動物はここに残しとくほうがいい。フレデリックは馬の肉が大好きだからな」


チェルーティの家は平原に数百ヤード入ったところにあった——すぐ近くまで行かないとほとんど見えないのは、壁が黄色い草で編まれていて、それを(チェルーティの話では)動物の脂肪で作ったパテで固めてあり、屋根もヤシの葉で組みあげてあるからだ。内部は悪臭が立ち込め、窓のないふたつの大きな部屋はキャンバス地の布で仕切られていた。裏手にあるもうひとつの建物は、高さが二倍近くあり、四番目の壁がなかった——倉庫だな、とロザッハーは思ったが、中をのぞいてもなにも見えず、ただ暗闇があるだけだった。家の中はそれほど涼しくはなかったが、直射日光は避けることができた。何日も洗っていない体の、不快な甘ったるいにおいがただよっている。雑な造りの椅子と塗装していない板張りのテーブルが部屋の中央に置かれていた。半透明のパテで埋められた草の隙間から光が射し込み、土がむきだしの床に不規則な菱形《ひしがた》の模様を描いていた。

「竜の臀部の近くに住んでいると聞いたんですが」ロザッハーは椅子にすわって眉の汗をぬぐった。

「引っ越した」チェルーティが言った。

　男は水差しと、大皿にのせた怪しげな脂身のかたまりとハーフローフのパンをテーブルに置き、ロザッハーと共に腰をおろした。そして大皿をロザッハーのほうへ押しやり、好きに食べろというようにうなずいた。

「食事はすませました」ロザッハーは椅子をまえにずらした。「アルドと会ったときのことで、ほかになにか話せることはありませんか？」

「多くはねえよ」チェルーティはパンをひとかたまりちぎった。「だれかを殺さなけりゃいけねえと言ってた。どこかのお偉方だ。おれとフレデリックでやれないかと言われた。おれは殺す理由がわからねえから、それ以上話せねえんだったら、来たところへ帰るほうがいいとこたえた。そのとき兵士たちがフレデリックにちょっかいを出し始めた」

「フレデリックはどこに？」

「寝てる。太陽が嫌いなんだ。夕方まではほとんど出てこない」

　チェルーティは歯で肉をかじりとった。

「アルドは殺す相手がだれなのか言いましたか？」ロザッハーはたずねた。

「いや。お偉方と言っただけだ」

　チェルーティが食事を続けるあいだ、ロザッハーはアルドの手帳の、チェルーティの名前が〝狩り〟と〝カルロス〟という単語と共に記されているページをひらいた。困ったことに、やはりチェルーティとそれらの単語を結びつけることはできなかった。

チェルーティが手の甲で口もとをぬぐった。「ひとつ忘れてた。殺しを実行する場所へ行くには一週間ともう一日かかると言ってたな」

これも役に立たない事実だ――ロザッハーがまず思ったのはそれだった。だが、頭の中の地図で〝一週間ともう一日〟でどこまで行けるか（馬に乗って行くという前提で）考えてみたら、北東へ向かった場合にテマラグアとの国境まで届くことに気づいた。熱帯雨林のはずれ、テマラグアの現在の支配者であるカルロス七世が、狩りに情熱をかたむけていることで有名な地域だ。

「アルドが殺したかった男はカルロスという名前でしたか？」ロザッハーはたずねた。

チェルーティは口がいっぱいのまま返事をしたので、肉片がテーブルの上にぽろぽろと落ちた。「それは言わなかった」

アルドはテマラグアの王を暗殺するつもりだったのか？　それがモスピールとテマラグアの連合軍による攻撃を遅らせるために彼が考えた陽動作戦だったのか？　やはり意味がわからない。王がふつうに亡くなったのであれば、テマラグアの日々の政治活動は脇に追いやられ、入念な計画立案のもとに伝統にのっとった荘厳な国葬が執りおこなわれ、その後は国全体が喪に服するかもしれない。だが政治的な暗殺の効果はまったく逆で、新国王の復讐心に拍車をかけることになる。目的の効果を得るためには、暗殺をそうでなく見せかける必要があるが、カルロスは相当な数の武装した護衛に守られているはずなので、どうすればそんなことができるのかわからなかった。

チェルーティにさらに質問を続けたが、それ以上のことはわからず、会話を引き伸ばすために関係のない話題もまじえるしかなかった。時間稼ぎをしてなんとか核心にたどり着く方法を考えようとしたのだ。おかげでこんな質問まですることになった。「あなたのペットたちはどうしたんです？　かなりのコレクションだと聞きましたが」

「あいつらはフレデリックがいるとだめなんだ」チェルーティは言った。「ほとんどが逃げちまった」

〈館〉に戻るまえにせめてフレデリックが目を覚ますのを待たなければならない――その男からなにか情報が得られるかもしれない――と思ったので、チェルーティにフレデリックはあとどれくらい寝ているのかとたずねた。

「日暮れには起きるさ」チェルーティは言った。「狩りを楽しむのは涼しいときだ」

ロザッハーはフレデリックがそのむこうで眠っていると思われるキャンバス地のカーテンに目をやり、なにか物音を立てて目を覚まさせたいという誘惑に駆られた。だが、そんな行動は賢明ではないと判断し、フレデリックが起きるまで待っていてかまわないかとチェルーティにたずねた。

「馬を危険にさらすことになる」チェルーティは噛んだ肉をのみ込んだ。「夜まで放置しておいたら骨と頭しか残らねえぞ。おまえがそうしたいなら、おれはかまわねえが」

ありがたいことに、チェルーティは寡黙な男で、会話をする必要を感じなかったので、ロザッハーは主人が家事をすませているあいだに、テマラグアの関与を回避できるという前提でモスピールに対する攻撃計画を練ろうとした。だが、暑さに負けてうとうとし、長い午後はずっと眠って過ごした。だいぶ遅くなって目覚めたときには、鮮やかな金色の光からすると五時くらいになっていて、頭にかかったもやを振り払い、夕暮れまでの時間をどう過ごそうかと考えていたら、すぐ近くで動物の大きなうなり声がしてうなじの毛が逆立った。急いで椅子から立ちあがり、ライフルを手探りしながら叫んだ。「あれは?」

チェルーティはロザッハーの向かいで腰をおろし、砥石《といし》でナイフを研いでいた――薄明かりの中、髪で顔が半分隠れていて、一瞬、ただの無学な田舎者ではなくひどく神秘的な人物に見えた。「そんなに興奮するな。フレデリックが夢を見ただけだ」

ロザッハーはその言葉をじっくり考えた。「フレデリックは人間だと思っていました」

「おうよ。少なくとも本人はそう言ってる。おまえが自分で判断すればいい」

ロザッハーは油断なく腰をおろしたが、眠りに戻ることはなく、あれこれ思いをめぐらせながら、周囲の物音に神経をとがらせていた。日が暮れたころ、まえよりもさらに大きなうなり声がして、なにか大きなものが草の中を動く音がした。ロザッハーはまた勢いよく立ちあがり、猟銃をかまえた。

「落ち着けって!」チェルーティがロザッハーの腕に手をかけて制止した。「フレデリックに銃はたいして意味がねえから、ここに置いていくほうがいい」

恐怖に震えながら、ロザッハーはチェルーティを追って平原に出たが、フレデリックの姿はどこにも見えなかった。かび臭い家から解放されて、空気が冷たくさわやかに感じられた。

太陽はグリオールの山のような巨体のむこうに沈み、平原は、西のほうがかすかに赤みを帯びているほかは、紫がかった薄闇に包まれていた。ロザッハーが子供のころに本で写真を見て異国情緒を感じた、アフリカの草原の薄暮の光と似ていたが、いまは目のまえの情景と相まって、なにかオカルト的な脅威を暗示しているように思われた。

平原を見渡して、フレデリックの存在をしめすものはないかと探すと、遠くのほうに、高い草のあいだを流れる大きな暗い影が見えた。その大きさの生物ではとても出せるはずがない、とても速い動き。見たところ速さに目的があるわけではない——同じところを往復したかと思うと、弧を描いたりぐるりとまわったり、さまざまな模様を描いていて、あとに平らになった草が残っているために形がよく見えた。ロザッハーはそいつの走りにはなにか遊びの要素があるのだと気づいた。まるでしばらく家に閉じ込められていた若い犬が走っているみたいだ。

「おまえはついてるな」チェルーティが言った。「フレデリックの機嫌がいい。知らないやつがいると耐えられねえこともあるんだ」

「あれがフレデリック?」ロザッハーは、否定してほしいと思いながら、その暗い影を指差した。

「本人だよ」チェルーティが息の詰まったような音を立てた。笑ったのかもしれない。

「言ってみれば」

ロザッハーは、チェルーティがなぜおもしろがっているのか疑問に思ったが、フレデリックが平原を行きつ戻りつ疾走する姿に目を奪われて、それ以上突っ込んだ質問はできなかった。「呼んでやろう」チェルーティが言った。声をかけたり口笛を吹いたり手を振ったりしたわけでもないのに、フレデリックがいきなり進路を変え、ものすごい速さでこちらに向かってきた。三、四秒のあいだに、百ヤード先にあった暗い影が、完全に成長した象の半分ほどの大きさがあるのっぺりした黒い塚になり、ほんの二十フィート先の草むらにうずくまっていた。ロザッハーはその姿に恐怖をおぼえてうしろによろめいた。蒸気機関のようにやかましい呼吸音、破格の大きさと不安定な表面——その体を作る素材は、見たところ絶えず流動していて、磨きあげたオニキスのような光沢のある黒が、得体《えたい》の知れない構造体の表面を流れていたが、同じ黒い物質なのか、ある種の骨格なのか、あるいはもっと別の、なにかまったくありえないものなのかはわからなかった。それはときおり海から打ち上げられる異形のものを思わせた。原形質のかたまり、いまだ知られておらず、おそらく人間には知ることのできない闇の生物の残骸、より大きな不定形のものから剝がれた、あるいは嚙み切られた不定形のかけら……だが、呼吸が弱まって、鍛冶屋のふいごのレベルまで静まると、それは外形を変化させて、ぎりぎりまで動物に近づき、ほんの一瞬、巨大なナマケモノか、頭も鼻面も細長い熊のような曲線と筋肉をまとい、形状が現実化する度合いに応じて増減する獣臭さえ身につけたように思われた。ロザッハーは怪物をまえにして震えあがり、死が迫っていることを悟ったが、チェルーティは相変わらず冷静だった。「フレデリックが竜の尻尾のそばにいる馬がおまえのかどうか知りたがっていたぞ。食うなと言っておいたが」

ロザッハーにはチェルーティとフレデリックが交わすやりとりを聞くことも見ることもできなかった。彼は震える声で、どうやって会話をしているのかたずねた。

「こいつの声はここで聞いている……」チェルーティは側頭部をとんと叩いた。「出会ったときから、いや、それ以前からかもしれねえな。いまとなっては、そもそもこいつの声がおれをグリオールの翼の下へ呼び戻したように思える。フレデリックはおれを晩飯にするつもりだったんだろうが、おれにこいつの声が聞こえて、こいつにもおれの声が聞こえることがわかってからは、まあ、友人になったと言ってもいいかもな」

重々しい吐息と共に、フレデリックが草むらの中に沈み込み、動物を思わせる形状をすっかり失って、盛りあげた土のように動かなくなった。

「これが翼の下に棲んでいたものなんですか？」ロザッハーはたずねた。「長いあいだみんなが怖がっていた？」

フレデリックが低いうなり声をあげ、チェルーティが言った。「おまえに〝もの〟と呼ばれるのが気に入らないらしい」

「わたしの言葉を理解しているんですか？」

チェルーティはうなずいた。「そりゃそうさ。だが、まずは質問にこたえておくか。フレデリックの話によると、こいつはこの谷に人が住みつき始めたころに、このあたりで暮らしていた男だった。土地を耕して作物を育て、女房も子供もいたが、真の情熱は若い娘に向けられていた。花ひらいたばかりの、十三歳か十四歳の少女たちだ。ときどきそういう娘をさらっては、翼の下に連れ込んで好きなことをやっていた。十人以上にそんなことを繰り返したはずだ。ある日、一人の娘が翼の下に引きずり込まれるまえに逃げ出した。娘は家族になにがあったかを話し、家族がその話を広めて、すぐに群衆がフレデリックを探した。こいつは翼の下に隠れ、光る苔に照らされた奥のほうまで入り込んで、そこにとどまった。ときどき夜中にこっそり食い物を探していたが、だんだん食欲がなくなり、やがてほとんど外に出なくなった。そして眠りについた。ふつうの眠りとはちがう。フレデリックの話だと、眠っているあいだに自分の体が変化するのがわかったらしい――骨が砕け、臓器が溶けていくのを感じたんだ。いまのようになるために必要なあらゆる苦痛を味わって。どれほど続いたかはわからない――とにかく長かった。目覚めたときには痛みは消えていたが、その記憶から正気をなくし、人びとに襲いかかった。何十人も殺したはずだ……そこからあの言い伝えが始まった。人びとはフレデリックのことを忘れ、翼の下に危険な生き物が棲んでいると信じるようになった。もちろん、そのころにはフレデリックは人を食うのに飽きて、動物を殺すようになっていた」

ロザッハーは、かつては若い女を殺す怪物のような人間だったものが、いまやあらゆる意味で怪物そのものになってしまったことへの嫌悪感を押し殺し、むりやり目先の問題に注意を向けて、もしもカルロス暗殺がアルドの狙いだったとしたら、フレデリックはその手段としてふさわしいかもしれないと考えた。

「フレデリック」ロザッハーは呼びかけた。「わたしの馬を食べていいぞ」

黒い塚が震え、かさがそれまでの一・五倍ほどにふくれあがった。

「本気か？」チェルーティが言った。「どうやって帰るんだ？」

「朝まで待って、必要なら歩いていきます」ロザッハーは馬がいるほうへ手を振った。「行け、フレデリック」

黒いかたまりがさらにふくれあがって、どこかで見たような形――巨大なナマケモノとか、熊とか、そういったたぐいのなにか――に変貌し、竜の尻尾の方角へ流れ去った。しばらくして、馬の悲鳴があがり、それが恐怖の悲鳴から苦悶《くもん》の悲鳴に変わったかと思うと、ぷつりと途切れた。

チェルーティが特に興味のなさそうな顔で言った。「なぜこんなことを？」

「死体に動物に襲われたような傷がつくかどうか確認したいんです」

「だったら、良い馬をむだにしたな。おれにきけばよかったんだ。あの馬はライオンどもに引き裂かれたようなありさまになる」チェルーティは唾を吐き捨てた。「なぜそんなことを知りたい？」

「フレデリックがテマラグアの王を殺してそれを野獣のしわざに見せかけることができるかどうか調べるためです」

「それがなんの役に立つ？　フレデリックはおれがやれと言うまでだれも殺さねえ。あいつが王を殺すことはねえよ」

　グリオールの背中の上に広がる藍色の空に星がぽつぽつと穴を開け、北からひんやりした風が吹いてきて、ロザッハーの顔に浮かんだ汗を乾かした。アルドの狙いがカルロス暗殺だったことがはっきりしたので、アルドの次の策も予測できるはずだ……それがだめでも、同じくらい効果的な策を講じることはできる。こういう突然のひらめきについては、竜から送られてきたものとして信頼するようになっていたのだが、今回は国の命運がかかっているだけに、自分の愚かさや、不条理な信心ぶりが心配で、その自信にも揺らぎがあった。それでも、直感を信じる以外の選択肢はなかった。

「フレデリックがどうしているか見に行かないと」ロザッハーは言った。

「言っただろう、意味がねえと」チェルーティが言った。「どのみち、フレデリックは食っているときは少しばかり平和と静けさをほしがる。しばらくかかるだろう」

「だったら、しばらく待ってからあそこまで歩いていきましょう。もしもフレデリックの襲撃を生きのびていれば、まあ、かなり慎重に梱包したので大丈夫だと思うんですが……わたしの鞍袋《くらぶくろ》に上等な赤ワインが何本か入っています。グラスをかたむけながら、二人でいろいろと話し合いませんか」

　チェルーティが顔を輝かせた。「ワインがあるとなりゃ話を聞くしかねえな」

「そうだと思いました」ロザッハーは言った。

14

〈館〉に戻ったあと、ロザッハーは作戦の立案に集中し、アルドの地図や図表を調べて、モスピール側から侵攻があったときにそれを食い止めるための戦略を練ろうとした。いくらか進展はあったものの、この計画には協力者が必要だと判断し、翌朝、最初に議員たちに同盟の申し出をした会議室でブレケと会った。同席したジェラルド・マクデッシという若い大佐は、かつてはアルドの部下で、その後継者と目されている人物だった。三十代の、背の高いきちょうめんそうな男で、短く刈り込んだ茶色の髪には白髪が交じり始め、大工の定規を当てたような痩せた顔をしていた。顔の造作はごくありきたりで、まっすぐな鼻に、薄くて幅の広い口、青みがかった灰色の細い目が、日焼けした長方形の枠におさまっていた。表情は穏やかで、用心深く控えめで、まれに変化があるとしても、その程度はわずかだった。男たちはマホガニー材の長いテーブルについていて、話す声は広い部屋でわずかに反響し、東側の窓から射し込む日差しが、きらきらと輝くほこりの粒によってくっきりと光の筋を見せていた。マクデッシの動作は、頭をかすかにかしげる、指で身ぶりをする、といった範囲に限られていて、いかにもむだがなかった。ロザッハーが提案説明を終えると、マクデッシが発言の許可を求めた。

「モスピール軍の士気は、ご指摘のとおり、けっして高くはありません」マクデッシは言った。「規律も悪く、司令部にはテオシンテとの戦争の価値について司教たちと異なる考えをもつ有力者がいるとの報告を受けています。戦意は高くありませんが、それでも絶対数が多いので手ごわい相手です。国境沿いの駐屯都市をマブ漬けにすることを提案します。それもただちに実行するべきです」

「自国の領土にマブを持ち込もうとする試みはすべて戦争行為とみなすと、モスピールは明言しているぞ」ブレケが言った。

「しかし、彼らは麻薬の闇市の存在をおおむね許容しています」マクデッシは言った。「正直なところ、数週間もすれば麻薬の流入に気づくでしょうが、たとえ気づいたとしても、彼らはいま以上に戦争の準備を早めることはできません。自己犠牲の魅力を矮小化させ、攻撃性を弱め、準備をおろそかにさせる麻薬の突然の侵入……それはまちがいなくわれわれの大義に貢献するでしょう」ロザッハーに顔を向ける。「モスピールの首都そのものに関しては、あなたの計画はとりあえず妥当かと思われますが、わたしにもそれを補強する案がいくつかあります」

「どうぞ、続けてください」ロザッハーは言った。

「わたしの考えでは、われわれは大胆に行動すべきです。あなたのカルロス暗殺が成功したかどうかをたしかめてからモスピールへの攻撃を開始する余裕はないのです」マクデッシはグラン一帯の地図の上から書類を片付けて、北の国境のある地域を指差した。「モスピールはグランチャコの湿地帯を北からの攻撃に対する防壁とみなしてきました——たしかに、その方角から軍隊が都市へ侵攻してくる可能性は無視できるでしょう。しかし、軍隊を構成しているのが、そのような地形を突破する訓練を受け、白兵戦を得意とする、小規模な独立部隊、いわばゲリラ部隊だとすれば……話はまったく変わってきます。三年前、アルド将軍とわたしは市議会の承認を得て、湿地帯の周辺につらなる町にそのような部隊を設置しました。十一の共同体に分散している八百人を超える男女は、しばしば何週間か家を空けて、罠猟《わなりょう》や貿易などの仕事に従事しています。彼らの不在は異常事態とはみなされないので、司教たちの諜報員が報告をあげることはありません。この部隊を一刻も早くモスピールに送り込むべきだと考えます」

「なぜそのことをいままで教えてくれなかったんですか?」ロザッハーは怒りを抑えきれなくなりかけていた。

「きみに知らせるほどの緊急性を感じなかった」ブレケが言った。「きみもほかのことで頭がいっぱいだったしな……わたしと同じように」

「モスピールへの侵入の可能性について知らずにいたいほどではなかったんですが」

「当時わたしはいくつかの方面で活動をしていて、あらゆる問題の処理についてきみに知らせようとは考えなかった。今後はなんでも通知するべきかもしれないな。トイレの紙を発送するたびに、あるいは……」

「モスピールへの侵略行為はそんな取るに足らないこととはちがうでしょう!」

「お二人とも!」マクデッシが言った。「いまはそのような非生産的な脱線をしている場合ではありません。状況は深刻であり、少なくともわたしには果たすべき義務があります」

ロザッハーがブレケをにらみつけ、同意のしるしに手を振ると、ブレケが言った。「試練の時だな。大佐。申し訳なかった」

「グランチャコから侵入すると同時に」マクデッシが続けた。「われわれはテマラグア国境から兵を引き揚げ、南のモスピールとの国境、つまり彼らが当然のごとく攻撃を予想している地点に向かって進軍させます。それから、もっと北にあるシウダードフロレスの駐屯地に精鋭の騎兵部隊を送り込み、テイシェイラ将軍とその部下をできるだけ殺害します」彼は地図から身を引いた。「テイシェイラ将軍とその部下たちは最高の軍事的頭脳集団です。彼らの中から死傷者が出れば、われわれはかなり優位に立てるはずです」

「グランチャコのゲリラ部隊の目的がわからない」ロザッハーは言った。「なんのために配備されるんです？」

「ゲリラ部隊はモスピールの権力中枢の占拠を目指す」ブレケは言った。「〝優しい獣〟の神殿――最初からそれが彼らの目標だ。神殿を占拠して支配層を人質にとる」

「たった八百人の兵力で神殿を奪おうというのですか？」ロザッハーは信じられない思いで首を横に振った。

「わたしが攻撃を指揮します」マクデッシは言った。「神殿警備隊は優秀な兵士たちですが、それはこちらも同じですし、われわれは巡礼者に変装してこの施設に侵入します。奇襲をかけるのはわれわれです。いったん神殿を確保してしまえば、われわれを追い払うには軍隊が必要ですし、そうなれば聖下と司教たちの命が失われるでしょう」

「わたしの好みからすると、この計画は不確定要素が多すぎます」ロザッハーは言った。

マクデッシが応じた。「われわれは絶望的な状況にあります。だから捨て身の方策が必要なのです。多くの人員を失うでしょう——それだけはほぼ確実です。しかし、この計画の長所は、あなたの言うさまざまな不確定要素の正確な調整を必要としないことです。数日以内に実行に移すことができれば、成功する可能性は充分にあります」

「テオシンテを無防備にすることになるぞ」ブレケが言った。「彼らが反撃してきたら抵抗できない」

「われわれの置かれている状況を考えれば、ある程度危険をおかすのはやむをえません」マクデッシは言った。「目的を達成するための確実な方法などありませんし、この段階で保守的になれば失敗が保証されることになります」

「やるならとことんやれと」ロザッハーは言った。

「そのとおりです」

沈黙のあと、ブレケが言った。「大佐、こちらで現状について話し合いたいので、一、二時間もらえるとありがたい。きみの提案はすべて考慮するから安心してくれ」

マクデッシ大佐が部屋を出て扉が閉じると、ブレケが話を続けた。「どう思う？」

「わたしならあの男からは目を離さないようにしますね」ロザッハーは言った。「彼の野心は将軍の地位よりも高いところを狙っているようです」

「現時点でわたしがなにより懸念しているのは、マクデッシに将軍がつとまるのかということだ。彼の野心についてはあとで心配すればいい」

「状況を考えれば大佐の計画は妥当だと思います」

「そうか？」ブレケは親指で頬をこすった。「わたしには確信がない」

議員の冷静な態度、自身の二枚舌をさらりとごまかすやりかたが、ふたたびロザッハーの怒りをかき立てた。「ほかにわたしに伝えそこねたことはないんですか？　この件を決定するまえにわたしが知っておくべきことは？」

「くどいぞ、リヒャルト！」ブレケはテーブルをばんと叩いた。「謝罪はする。あれはわたしの手落ちで……」

「いやいや、ほんとうに手落ちだったんですか」ロザッハーは言った。「あなたはモスピール攻撃を第一の目的とする部隊の存在をわたしに隠していた。あなたが自身の夢見る栄光をかなえるために、すべての状況を操作し、何千人もの命を危険にさらしたんだとしても、わたしは驚きませんよ」

「状況の操作が得意なのはきみのほうだろう！」ブレケはそう言って、さらに言葉を継ごうとしたが、ロザッハーは声を張りあげてそれを制した。

「目に見えるようですよ！　いたるところに肖像画や胸像が！　征服者ブレケ！　救世主ブレケ！　全能のブレケ！」

「この口げんかが……」

「どうでしょうね？　それどころか聖なるブレケと称《たた》えられるかも。学校の子供たちはあなたがいかに寛大で思いやりがあるかを歌うでしょう」

顔を真っ赤にしたブレケは、自分を抑えて、緊張した声で言った。「この口げんかが怒鳴り合いになるまえに、われわれには決断すべきことがあるのを思い出してくれ。個人的な意見のちがいを脇に置き、最善の判断により行動する必要があるのだ」

ロザッハーは返事をのみ込み、腰をおろしてブレケをにらみつけた。

「きみの言う怪物とやらについてもう少し聞きたい」ブレケは堅苦しく言った。「そいつが翼の下に何世紀も棲んでいた生き物だと、ほんとうに信じているのか？」

「わたしがなにを信じるかは、あの生き物の殺傷能力とは関係ありません」ロザッハーは言った。「しかし、わたしにはこの話を疑う理由がないんです。あなたも自分の目で見れば同じ意見になりますよ」

「そいつはゲル状の物質でできていると？」

「ゲル状に見えるとは言いましたが、黒曜石のように見えると言ってもおかしくありません。肉体の形や密度が変化しやすいということです。一度だけ形がきちんと定まったように見えたんですが……」ロザッハーはぼんやりと書類をめくった。「なにしろグリオールの生き物ですから、わたしたちに理解できるはずがないんです。知っておくべきなのは、そいつがわたしの馬を文字どおりまっぷたつにしたことと、走る速さが驚異的だということです。ジャングルの狭苦しい空間では、カルロスとその部下が対抗するのはむりでしょう」

「おもしろい。グリオールが自分の代理人にそんな欠陥のある男を選ぶとはな。まあ、チェルーティの話がほんとうであればの話だが」

「人はだれでも欠陥があります」

「ああ、しかしこいつほどひどくはない」

「グリオールは仕事にふさわしい人物を選ぶことに長けているという印象があります。変質者、殺人者……そういった連中はグリオールの番犬になります。フレデリックも、チェルーティのペットになるまではそういう立場だったんでしょう。グリオールはあなたの中にも育てれば有能な官僚になる資質を見出したんだと思います」

「ひどい褒め方だな！」ブレケはその言葉を吠えるような笑い声で強調した。「言うまでもなく、グリオールはきみの中にもなにか同じようなものを見出したわけだ」

　ロザッハーは肩をすくめた。

「チェルーティにいくら提示した？」ブレケがたずねた。

「五千ドルと、〈館〉にいつでも無料で泊まれる権利を」

「それっぽっちか？」

「それとフレデリックに百頭の馬を」

「もっと要求してくるかと思った」

「モスピールが侵略に成功してあの平原に進出したら、チェルーティとフレデリックは暮らしにくくなるだろうと話しました。それが彼の愛国心をかき立てたんです」ロザッハーは両手をテーブルに置いて立ちあがろうとした。「ほかになにもなければ、出発するまえにやることがたくさんあるので」

「マクデッシの計画についてはまだ議論を始めてもいないが」

「なにを議論する必要があるんです？　計画のすべての要素が一体となって機能しさえすれば、成功へ希望が生まれます。わずかな希望かもしれませんが、それ以上を期待するのはむりです」

「しかし、あの男はテオシンテを無防備にするつもりだ！」

ロザッハーは立ちあがった。「マクデッシの計画とテオシンテに防衛部隊を残す計画の唯一のちがいは、後者の場合、ヘイヴァーズ・ルーストにより多くの死体が積み上がり、こちらの攻撃の効率がそれに応じて低下するということだけです。あなたもよくわかっているでしょう」

「では、きみはマクデッシの計画のほかの部分にも満足しているのか？」

「もっとましな計画を立てることは可能かもしれませんが、そのためにどれだけの時間がかかりますか？　どれだけの意見を求め、結論を検証するためにどれだけの協議を重ねる必要がありますか？　わたしたちには自分たちの直感を疑っている余裕はないんです。あなたはマクデッシがわたしたちの軍を率いるのに最適な人物だと言いましたよね？　けっこう。彼に指揮をとってもらいましょう」

「たしかにそのとおりだ」ブレケはひと呼吸置いてそう言うと、ため息をついた。「朝になったら出発するのか？」

「できれば今夜。あらかじめ馬で部下を送り込んで、危険な獣が王宮の近くでジャングルのある地域を脅かしているという噂《うわさ》を広めておきます。わたしたちがそこに着くまでにカルロスの興味を引いておけば、フレデリックが攻撃を始めたときには、彼が追跡に乗り出すでしょう」

ブレケはうなずいた。「よかろう」

議員の口調は沈んでいたが、ロザッハーは彼を励ますような気分ではなかった。「もうひとつ。マブの在庫は充分にあるので、二週間の生産停止なら乗り切れます。それまでには帰れるはずです。ただ、もしも帰れなかったときは……」

「きみがいつ帰ろうが生産に関しては問題ない」

「どうしてそんな……わたしの行動を探って精製工程を知ることに成功したわけではないでしょう？」

「精製工程などない。何年もまえからわかっていたことだ」

ロザッハーはふたたび腰をおろした。

「ルーディから聞いた」ブレケは続けた。「死ぬまえにきみの秘密を残らず教えてくれたよ。あの女はきみの友人ではなかった……少なくとも最後には」

ブレケがこの暴露を楽しんでいる様子はなかった——むっつりした表情には喜びや満足感はこれっぽっちも見当たらない。

るんです？」

「だとしたら」ロザッハーは言った。「なぜわたしに話すんです？　なぜわたしは生きてい

「なぜきみに話す？」ブレケはその質問に困惑したように首を振った。「きみに伝えたいと思った時期もあった。二人の関係においてほんとうの主役はどちらなのか知ってもらうためだ。ルーディの死を告げたあの日に伝えたかったが、そうしなかったのは、状況を支配していると思い込ませておくほうが、きみを扱いやすくなると考えたからだ。しかし、そのときわたしがどう感じたかは関係ない。これまでも伝えてきたように、わたしはきみの資源としての価値を、友人としての価値を認めるようになったのだ」

「なぜ友人だと思えるんです？　何十年もわたしに嘘をついてきたのに」

「そう考えるのもむりはないが、これまできみに対する尊敬の念はほとんどなく、愛情はもっとなかったとはいえ、わたしの嘘は害のない二枚舌であり、友情を維持するための手段だった。だがきみのほうの嘘は、例外なく、きみの私利私欲から出たものだった」

「この告白は、わたしのあなたに対する警戒心をやわらげるためのものですか？　だとしたら、まったく逆の効果をもたらしたと言わざるをえませんよ」

ブレケは天をあおいだ——神に懇願するかのように。「わたしはいつでも自分のことを冷酷な政治家、巧みな操り手だと思っていた。こうして共に死の可能性に直面したいま、正直であることが二人にとっての慰めになるかもしれないと思った。歳をとるにつれて、わたしの姿勢は軟化してきたが、若いころでさえ、冷酷さや操りの手腕に関してはきみにかなわな

かった。きみはそういう面を発揮する際に手加減ということをしない。いつまでも老化と無縁なのは……ひょっとしたら外見だけではないのかもしれないな。それなら他人の弱さに対するきみの理解がいつまでも深まらないことも説明がつく」ブレケは立ちあがった。「とにかく、そういうことだ。きみはわたしに対してふたたび優位に立った。わたしにはもう切り札がない」

「あなたがわたしにそう考えてほしいというのはわかります」ロザッハーは言った。「しかし、ここであなたの発言を事実として受け入れたら、わたしはあなたが思うような人間ではなくなります」

ブレケは両手をあげた。「好きなように考えてくれ！　この議論は終わりだ」

「帰ってきたらまた話しましょう」ロザッハーは言った——不本意ながら、ブレケに対して申し訳ないと感じた。

「きみは必ず帰ってくる」ブレケは言った。「グリオールは明らかにきみを守っているからな。しかし、彼はわたしを守るだろうか？　それはまだわからない」


初めは夜中に旅をしたが、やがてチェルーティとロザッハーだけは日中に移動して、フレデリックには二人のにおいを追わせるようにした。日々は特に目立ったできごともなく過ぎていった。夜になると、フレデリックが焚き火の明かりの届かない茂みの中で動く音が聞こえた。ときおり、その音が聞こえない夜に、チェルーティがロザッハーを安心させようとして呼び寄せると、フレデリックは影だまりか漆黒の小山のような姿で出現し、ロザッハーの神経がささくれ立つ寸前まで視野にとどまった。

　ロザッハーにとってもっともきつかったのは、キャンプを張る夕暮れどきから寝るまでの時間だった。端的に言って、チェルーティは退屈な男だった。彼はロザッハーを楽しませようとして、これまでに受けた小さな傷、歯の痛み、きつかった病気、毒のある草やノミやシラミなどの害虫、原因不明の苦しみなどの逸話を披露した。本人の言うとおり、軽い苦痛が絶えず続いている状態で人生を過ごしてきたので、この主題についてだけは多少なりとも雄弁に語れるのだ。ふだんの寡黙な態度とは打って変わり、チェルーティは自分の体験したさまざまな傷や症状について、ある種のがさつな饒舌《じょうぜつ》さで詳細に語った。すり傷や切り傷、化《か》膿《のう》した痛みや高熱や鼻水など、ひとつひとつの経験を楽しんでいるかのようだった。見るものすべてがなんらかの病気や障害の発生を連想させるようになってきたので、ロザッハーが焚き火を囲んでの話題を自分好みに変えようとすると、チェルーティはそっけなく返事をして、さらに医学的苦悩の羅列を続けた。チェルーティが知識を披露したがると思ったフレデリックの話題ですら、くわしい回答は得られなかった。フレデリックの会話の方法や、好んでとる形状など、行動面に関する説明を求めても、ろくに役に立たない返事しか返ってこなかったので、実は本人が見せかけているほどわかっていることは多くなく、ただ無知を取りつくろっているのではないかと思われた。ロザッハーは、チェルーティは自分で主張しているほどフレデリックを意のままにできているのだろうか、そしていざペットを解き放つときが来たら、ちゃんとそれを引き戻せるのだろうかといぶかった。

六日目にテマラグアとの国境を越えて、鬱蒼としたジャングルに進行を妨げられるようになると、チェルーティの病気語りにはますます熱がこもってきた。その晩、二人はココ川の湾曲部のほど近く、アボカドの木々の天蓋の下でキャンプを張った。土が踏み固められたその一画は、バクなどさまざまな動物が行き来するので植物がなくなり、その日のもっと早い時間に雨が降っていたため、湿った土に足跡がぽつぽつと残っていた。ふつうなら、ロザッハーはもっと別の場所をキャンプ地として選んでいただろう。そこは明らかに水場に続く獣道の一部であり、まちがいなく捕食獣が寄ってくるはずだ。しかし、フレデリックが近くにひそんでいたし、ライフルもあるので安心だった。薄暮が完全な闇にのみ込まれ、蔓草が垂れる天蓋が見えなくなると、虫の声や蛙のねっとりした朗唱が始まるはずだったが、その夜、眠りにつくまえに聞こえたのは、フレデリックの捕食音――甲高い鳴き声がぷつりと途切れる――と、焚き火のぱちぱちいう音、それと蚊《か》に刺されるたびに過去の苦労話を披露するチェルーティの哀れっぽい繰り言だけだった。

「昔、バターミルク・キーの近くの海沿いを、ある隊商と共に旅したことがある」チェルーティは六本脚の生き物を寄せ付けないという薄黄色の軟膏を両腕に塗りたくりながら言った。「虫に関して言えば、あそこはおれが見た中で最悪の場所だった。海からの風がやんだとき、荷馬車の窓から腕を出すと、ほんの一、二秒で蚊が群がって真っ黒になる」

ロザッハーは、黒い葉巻を何本も溶かした水を、むきだしの肌にせっせと塗りつけていた。

蚊を撃退する彼なりのやりかただ。「だったら腕は出しませんよ」

「えらく暑かったから、出さずにはいられなかった。ここはちがう。ここの熱気は不快なだけだが、海沿いの熱気は悪疫性《ペスティレンシャル》だ」チェルーティはその言葉を繰り返した。きちんと発音できてうれしくなったようだ。「とにかく、虫に噛まれたところが膿《う》んで、腕が引き綱なみの太さに腫《は》れあがった。一週間も膿《うみ》を抜き続けたもんだ」

ロザッハーは葉巻に火をつけて煙を吐き出し、なんの感情もこもらない声で言った。「それはひどい」

「おうよ！　膿を一ガロンは抜き出したはずだ」

「体液のようなものと言えば」ロザッハーは言った。「フレデリックが食事のあとで排便しているかどうか気づいたことがありますか？」

チェルーティは自分の腕にロザッハーが興味をしめさないことにいらだっていた。「いや、ねえな」

「フレデリックと旅をして一週間になりますが、彼がなにかを残すのを見たことがありません。おかしいと思いませんか？　食べた大型動物は五、六頭になるのに……それもわたしたちが見掛けたものだけで」

「フレデリックはきれい好きだからな。排泄《はいせつ》は目につかないところですませるんだ」

動物の死体がどんな状態だったかを考えると、フレデリックの行動に〝きれい好き〟という言葉が当てはまるとは思えなかったが、ロザッハーは聞き流した。「彼の大便を調べてみたいですね。消化器官の働きを知るのに役立つかもしれません」

チェルーティは首筋に軟膏を塗りつけた。「フレデリックの糞《くそ》を探すより、ほかにもっとやることがある」

「あなたから、でなければ、わたしからフレデリックに質問できますか？　彼の生理学的特徴にとても興味があるんです」

「フレデリックを怒らせたいのならいい方法だ――排泄について質問するのは。あいつはそういう話をするのが好きじゃねえからな」

「どんな話が好きなんです？　あなたとフレデリックはときどきおしゃべりをする機会があったと思いますが」

「ふだんはあまりしゃべらねえ」チェルーティは軟膏を塗る手を止めた。身ぶりに警戒心があらわれているように見えた。「たとえば、どんな狩りをしたかは教えてくれるが、あまり深い話にはならねえ。意味はわかると思うが」

「哲学的な思索とか、そんなたぐいの話はしないということですか？」

チェルーティは焚き火越しにロザッハーをまじまじと見つめた。表情を読もうとでもするように。

「わたしに話すように、古傷や病気について話すことはあるんですか？」

「おうよ！」チェルーティは顔を輝かせた。「おたがいにいろんな話をしてるぜ」

「フレデリックはあまり傷を負うことがなさそうですが」

チェルーティはすわったまま背筋を伸ばし、話題が自分好みになったのでにわかに乗り気になった。「たいていの場合はそのとおりだが、おまえやおれと同じように怪我をしやすいときもある」

夜の鳥がホーホーと鳴きながら頭上をとおり過ぎた。風が変わり、川から運ばれてきた甘ったるい香りが、群葉の濃い緑の香りと混じり合う。

「ほんとうですか？」ロザッハーは言った。あまり詮索好きには見せたくなかったが、これはフレデリックについてなにかめぼしいことを知る機会かもしれなかった。

「食っているときによく怪我をするんだ。腹ぺこになりすぎると、息の根を止めねえうちに獲物を食い始めることがあって、かじっている相手の爪や歯で傷をつけられちまう」

「傷跡は残るんですか？」

「いや、あいつを見ただろう。どんな傷を負っても食い終えたころには治ってる」

ロザッハーの頭にたくさんの疑問が浮かんだが、チェルーティの機嫌をそこねたくなかったので、口には出さずにおいた。

「わたしたちではそうはいかないのは残念ですね」

チェルーティはとまどったような顔をしたが、すぐに笑みを浮かべた。「フレデリックみてえに、食うための体と癒やすための体が別々なら、法律は絶対に手が出せねえ」

「むりでしょうね」

チェルーティがまたもや蚊と膿の話を始めたが、ロザッハーはやめさせようとはしなかった。横になって、自分のかかった病気をならべたてるチェルーティにうなり声や肯定の言葉を返し、フレデリックにまつわるわずかな情報をつなぎ合わせて全体像をつかもうとしながら、するすると眠りについた。

朝が来ると、二人は川に沿って前進し、羽毛のようなシダの葉や丸まった蔓草すべてを危険物に変える白っぽい濃霧の中を抜けていった。ホエザルの群れがしばらくあとを追ってきたが、その叫び声は、頭がジャングルの底から三十フィートの高さにある巨大な獣の喉から発せられているようだった。日差しで霧が薄れ、毒々しい緑と黄色がかった緑の群葉が見えるようになった。馬の蹄の下にある一面の蔓草から、蠅《はえ》の大群がわきあがってきて二人を苦しめた。蛇がにごった緑色の水の中を泳いでいるのが見えた。暑さのせいで、川の湿ったにおいと無数の小さな死のにおいがジャングルの圧倒的な植物の臭気と混じり合って甘ったるい悪臭に変わり、それが鼻孔にこびりついたせいで、ロザッハーは花のほのかな香りや女の芳香を二度と嗅ぎ取れなくなるような気がした。

夕方近くにベカン村に着いた。王の狩猟地のはずれにある村で、周囲にはバナナの木立が広がり、燭台のように華麗な姿でそびえる一本きりのマンゴーの木からは熟した果実がぶらさがっていた。そこに若木を組んだ茅葺きのわびしい小屋が集まり、ぬかるんだ道にはいくつもの水たまりができていた。村の中央には旅人がハンモックで一夜を過ごすことが許されている長屋があった。その長屋の近くにある、バナナの葉が張り出したやや大きめの小屋の中では、小麦粉袋で作った服を着た、歯が十二本しか残っていない、白髪頭のしなびた老人が、空《から》の木箱のうしろにすわって未精製のラム酒をコップで売っていた。柱のあいだから射し込む夕暮れどきの日差しで土の床には縞模様《しまもよう》がついていた。屋内には四台の木製のテーブルが配されていたが、椅子は六脚だけで、一脚は横向きに倒され、もう一脚には若い女がすわっていた。もつれた髪をブラシでとかし、顔の汚れを洗い流して、キャンバス地のだぶだぶのズボンやぼろぼろのブラウスよりましなものを着ていれば、美人と言えたかもしれない。その女は誘惑的なポーズらしきものをとり、入ってきた二人の男にほほえみかけて、自分の役割をアピールした。老人が黄色っぽい液体が半分ほど入った瓶から震える手で酒を注《つ》ぎ始めた。ロザッハーは老人が用意したカップの上に手を置いたが、チェルーティは自分の分を飲み干して満足げなため息をついた。

「おかわりは？」老人がたずねた。

チェルーティが目を向けてきたので、ロザッハーがうなずくと、老人は注ぎ始めた。

「ほかに飲み物は？」ロザッハーはたずねた。

「あるが、すごく値が張るよ。少量でも十二ケツァルだ」

「見せてください」

チェルーティが女のとなりに椅子を引き寄せ、二人で声をひそめて話し始めた。

老人が梱包用の木箱の奥から赤い布で包んだ酒瓶を取り出してロザッハーに見せた。スコッチ・ウイスキー、まっとうな銘柄だ。ロザッハーは一杯注いでくれと合図して、木枠に寄りかかり、酒場の扉越しに外へ目を向けた。雄鶏《おんどり》がコッコッと鳴きながら急ぎ足でとおり過ぎ、すぐあとを裸の幼児が追いかけていった。一軒の小屋の裏手で、縞模様のワンピースを着た品のある女が洗濯物を取り込んでいた。老人は大げさな身ぶりでロザッハーのコップを汚れたぼろきれで拭き、酒を注いだ。ロザッハーが酒を飲み干すと、老人がテオシンテから来たのかとたずねた。

「モスピールからです」ロザッハーはコップを老人のほうへ押しやっておかわりを頼み、五十ケツァル札を手渡した。

「おつりがない」老人は言った。

「ぜんぶ飲みますよ」ロザッハーが言うと、老人は顔をほころばせた。

チェルーティが立ちあがり、女と腕を組んだまま、ロザッハーに敬礼をして、二人で長屋の裏手にある小屋へ向かった。

「それで、テマラグアでなにをしているのかね？」老人がたずねた。

「わたしは珍しい鳥の貿易をしています。アルタミロンの市場へ仕入れに行くところで」ロザッハーはウイスキーをひと口飲んだ。「正直、とてもアルタミロンまではたどり着けないと思いました。昨夜、キャンプで獣に襲われたんです。幸い生きのびましたが」

「どんな獣かね？」

「よく見たわけじゃないんです。ただ、黒くてすごく大きかった。キャンプのまわりのジャングルをぺったんこに踏みつぶして。わたしたちは逃げるために川に飛び込んだんです。馬が一頭やられました」

老人はロザッハーの話に感心して口笛を吹こうとしたが、歯が足りないため、かすれた音しか出なかった。「その獣だったら聞いたことがある。ドゥルセ・ノンブレで母親と娘を殺したらしい」

「気の毒に！」ロザッハーは、事前に送り込んだ部下たちが流した噂に、テマラグアの人びとが尾ひれを付けたのだろうと判断した。

「ほんとうにな！　だが、良い知らせもある。カルロス王がその獣を狩り立てるそうだ。うちの村からも男たちが何人か手伝いのために首都へ出かけていった」

「なぜカルロスがベカン村に支援を求めるんです？　護衛たちだけでも充分に王を補佐できるはずですが」

「ベカンの男たちはすぐれた追跡者だ」老人は誇らしげに言った。「これまでにも狩りで王を手助けしてきた。それにカルロスはこの村の友人だ。実を言えば、この酒を贈ってくれたのも彼で」――ウイスキーをしめす――「そうすれば彼がここへ立ち寄るときに、ふさわしい飲み物があるというわけだ」

「だとしたら、わたしにウイスキーを売っていいんですか？」

「カルロスは気前がよくて親切だ。酒が切れたと伝えれば新しいのを送ってくれる」

「ではもう一杯」

暗闇が忍び寄ってきて、ならんだ小屋でランプが灯《とも》されると、中で家族が動きまわっているのが隙間だらけの壁をとおして見えるようになり、ジャングルでは虫や蛙の歌声が鳴り響いた。アロンソという名の老人は、片目に眼帯をした血色の悪い少女が運んできた豆と米とチョリソーの夕食を供した。そしてロザッハーと共にテーブルにつき、村と王にまつわる逸話を披露してくれた。カルロスがサクサシェの人食いジャガーを射殺したら、死んだジャガーが年老いた有名な女まじない師《ブルハ》に戻ったこと。カルロスがエル・タマリンドの巨大な、やはり人食いのカイマンを狩り立て、その頭部はいま〈オニキスの玉座〉の上に飾られていること。ベカン村に赤痢《せきり》が広まったとき、カルロスが医者を連れてきて薬を届けてくれたこと。店に顔を出したほかの男たちも、ロザッハーに紹介されたあと、アロンソと共に酒を飲み始めた。だれもが同じように王の勇気と寛大さを称賛し、その中の一人、片脚のないレフジオという髭面の男は、ライフルを撃ちつくして武器はマチェーテしかなかったカルロスが、命がけでイノシシから自分を救ってくれたことを話した。

「ああいう男はな」レフジオが言った。「金持ちで権力もあり、失う物もたくさんあるのに、おれみたいな貧乏人のために自分の命を犠牲にする男は……まさに王を超えた存在だ。彼は神々から王冠を授かり、いつの日か天界で〝獣〟といっしょに君臨するんだ」

「まったくだ」アロンソが言うと、ほかの男たちも賛同した。

風のない夜、男たちの窮屈な輪の中、ほろ酔いかげんで汗だくになりながら、ロザッハーは初めて、自分が悪行よりもはるかに多くの善行をなしてきた男を殺そうとしていることを理解した。話が盛られているのを割り引いたとしても、カルロスが並外れた人物であることは否定できなかった。ジャッカルの魂を持つ怪物じみた人間の王ばかりを生み出してきた土地に生まれた、真に慈悲深い支配者。どうすればカルロスを殺さずにすませられるか考えてみたがうまくいかなかったので、代わりに王の寛大さのもうひとつの実例である未開封のスコッチを一本買って全員にふるまった。これが酒場を支配していたがさつでなごやかな雰囲気をさらに強め、いつしか王にまつわる逸話は、女たちや、有名な狩りや、テマラグアの輝かしい歴史を装った架空のできごとを称える歌に取って代わられた。酔っ払った声の合唱は、ロザッハーの罪悪感を抑えるのに役立ったが、それをすっかりかき消すことはできなかった。そのため、浮かれて合唱に加わってはいても、彼の喜びの裏には、任務を果たさずにテオシンテに戻るという不穏な未完成の計画と、カルロスに接近すればモスピールと手を組まないよう説得できるかもしれないという思いがひそんでいた。ロザッハーは、自分はまちがった側で戦っているのであり、ただちに市議会と決別し、重要と言える唯一の議員であるブレケと決別し、モスピールとテマラグアに肩入れすべきではないかと考え始めていた。

ロザッハーが悲鳴を聞いたのは、それを悲鳴と認識するまえのことで、ライフルをつかもうとしたときには、すでにその声はやんでいて、聞こえてくるのは柱が折れ茅が踏みつぶされる音と、酒場からいち早く外に出た男たちのしゃがれた叫びだけだった。ふらつきながら夜の中へ出ると、通りの先にある廃墟となった小屋へ人びとが走っていくのが見えた。彼らのあとを追っていたとき、破壊された小屋はチェルーティと女が向かったまさにその小屋だと気づいた。

小屋に駆け寄り、人びとをかきわけていくと、裸で血まみれになったチェルーティが壁の残骸を背にすわり込み、頭をかかえていた。チェルーティと女がいた寝床には茅が覆いかぶさり、どす黒い血だまりに浸かっていた。ロザッハーが膝をつくと、チェルーティがぎらついた目で彼を見あげた。鼻から粘液が糸を引いて垂れている。声を出そうとしても、唾液の泡しか出てこない。ロザッハーの背後にいる村人たちが興奮気味に言葉をかわし、だれかが泣き声をあげた。

「あいつがおれから女を引き剝がした」チェルーティは自分の頭上にいるだれかに話しかけているように見えた。「おれが女をまたがらせたら、フレデリックが……」言葉が喉につかえ、嗚咽《おえつ》が漏れ始める。

「静かに！　大丈夫だから！」ロザッハーはチェルーティの頭をかかえ、彼がこの虐殺にどう関わっているか口走るまえに黙らせようとした。

「あいつの顔……」チェルーティの声は、ロザッハーの胸に顔をうずめているせいで少しこもっていた。「あんなフレデリックを見たのは初めてだ」

「しっかりしろ！」ロザッハーはチェルーティをさらに強く引き寄せ、その耳もとでささやいた。「みんなが聞いているぞ！」

「あいつはおれのことがわからねえみたいだった！」

「おい！　手を貸してくれ」ロザッハーは村人たちに言った。「毛布を持ってきて！」

チェルーティを連れて酒場へ引き返す途中、ロザッハーは村人たちの会話の断片を耳にした。「アデリアはこれからどうするんだ？　ヤスミンは彼女の唯一の支えだったのに」「なにか血をぬぐうものをくれ」「あの男は〝フレデリック〟と言っていた。フレデリックってだれだ？」「アロンソ、水を持ってきて！」

ひとたび酒場で腰をおろすと、チェルーティは質問に反応しなくなり、虚空をにらんだまま無言で唇を動かした。ロザッハーはそれを見てほっとしたものの、彼の身が心配になったので、手を貸して血を洗い流してやり、むりやりラム酒を飲ませた。何人かの男たちが人を集めてフレデリックとヤスミンという女を追いかけようと話していたが、ロザッハーは前夜の自分の〝体験〟を語り、あの生物はあまりにも敏捷《びんしょう》で強力なのできちんと準備をせずに出かけてはいけないと言って思いとどまらせた。村長が王に知らせるためにアルタミロンへ早馬を送ったが、ロザッハーはこれを阻止しようとはしなかった。彼はカルロス殺しへの疑念を捨て、もはや賽《さい》は投げられたと感じていたので、これで王がベカンに来るようなことになれば、自分たちの仕事が楽になるだけではなく、グリオールの意志がここでも働いていることの証になると考えたのだ。

騒ぎがおさまり、ヤスミンがさらわれたときにだれがどこにいてなにをしていたかについての話が語り尽くされたあと、ロザッハーはチェルーティを長屋へ連れて行き、手を貸してハンモックに寝かせてやった。じっとり湿った、昼と同じくらい暖かな夜だったが、チェルーティはぶるぶる震え、かぼそい声で寒いと訴えた。明らかにショック状態だ。薬はなかったので、ロザッハーにできるのは、体を温かくして、話しかけてやることだけだった。フレデリックが戻ってきたときにそなえて、村長がたいまつとマチェーテを持った見張りを村のまわりに配置しており、そのうちの何人かは長屋のそばにいたので、声をひそめなければならなかったが、フレデリックに指示を出すためにはあなたが必要なのだと励ましているうちに、少しは筋のとおった返事を引き出すことができた。

「あの女と寝たのはまちがいだった」チェルーティはそんなことも言っていた。「フレデリックがいると思ったら、あんなことはしなかった」

チェルーティの汗ばんだ顔は、ゆらめく薄暗い明かりの中で淡いオレンジ色に輝き、不安と苦悩の仮面をかぶっていた。

「あいつはおれのまわりに女がいるのが許せねえんだ」チェルーティは言った。「あるいは女だけのことで、おれは関係ねえのかも」

ロザッハーはもう一度、声を低くしてくれと注意した。「彼がまだ近くにいるかどうかわかりますか?」

「ああ、そこらにいる。遠くへは行かねえよ」

「彼はわたしたちのために仕事をしてくれますか? まだ彼を制御できるのですか?」

チェルーティはうなずいたが、それは震えだったかもしれない。ロザッハーはもう一度同じ質問をした。

「あいつはおまえの殺しをやってくれる」チェルーティの眉間に汗のしずくが浮きあがった。肌は死人のように青ざめ、黒目がうるんで熱を帯びているように見えた。「おまえの殺しもそれ以上のこともやってくれる、心配するな」

チェルーティの興奮は夜のうちにおさまり、体温もさがって心拍も徐々にふつうに戻った。朝は遅くまで寝ていて、酒場でトルティーヤと米と豆の食事をとることができた。村人たちは小屋の残骸を片付けて、うわべだけは平穏な生活を取り戻していた。鶏や豚が土の中の餌をあさり、薄汚れた子供たちがマンゴーの果肉を吸い、バナナの木のかたわらでは、フレデリックがヤスミンを優先したために見逃したロバがサトウキビの茎をかじりながら静かにたたずんでいた。

朝食後、ロザッハーはチェルーティにフレデリックのことは話すなと注意し、一、二時間眠ろうと思ってハンモックに寝転んだが、神経が高ぶっていて眠れなかった。これまではチェルーティの世話をしなければという気持ちで不安が抑えられていたが、その義務から解放されると、計画が失敗する流れが次々と頭に浮かんできた。アロンソが言ったように、フレデリックはドゥルセ・ノンブレの母子《おやこ》の死に責任があるのだろうか――いまとなってはそれほどありえない話とは思えない。となると、チェルーティがペットを制御する能力はどうなのか？　それがフレデリックの意向に左右されてしまうとすれば、目のまえにある任務をたやすくやり遂げられるとはとても思えなかった。フレデリックはチェルーティに近づく女たちをだれでも狙うのだろうか……もしも王の従者に女がいたらというのは、可能性として充分に考えられることだ。さまざまな懸念が押し寄せてきて、ロザッハーはとうとうその重みに押しつぶされ、眠りに落ちたあとも、横たわったままあれやこれやと心配している夢にうなされ続けた。

騒がしい声と、興奮した馬をなだめようとする物音で、目が覚めた。そのまま一分ほど横になっていたが、それらの音に意識を合わせることができなかった。頭がずきずきして心臓が暴れていた。さらに数分たってから、上体を起こした。酒場のまえに、王の従者の服を着た褐色の肌の男たちが十数人いて、それと同じくらいの数の馬もいた。村人たちがそのまわりに群がり、いっせいに話しかけていた。ロザッハーはハンモックから両脚を振り出し、朝の光に目をしばたたきながら、扉へと向かった。大騒ぎの中心にいる男はまったく貫禄がなかった——顔色が悪く、背丈は並みで、茶色の髪をきれいにととのえヴァンダイクひげをたくわえている。ハンサムではあるが、人目を引くほどではない。身につけているのは金の縁取りがある赤いダブレットとカーキ色の乗馬ズボン。まるで顎に剃り込まれたしゃれたアクセサリのような、入念に手入れされた顎ひげがなければ、ロザッハーはその男がだれか気づかなかったかもしれない。二年ほどまえに、〈グリオールの館〉に雇われていた若い女に関する情報を求めて、五、六人の男たちといっしょにやってきた人物だ。ロザッハーの記憶では、いとこだと言っていた。あのときは偽名で旅をしていたが、この従者たちの気のくばりかたから見て、カルロスであることは明白だった。自分が以前に王と出会っていたことに愕然としながら、ロザッハーは長屋の暗がりに退却し、この状況にはどう対処するのが一番いいだろうかと考え込んだ。知らんぷりをしてカルロスに気づかれないことを祈るべきか、あるいは王と面識があることを堂々と打ち明けるべきか。ロザッハーは髪をなでつけると、どうすべきかは直感を信じることにして光の中へ踏み出し、すぐに村人たちの手で王のまえに押し出されて、問題の怪物についてよく知っている人物だと紹介された。

　お辞儀をしたとき、国王の表情がかすかに揺らぐのを見たような気がしたので、ロザッハーは王のほうでも自分に気づいたのだと判断した。「僭越《せんえつ》ながら、陛下、ひょっとして以前にお会いしたことがありますでしょうか？」

「カルロスでいい」王が言った。「ここに陛下はいない。実は、わたしも同じことを考えていた」ロザッハーをじっと観察する。「〈グリオールの館〉だったかな？　きみは、なかなかつかまらないミスター・マウントロイヤルの副官だったな。申し訳ない……名前を忘れてしまった」

「マイリーです」ロザッハーは言った。「アーサー・マイリー。ミスター・マウントロイヤルには短期間仕えましたが、給料のことで折り合わなくて袂《たもと》を分かちました。いまは珍しい鳥の貿易をしています」

「アロンソもそう言っていた」カルロスはロザッハーに酒場に入るよううながした。「きみの連れの、ミスター・チェルーティと会って、彼を襲った獣について話をしたのだが、あまり協力的ではなかった。きみの話をぜひ聞かせてくれ」

「チェルーティはどこです？」ロザッハーは酒場に入りながらたずねた。「ショックで苦しんでいたので治療が必要かもしれません」

「わたしの狩猟隊の一員といっしょにいる。画家だ。なにを目撃したか説明してもらえれば、うちの画家がその姿を絵にできると思ったのだ。そちらが終わったらわたしの医者に診せるとしよう」

アロンソが豆と米と揚げた料理用バナナの皿を運んできた。ロザッハーは食事をしながらアロンソに話したとおりのことをカルロスに話し、それがすむと、王が言った。「どうやらその生き物は夜行性のようだ。これまでの襲撃はいずれも夜間に起きた……しかし、ドゥルセ・ノンブレで犠牲になった三人のうち一人は夜明け近くに殺されている」

「三人？」ロザッハーはフォークを置いた。「母と娘の二人と聞きましたが」

「三人だ。朝食の支度のために水をくみに行った少女がいる。たまたまほかの二人の遺体に出くわして殺された。黒いものが少女の肉を食べているのが目撃されたが、目撃者は恐怖のあまり詳細をおぼえていなかった」

二人で話しているときのカルロスの鋭い視線はロザッハーを不安にさせた。あらゆる動きが、あらゆる表情の変化が記録されているような気がしたが、ロザッハーは、恐ろしい経験をしながらも感情を抑えて協力しようとしている男、という態度を保ち続けた。自分ではそつなくできていると思っていたが、カルロスがなにを見抜いたかについては確信が持てなかった。

二人の会話は、カルロスがラモンと紹介した中年男性によって中断された。ラモンは大きなスケッチブックを持ってきてカルロスに手渡した。ロザッハーは、スケッチブックをぱらぱらとめくるカルロスに、いつも画家を連れて旅をするのかとたずねた。

「わたしは多くの面で虚栄心の強い男だ」カルロスは言った。「狩りで記念品を持ち帰れないことがよくあるので、ラモンが同行してわたしの成功や失敗を記録している」

彼はページをめくる手を止め、ラモンに一枚の絵を見せた。「これか？」

「本人はそれでまちがいないと言っておりました」ラモンが言った。「ですが、記憶が誇張された虚像を生み出したのかもしれません」

カルロスがスケッチブックをロザッハーに手渡した。そのページに描かれていたのは、熊のように後脚で立つ毛皮の動物のスケッチだったが、細長い頭部がおぞましい老人の顔の形になっていた。ひどくいびつで下品な、しわやひだが深く刻まれた顔は悪魔のようで、ひらいた口には針のような歯がならび、それを太い牙が縁取っていた。全体にデューラーの版画を思わせる美しい陰影がついていて、筋肉組織をあらわす繊細な線がびっしりと描き込まれていた。ロザッハーはスケッチを見つめて、そこに表現されているフレデリックの基本形らしきものに言葉を失った。

「こちらに詳細な図がいくつかあります」ラモンがロザッハーに次のページをめくるよううながした。

恐ろしげな三本の鉤爪が生えた黒い前足。ほぼ人間と同じだが、瞳孔が細長くて端のほうが赤く変色している目。象牙のように色のあせた牙と数本の歯。

「こういうのを見たおぼえはないか？」カルロスがたずねた。

ロザッハーは首を横に振った——もはや、最近トラウマをかかえたばかりで混乱しているようなふりをする必要はなかった。「いえ、わたしは……顔を見てはいないんですが、これは……これはありえない！　まるで地獄から出てきたような顔じゃないですか！」彼はスケッチブックをおろした。「ありえない！」

「チェルーティはまちがいないと」ラモンが言った。

「彼はショックを受けていました！　記憶はあてになりません」

「真相を突き止める唯一の確実な方法は」カルロスが言った。「そいつを追い詰めて殺すことだ。きみとミスター・チェルーティにもこの狩りに加わってもらいたい」

ロザッハーはこの宣告にうろたえ、断る口実を探して、疲れているし市の立つ日までにアルタミロンへ行かなければならないのだと伝えたが、王はあきらめなかった。「市が立つ日はほかにもあるし、きみたちが狩りで負担を感じることはけっしてない。村から少し離れているが遠すぎることのない、どこか川の近くに罠を仕掛けて、いざというときには避難できるようにしよう」

「ミスター・チェルーティの健康が心配です」ロザッハーは言った。「療養のため村に残していくべきかもしれません」

「それはうちの医師が診察して判断する」カルロスは両手をテーブルに置いた。「とりあえず、キャンプに適した場所を見つけるために先発隊を送り出そう。われわれは午後のなかばまでに彼らと合流する。それまでは好きに過ごしてくれ。寝るなり、休むなり……きみが付き合ってくれるなら、もう少し二人で話をしてもかまわない。どちらにとっても有意義な時間になるはずだ」

15

どれだけ考えても、ロザッハーはカルロスの命を犠牲にしてまでテオシンテの国体を守るべき理由を見出すことはできなかった。自身の容姿と猟師としての腕前にうぬぼれが強いことをのぞけば、この王にはなんの欠点もなかった。それからの数時間、王はロザッハーを相手にテマラグアの将来について語り合った。土地改革、教育による農民の地位向上、新興の工業国となることで生まれる可能性などを含む壮大な構想だった。王は周囲のあらゆる人びとと対等に接していたし、人びとは明らかに彼を愛していた。村人たちだけではなく、王と荒っぽくも気さくなやりとりをする護衛たちや、王がベカンにいると聞いて、敬意を表するために、場合によっては地元のもめごとを解決してくれるように頼むために村にやってきた人びとが相手でも、王は並外れた寛大さと思いやりをもって対応していた。その好例と言えるのが、サヤクシェの町の農夫で、妻が別の男のもとへ去ったグレゴリオの一件だ――このときは三人がそろって王のまえに出て証言をおこなった。グレゴリオの妻ベデリアは、グレゴリオがまっとうな男で良い扶養者であることは否定しなかったが、結婚したのは二人がまだ子供だった十六年まえのことで、彼女はすでに夫への愛情を失っており、乾物屋の店主であるカミリオと恋に落ちた。グレゴリオとのあいだには子供がなく、すでにカミリオの子供を身ごもっていたために、新たな人生に踏み出しても許されると感じたのだ。グレゴリオは、いまでもベデリアを愛していて、本来は暴力をふるうような男ではないのだが、受けた屈辱のせいで報復の念に苛まれているいると述べた。カミリオのほうは、流血は避けたいと思っていたが、ベデリアへの愛を捨てられないし子供の親権を放棄するつもりはないので、このままではそういう事態を避けられないかもしれないと考えていた。王は次のような裁定をくだした。「わたしの宮殿には大勢の美しい女たちがいて、その大半はいまだ未婚だ。グレゴリオ、きみはアルタミロンへ来て、宮殿の敷地内で暮らし、わたしの庭園で働くがいい。これはきみがそこでよりふさわしい妻を見つけるのを期待してのことだ。一年たっても妻が見つからなかったり、そこでの立場に不満があった場合は、サヤクシェに帰ってかまわない」

カルロスは続いてベデリアとカミリオに顔を向けた。「きみたちには一年のあいだグレゴリオの畑をしっかりと世話して、利益をすべてグレゴリオに渡してもらう。グレゴリオがサヤクシェに帰った場合、畑は彼の所有に戻る。彼が帰らない場合、その畑はきみたちのものになる。子供のことだが、親権について議論の余地があるのか？」

グレゴリオが目を伏せて言った。「ありません」

「では子供はベデリアとカミリオのもとにいるべきだ」カルロスは言った。「ただし、わたしはここにグレゴリオを子供の名付け親とすることを宣言する。この責任の共有がきみたちのあいだの溝を時間をかけて癒してくれることを期待している」彼はふたたびグレゴリオに顔を向けた。「わたしの提案には条件がある。きみは一時間以内にアルタミロンへ発《た》ち、それによって妻とカミリオとのこれ以上の衝突を避けること。わたしが署名して指輪で封印をした書類を渡すので、それを宮殿の門で提示したまえ。きみは宿舎に入り、明日からは実りある幸せな生活を始められるものと信じている」

三人ともこの合意には納得したようだった。カミリオはグレゴリオの畑仕事を引き受けなければならないのでそれほどでもなかったが、ベデリアは王の裁きに満足した様子だったし、グレゴリオの笑顔からすると、彼はベデリアへの愛を大げさに語っていただけですぐにサヤクシェに帰るつもりはなく、宮殿での暮らしと農夫よりはるかに負担が少なく報酬の良い仕事の見込みで活気づいているのは明らかだった。

カルロスのこうした裁定、それを伝える手際の良さ、やっかいな状況を優しくも毅然《きぜん》とした態度で処理した姿は、ロザッハーの胸に深く焼き付き、自分が人びとをどんなふうに扱うようになってきたかを思い起こさせた。人を引き付ける魅力と辛抱強さ、何事にも公平であろうとする明確な意思をそなえたカルロスが、利益のために人をあやつったりせず、公平な統治をしたいという願いによって動く、より良い自分のように思えたのだ。それはまさにロザッハーの理想だった。自分がそんな男を殺そうとしていると考えたらますますやる気が薄れたし、狩りが片付いた暁《あかつき》には宮殿に招待するから、王室の鳥小屋にいる珍しい鳥の中から好きなのを一、二羽選んでくれと王に言われたときには、罪の意識がさらに強くなった。これはベカンとドゥルセ・ノンブレの両村を恐怖に陥れた獣の捕獲に協力することへの対価とのことだった。

「少しまえに、うちのキンバラインコたちが産卵したはずだ」カルロスが言った。「きみなら雛《ひな》の一羽をふさわしい報酬と考えるのではないかな」

「たいへん光栄な贈り物です」ロザッハーは言った。

午後の中ごろ、一行はココ川のほとりにある王の護衛たちが設営したキャンプへ馬で乗り付けた。水際に用意された王のテントのまわりは、長さ四十フィート、幅はその半分ほどの範囲がきれいに片付けられていた。テントのまえにはテーブルと椅子が置かれていて、ロザッハーとカルロスがそこに腰を据えると、護衛の一人が、サンドイッチ、鶏肉《とりにく》と豚肉、それに上等な赤ワインという食事を運んできた。周囲のジャングルのあちこちでライフル兵が配置について、一斉射撃の準備をととのえ、カルロスとロザッハーも自分のライフルを手元に置いていた。チェルーティは三十フィートほど離れたジャングルとの境のあたりで地面にすわり込み、やはりライフルで武装したベカンの男たちがそこに加わっていた。ロザッハーはチェルーティと引き離されていることに少しばかり困惑したが、これはただの階級の問題だと自分に言い聞かせた。そんな差別をするのはカルロスらしくないように思えたが、おそらくチェルーティのようなごろつきと付き合ってはいけないという個人的な規則に縛られているのだろう……さもなければ、ロザッハーが眠っていたあいだにおこなわれた聞き取り調査でチェルーティに嫌悪感をおぼえ、同席する気が失《う》せたのかもしれない。こうした状況にともなってロザッハーが感じた不穏な空気は、時間と共に薄れ、カルロスの気さくな楽しい会話ですっかり洗い流されたが、フレデリックと王殺しにまつわる懸念が消えることはなかった。機会があるたびに、ロザッハーはなんとかチェルーティの視線をとらえようとし、うまくいったときには、こっそり首を横に振り、彼のペットの攻撃をやめさせて任務を終了したいという思いをわかってもらおうとした。一度だけチェルーティが小さくうなずいたような気がしたが、ただの痙攣ではなかったと言い切ることはできなかった。虚空をじっと見つめるとか周囲の男たちにまったく反応しないとかいったふるまいは、チェルーティがいまでも心に傷を負っている証拠だ。このときのロザッハーは、カルロスになにもかも白状して確実な処刑への道を歩む以外、できることをすべてやったのだから、自分はもはや運命をグリオールの手にゆだねたか、あるいは――竜が無関心だとすれば――成り行きにまかせたのだと自覚するにいたっていた。

夕暮れが夜に変わり、太陽の残照がせばまって世界のへりに伸びる藍色のかすかな帯になると、たいまつが灯されて、キャンプ地は未開の雰囲気を帯びてきた。虫がジージーと鳴き、蛙がげっぷのような低い声をあげ、川はゴボゴボと穏やかに流れ、夜に咲くサボテンがほのかな香りを放ち、ロザッハーは二本目のワインをほぼ飲み干したが、それは絶望したからではなかった――絶望をとおり越してまっすぐ自分の定めを受け入れたからだ。これが自分の人生なら、それはそれでいい。懸命に努力するのも、人間と自然の力にあらがうのも（彼はこのふたつはどうしようもなく対立していると確信していた）もうたくさんだったので、ワインの王国に、ほろ酔いの国家に、それらを構成するあらゆる要素に、喜んで身をゆだねたのだ。夜はいつになく澄み渡っていた。張り出した大樹の枝のあいだに野火のような星ぼしがきらめき、空の濃い鮮やかな青色は、背後にある光の集団によって生み出されているように見えた。まるで小さな銀河が地球の近くに運ばれてきて、ちょうど見えないところに固定され、川岸のくつろいだ光景を、病に震える世界の中心にあるひとかたまりの静穏を、そっと照らし出しているかのようだ。

「リヒャルト……」カルロスが言った。「リヒャルトと呼んでかまわないか？」

ロザッハーは凍りつき、やっと把握し始めたばかりの状況から自分を救い出してくれる気の利いた嘘を考えようとしたが、こうした反応がすでに正体を明かしてしまっていることに気づいた──それでも芝居をやめることなく、彼はこたえた。「なんですって？」

「ミスター・ロザッハー、きみはキンバラインコなどという鳥が存在しないことを知っているのか？」

「あなたはよく知らずに話しているのだと思いました。わたしなどが訂正することではないだろうと」

「きみがリヒャルト・ロザッハーでないならその言葉も信じられるかもしれないが、実際にそうである以上……」カルロスはわざとらしく悲しげな顔をした。「むりかな？」

ロザッハーはこの場をのがれる手立てを必死で探した。自分はロザッハーではないのだとカルロスを説得するための秘策を。だが、彼は飲み過ぎていたし、すでに降伏への道を歩みすぎていた。「わたしをどうするおつもりですか？」

「まえに言ったとおりだ。客人として宮殿に来てもらう」

「しかし、わたしの罰はどうなるのでしょう？」

「なぜきみを罰しなければならない？　なにか犯罪をおかしたのか？　たしかに、きみはわたしが認めない事業を運営し、テマラグアの友人とは言えない政府の事実上の代表者だ。それに、きみとミスター・チェルーティは不法入国したのだろう――とはいえ、その件に対する制裁は罰金とテマラグアからの追放だ」

「あなたの前任者は〝テマラグアからの追放〟をかなり自由に解釈していました。追放という処罰は死後に執行されることが多かったのです」

「わたしは前任者とはちがう」カルロスはきっぱりと言った。「きみはわれわれと共に宮殿に戻り、わたしの護衛たちと同じ宿舎をあたえられる。行動範囲は限定されるが、それ以外の制約はいっさいない。好きなものを食べたり飲んだりしてかまわない。さまざまな女も用意されている。これらの条件はきみがテマラグアに滞在している理由を明らかにするまで続く。そのあとは、去るなり、とどまるなり、好きにしてかまわない。わたしはきみに危害を加えるつもりはない。とどまると決めたなら――まあ、わたしはきみの業績を認めているから――特に経営方面に関しては教えられることが多いはずだ。それだけでなく、共通の関心事を見出し、大いに議論ができると確信している。きみはわたしの宮廷で歓迎されるだろう。むろん……」王の笑顔は楽観的な自信のあらわれのように見えた。「いまここで滞在の目的を明かしてくれてもかまわない。そうすればこれらすべてが必要なくなる」

「なぜわたしが目的を明かすと思うのですか？」ロザッハーはたずねた。

カルロスの穏やかな笑みが復活した。「きみとわたしはよく似ているのだよ、リヒャルト。

それどころか、ほぼ同一人物と言ってもいいかもしれない。ただ、わたしは生まれたときからこのような人間だったという点できみより優位にある。きみのほうは、状況やそれ以外のもっと強い圧力によって、二人に共通する性格を作りあげるスキルを身につけることを強《し》いられた。こうした優位性により、わたしはきみの知らないことをいろいろ知っていて、そのひとつが、きみはいずれお仕着せのやりがいのない生活に退屈し、劇的なエピソードがほしいというだけの理由で秘密を明かすだろうということだ」

　ロザッハーはカルロスの言葉の正しさを否定できなかったが、二人がよく似た魂を持っているという評価は認めるとしても、まるで望遠鏡を反対側からのぞいたように、彼の姿が遠ざかっていくような気がしてならなかった。それでよくわかったのだ。カルロスはたしかに善意にあふれた人間で、このまま生きていれば、次々と偉大なことを成し遂げ、一国の運命を変えて、すべての民を貧困から引きあげることができるだろう。だがそれは、彼が利他主義者や聖人だからではなく、むしろナルシストだからできることなのだ。あらゆるナルシストと同様に――ロザッハー自身と同様に――カルロスも急に気性が変わることがあるらしく、どんな報告を見ても王の情け深い見かけが変わることはないのだが、それはやはり見かけでしかなかった。そのため、ある日突然、善行を積むことで自我を育んできた王が、想像を絶する悪行を働く人物になる可能性があった。カルロスに対する印象がすっかり変わって、途方に暮れたロザッハーは、なにもしないで夜が過ぎるにまかせようという気になり、愚痴っぽくつぶやいた。「あなたが外交政策にもっと慎重であれば、こんなことにはならなかったんです」

　カルロスの笑みが消え、油断のない表情があらわれた。「話が見えないな。なんのことを言っているのだ？」

「モスピールとの同盟。テオシンテに対する野心」

「怒っているのか？」カルロスは苦笑した。「わたしは自滅しようとしている国に対して野心をいだいたりはしない。モスピールにしても、あの司祭たちと手を組むくらいなら毒蛇と寝たほうがましだ」

「テオシンテはかつてなく強くなっていますよ」

「わたしの得た情報がまちがっていたのか、さもなければテオシンテの政府ときみとの結びつきは思ったほど緊密ではないようだな」カルロスはグラスにワインを注いだ。「この一年のブレケの動きを知らないわけではあるまい？」ワインをひと口飲み、グラスを光にかざしてから、横目でちらりとロザッハーを見る。「きみはなぜここに来た？」

　ロザッハーはその質問を無視した。「ブレケ議員は有能な行政官です。ここ何カ月かは熱心に監視していたわけではありません——わたしの興味がよそにあったからです。しかしブレケならテオシンテのために正しいことをすると信じています」

「では、きみは愚か者か狂人を信じてしまったわけだ。あるいはその両方か。ブレケはテオシンテとわたしの国との長年の友好関係を再確認する手紙を何度も送ってくるが、それと同時に海軍の兵器に大金を注ぎ込んでいる。われわれの港を攻撃するためとしか考えられない兵器だ。本来なら憂慮すべき状況ではあるが、たしかな筋から聞いたところによれば、ブレケは国庫を空にしてしまい、船を購入するための資金が不足しているそうだ。まあ、こんなことはきみも知っているはずだな！」

　ロザッハーはカルロスの主張に動揺した。「どうやってその情報を？　ほんとうに正しいのですか？」

「ああ、もちろん！　数カ月か、長くても六カ月という短期間で、テオシンテの経済は崩壊する。どれだけマブを生産しようと、代金を受け取るずっとまえに負債の返済期限が来るのだ。すでに期限を迎えている分も多い。弱体化した経済を維持するだけでも、ブレケは武器を売り払い、マブの価格を下げなければならないだろう」

「わずかな兵器の購入……そんなことが経済を転覆させるとは思えません」

「大砲七百門をわずかと呼ぶのか？　六千挺《ちょう》のライフル、それもロシアの最新型だ！　ジャングルを走破するために設計された百両の装甲車は、一両で中隊ひとつを運べるほどの大きさがある！　しかし、きみの言うとおりだ。これらはブレケの最近の支出であり、天秤《てんびん》をかたむける一オンスに過ぎない。マタプランの造船所には、侵略軍を運ぶためにブレケが建造を依頼した七十隻の大型船のキールが横たわっているが……彼にはそれらを完成させる余裕はない。ブレケのバカげた買い物のリストならいくらでも読みあげられる。あの男は沿岸部全体、ひょっとしたら大陸全体を視野に入れていたようだ。しかし、どのような目的であろうと、彼は使う兵士が足りないほどの武器を、乗せる水兵が足りないほどの船舶をため込んできた。わたしはテオシンテを恐れてはいない。きみの国には絶望しかない。わたしが恐れているのはモスピールだ。もしもテオシンテがこのブレケという愚か者によって骨抜きにされたら、モスピールがなだれ込んでみずからの秩序を押しつけ、モスピールとテマラグアとのあいだに緩衝となる国がなくなってしまう」カルロスは言葉を切った。「友よ、きみはだまされてきたのだろう。きみの反応を見ればそれだけは明らかだ。しかし、ここで疑問が生じる。きみはなんのためにだまされたのか？　そして、きみがここにいることはその事実とどうつながっているのか？」

ロザッハーの耳もとで蚊の羽音がした。ぴしゃりと叩くと、それが合図になったかのように、ジャングルから低いうなり声が聞こえ、すぐにグリオール自身の喉から出たようなすさまじい咆哮《ほうこう》がとどろき——そのあとにライフルの一斉射撃と叫び声が続いた。

カルロスとロザッハーはライフルをつかみ、ジャングルに狙いをつけた。さらに叫び声があがったかと思うと、フレデリックが、折れた枝をまき散らして暗い群葉の中から飛び出してきた。ロザッハーが見たことのない、この瞬間までは画家のスケッチで示唆されていただけだった、あの熊のような姿に固まったフレデリックだ。後脚で立ち、鉤爪のある前足で空気を切り裂き、ライフルの発砲が続く中、たいまつに照らされながら咆哮するフレデリックの生身の姿は、絵に描かれたものよりはるかに恐ろしかった。その姿勢だと、頭からつま先までの長さは二十フィートはあった。体はごわごわした黒い被毛で覆われていて、細長い頭部——奇妙な果実のような形が突然変異のメロンかカボチャを思わせる——が左右に振られた拍子に、ちらりと顔が見えた。のっぺりした顔面は、被毛よりもわずかに黒みが薄く、まるで切断された外肢の切り口にぺたりと貼り付けられたものが、時が流れるうちにその一部となり、神経と筋肉組織がしっかりとつながって総体的な動きが可能になったことで、歯をむいたり目をすがめたりといった、怒りや欲望をあらわすさまざまな表情があらわれるようになったかのようだ。両目は湿っていて、画家が描いたよりも赤く、頬の上でかなり斜めになっているために、チベットの鬼神のような様相を呈している。だが、これは色鮮やかで儀式的な抽象化された悪ではなく、悪そのものだった。牙をむき、よだれを流す、怪物じみた悪の化身であり、舌をだらんと垂らし、眉間にしわを刻んだ顔は、空虚な狂気に支配されていたが、それが基本の感情なのだった。

その生き物が仲間だという意識は激しい恐怖によって霧散し、ロザッハーは発砲し、ふたたび発砲し、銃弾が命中すると、さらに大きな咆哮がとどろいて、フレデリックの頬と額から血が噴き出し……そのとき背後から「川の中へ！」という叫び声が聞こえた。だれかの手に肩をつかまれ、引っ張られて、ロザッハーは土手からころげ落ち、水の中にあおむけに着水した。ライフルをつかんだまま水中に沈み、げほげほ咳き込みながら浮きあがって、足がかりを探したが、川はあまりにも深かった。目から水をぬぐうと、腕を伸ばしたくらいのところにカルロスの頭が見えた。上流には四、五人の頭が浮かんでいたが、だれなのかはわからない。体が象のように大きくなったフレデリックが、低くうなりながら水際をうろついていて、ロザッハーは、川に避難するというのはとっさの判断だったかもしれないが、どうやら安全そうだと思った。だがそのとき、薄闇をとおして——たいまつはもはや明滅せず、世界は影に覆われていたので、自分がなにを見たのかたしかなことは言えなかったが——フレデリックが土手から身を乗り出し、首をとてもありえない、四、五フィートもの長さまで伸ばして、川面へぐっと湾曲させ、浮かんでいる首をひとつ、ぱくりとかじり取ったのが見えたような気がした。ほかの男たちがパニックを起こして叫びながら水面で暴れ始めた。ロザッハーはライフルを手放して、水中にもぐり、息を止めたままできるだけ長いあいだ全力で泳いだ。息継ぎをしてはまたもぐり、それを何度も繰り返しているうちに、疲れ切ってしまったので、なんとか対岸の土手にたどり着くと、影になった粘土のくぼみに身を寄せて、そこにしがみつき、どんなにかすかだろうと、あらゆる動きや音に気をくばった。どこかの時点で意識を失い、歯をかちかち鳴らしながら目を覚ましたときには、ジャングルの上に灰色の夜明けが広がっていた。体を引きずるようにして土手にあがり、濡れた服を脱いだ。小雨が降り始めたので、服を束ねてまるめ、パンヤの巨木の下に避難して、根のあいだに乾いた地面を見つけた。四方に伸びる根が、頭を幹にはさまれたカイマンの尻尾のようだ。ロザッハーは周囲に押し寄せてくる広大な灰緑色のしたたりをぼんやりと見つめた。羽根のように広がる複葉や、頭を垂れたシャベルほどの大きさの木の葉が、子供の指が無数の小さな太鼓の皮を叩くような音を立てていた。雨が斜めに降るようになると、その音は耳をろうするほどになり、寒けが骨まで染み込んできた。火を起こす手立てがなかったので、立ちあがって歩き出し、できるときにはゆっくりと走ったが、たどっている小道は起伏が激しく、しばしば急角度で曲がり、数ヤードおきに坂があらわれたので、走れるところは少なかった。岩や木の根がむきだしの足の裏に食い込むと、ペースを落とすしかない——ブーツを履いたままでいられなかったのは、川の悪臭がして泥が詰まっていたからだ。自分がどこにいてどの方向へ進んでいるのかまったくわからなかった。思考が硬直して、足と同じように頭も動きがにぶくなり、ロザッハーはよろよろと前進することしかできない鈍重な機械と化した。

ずいぶん長い時間がたったように思えたころ、肉の焼けるにおいがしてきた。敵か味方かもわからず、そのまま忍び足で進んでいくと、ほどなく行く手に堤防があらわれ、その上に大きな木が倒れかかって天然の避難所になっているのが見えた。木の下には、シャツは着ていないが乗馬用ズボンは穿いたままの王がすわっていた。ロザッハーは王があまりにくつろいでいるので少しばかり腹立たしくなった。ロザッハーと比べたら、満足を絵に描いたような姿だ——太さがまちまちな枝で焚き火をおこし、串に刺した小さな動物の死骸を焼いている。暖と食べ物には心を引かれたが、どんなふうに迎えられるかが気になって、近づくのはためらわれた。カルロスが皮剝ぎナイフで動物の臀部から肉を削ぎ取り、冷ますために木の葉の上に置いた……ロザッハーにはとても耐えられないほどの誘惑だった。彼がまえに進み出ると、カルロスが焚き火から目をあげて言った。「リヒャルト！　てっきり溺れたのかと思っていたぞ」

ロザッハーは焚き火のそばでへたり込んだ。カルロスは、ロザッハーが歯をかちかち鳴らしているのを見て、彼が体を暖めて考えたり話したりできるようになるまで、小枝や木の葉を加えて炎を大きくしてくれた。「あれはなんだったんです?」ロザッハーは、カルロスがナイフの先で差し出してきた肉片を受け取りながらたずねた。肉は脂が多かったが、うまかった。

「あんなものはわたしも見たことがない」カルロスはまた肉を切った。「ほかの生存者に出会ったりしてはいないだろうな」

ロザッハーは首を横に振った。また歯が鳴り始めた。カルロスは休みたまえと言って、彼の濡れた服を乾かそうと火のそばに広げた。

悪寒がやっとおさまると、ロザッハーは肉をもうひと口かじった。「おいしいですね。なんですか?」

「アグーチ」カルロスは肉をかじって食べた。「宮廷ではだれも見向きもしない——農民が食べるものだと思われているからな。それでもわたしは大好きだ」

ロザッハーが最初のひと切れを食べ終わると、王はもう一枚切り分けてくれた。ロザッハーはひと口かじってから、自分がなぜテマラグアに来たのかを思い出し、カルロスにチェルーティがどうなったか知っているかとたずねた。

「たしかなことは言えない」カルロスは言った。「暗くてよく見えなかったが、あの獣に首を切られたのがチェルーティだと思う」

王の返事を聞いて、ロザッハーはチェルーティがなぜ水の中に入ったのか不思議になった。直感に従って動いたのか? それとも押されたのか? それに、カルロスの話が事実だとしたら、チェルーティとフレデリックの関係はどうなるのだ？　頭がぐらぐらして、それらの疑問に集中できなかったので、カルロスにどうやって逃げたのかたずねてみた。

「きみが水中にもぐったのを見て、それを手本にした」

カルロスはもっと話していたのかもしれなかったが、ロザッハーは気を失ったので、それを聞くことはなかった。目覚めたとき、ロザッハーは王が自分のダブレットを体にかけてくれたことに気づいた。彼はその服を返そうとしたが、カルロスは受け取らなかった。「きみは風雨にさらされるときつそうだ。わたしのことは心配するな。大丈夫だから」

雨は小降りになり、ズボンはほぼ乾いていた。ロザッハーはそれを穿いて、ここがどこなのかわかりますかとカルロスにたずねた。

「チセックから東へ一時間くらい来たところだと思う。ジャングルのこのあたりで狩りをするのは数年ぶりだが、記憶が正しければ、この小道を三十分ほど行くと道路らしきものにぶつかる。そこから村まで戻れるはずだ」王はロザッハーの肩をぽんと叩いた。「少し歩いてみるか？」

「もうしばらく待ってください」

「時間はたっぷりある。まだ昼にもなっていない」カルロスは小枝を焚き火にくべた。「今夜には宮殿と連絡がつくはずだ。明日の午後には、きみはゆっくり休めるだろうし、わたしは次の狩りの準備に取りかかることができる」

「あれを追うんですか？」

罪だ」
「ほかに生存者がいないとしたら、やつは二十人以上殺したことになる。野放しにするのは
「しかし、どうやってあれを殺すんです？」
「なんらかの自然の障壁で孤立させて、そこに閉じ込めてしまえば、周囲に火をつけて焼き殺せるかもしれない」カルロスは焚き火に向かって唾を吐いた。「まだよく考えていないが、明日になったらうちの猟師たちを集めて作戦を練ろう。うまくいかなかったときのために代替案も用意して」

カルロスがどれほどのナルシストであろうと、たとえその判断に疑問符がつくことがあろうと、だれも彼の勇気を否定することはできないだろう。ロザッハーは、この任務への自分の関与を広い視点から見直して、そのあらゆる側面の根底にある原則をあらためて検証してみた――事業にまつわる懸念、不実なブレケに対する擬似的な忠誠心、そして自分が人生で成したことすべてが欺瞞に満ちた刺激に対する反応でしかなかったという思い。初めてテオシンテにやって来たときには、目標があったような気がするが、それ以降はたしかに目標はなかった。ロザッハーの行動はすべて強制され、あやつられたものだったのであり、それを理解したいま、これからのどんな行動にも優先順位をつけることができず、特に王の殺害に関してはそうだった。

雨のせいで虫も少なく――それでもハキリアリだけは、自分たちで粘土に刻んだ針金のように細い道をたどって植物のかけらを運んでいた――二人は歩き始めてしばらくはほとんど

話をしなかった。木々の天蓋の中に見えるいくつかの黒い影がしばらくあとを追ってきていたが、存在を明らかにすることはなかった。下生えが薄くなり、パンヤの木の幹が見えるようになった。古代のロータス柱のような幹に広がる赤みがかった緑の苔は、手書きの文章のようで、疲れ切ったロザッハーは、それらが自分の悲しい運命を綴《つづ》っているのではないかと想像した。緑の地獄の中で命を落とし、肉はサソリに食われ、甲虫は目尻から体液をすするとか、そういったことだ。

　三十分でチセックへ通じる道路に行き当たるというカルロスの見積もりは悲しくなるほど不正確で、少なくとも一時間は短すぎたが、二人はとにかくそこへたどり着いた——ところどころに雑草が生い茂り、行き交う荷車や馬車がつけた轍《わだち》が目立つ、曲がりくねった細い道だった。ロザッハーは道の真ん中でへたり込み、頭をあおむけて緑の天蓋を見あげた。カルロスはジャングルの端にある、ツタのような草に覆われた粘土のこぶに腰をおろした。「歩くのはあと少しだ。二十分か二十五分だな」

「あなたの一分はわたしの一分よりずいぶん長いみたいですね」ロザッハーはいやみっぽく言った。

　カルロスは黙っていたが、機嫌をそこねたのは明らかだった。

　しばらくたってから、ロザッハーは謝罪する代わりに言った。「こんなところによく住んでいられるものですね」

「ジャングルか？　そんなに悪くもない……むしろ魅力がある。わたしはここに来るのが大好きだ」

「最悪の事態から身を守るすべを持っている人の言葉でしょう」

王はこの発言をおとなしく受け入れたようだった。「自分の身を守るにも限界はある。昨夜のことを見てみろ。しかし、きみの言うとおりだ。ジャングルは人間に適した場所ではない。人がここに住むのは、ここで生まれたからでしかない。ほかの場所へ移る動機も資金もないのだ。それでも、すべて切り倒されることになったら残念ではある」

「そんなことが起こるとは思えませんが」

「西ヨーロッパの森はここのジャングルよりも有害なものは少ないはずだが、人びとが土地を広げる場所を必要としたとき、森は消え始めた。同じことがいずれここでも起こり、ジャングルも動物もいなくなるのだ」

「ここの沿岸の国々がヨーロッパほどの経済的安定を達成することはありません」

「それはあまりにも近視眼的に思える」

「テマラグアの北に位置する国々は、その広さと資源の両方の面で、あなたの国に対して大きく優位に立っています。彼らは一世紀近くも抑圧の戦争を続けてきました。果物会社が次々と進出してきたのを見たでしょう。彼らの攻勢は、この国の指導者たちが少しは気概を見せるか、賄賂《わいろ》に対して抵抗できるようになるまで続くんです。もちろん、わたしの会社は別ですが」

「何十年もそういう指導者を支えてきた者の口から出ると、なんだかおかしな主張に聞こえるな」カルロスはふくらはぎを力強くひっかいた。「だが、そのとおりだ。われわれの腐敗が政治家らしさを装うためには、より優れた指導者たちが必要なのだ」

　ロザッハーは声をあげて笑った。「一本とられました」

「いずれにせよ、われわれの庇護下《ひごか》であれ他国の庇護下であれ、ジャングルはじきに過去のものとなる。わたしの父はまさにこの地でジャガーを狩っていたのだが、いまでは一頭でも見かけたら幸運なくらいだ」

「見かけないのは幸運だと思うことにします」ロザッハーは言った。

「わたしが持っているものを見たらそうは思わないかもしれないぞ。ここから一日馬を走らせると、父がわたしをよく連れていってくれた湖がある。イザバル湖だ。水面を見おろす高台を見つけて、夜明けまえに背の高い草むらに身を隠し、朝もやでまだ世界のほとんどが隠されている中でジャガーが水を飲みにくるのを待ったものだ。朝もやの中からジャガーが姿をあらわすのを見たときは、自分が天地創造の時代に戻ったような気がしたよ」

　カルロスはうしろに体を倒して、深緑の葉の中に両手をついた。ロザッハーが少しいやみな意見を述べようとしたら、王がまっすぐ上体を起こして、苦痛の叫びをあげ、左手をさっと振った——全長二十インチほどの蛇が、王の親指と人差し指のあいだの皮膜に牙を突き立て、赤、黄、黒の縞模様の素朴な装飾品のようにぶらさがっていた。カルロスの目がロザッハーの目をとらえた。必死で口を動かして、なにかたいせつなことを伝えたがっているように見えたが、喉から出たのはしゃがれた吐息だけだった。カルロスは倒れ、顔を草むらに埋めたが、蛇はまだ手にくっついていた。全身が何度か震え、やがて静かになった。あわてて立ちあがったロザッハーが、混乱とショックで呆然としたまま見つめていると、蛇は牙を抜いて草のあいだをずるずると遠ざかり、なにもなかったかのように尻尾を一度だけ振って姿を消した。

王が死んだのはわかっていたが、ロザッハーはそれでも脈を探した。どうやっても見つからないと、急に身の危険を感じた。ジャングルがまわりで縮み、雰囲気が暗くなり、ジージーという鳴き声が、蠅のブンブンいう羽音が、無数の喉から発せられるさえずりが、王の死体がまもなくひらく忌まわしい饗宴《きょうえん》を予告し、ちっぽけな悪夢の生き物の群れに向かって晩餐のテーブルに集えと知らせていた……襲い来る自然界の恐怖に、ロザッハーはあとずさり、視線をあちこちへ走らせて、次の恐怖を、次の邪悪な影を見つけようとした。あの夜を生きのびたのに、今度はこれか！　ロザッハーがカルロスの暗殺に失敗したために、蛇がグリオールの意思を遂行したのか？　むりやり平静をよそおい、王の上に身をかがめた。体をころがして、腰についている鞘から皮剝ぎナイフを取り出した。カルロスの目は垂れさがったまぶたの下で真っ白になっていた。口の端には泡がたまっていた。ロザッハーは王の崩御は自分のせいだと思い込んでいた。それはまったく根拠がないことでもなかった。ロザッハーがフレデリックをテマラグアに連れて来なければ、そもそもこの狩りはなかったのだ……もっとも、彼に宇宙的な規模で過失があるのでないかぎり、蛇のことで彼が非難されるいわれはなかった。歩き出そうとしたとき、カルロスから進むべき方向を聞いていなかったことに気づいた。道路の両方向へ目を向けて、なにか手がかりはないか、それがだめなら、周囲の様子からなにか伝わらないか、人がとおった痕でも探り出せないかと期待した。だが、あるのは降り続く雨、圧迫感のある緑樹、木の葉と蔓草と切り株と黴《かび》とそれらを際立たせる影が交わって生み出す走馬灯《そうまとう》、そして飢えた捕食者の心臓が立てる想像上の鼓動だけだった。王の死体には重力があるらしく、それがロザッハーをつかまえて引き寄せていた。ダブレットのポケットで見つけたハンカチで顔を覆ってやると、ようやく重力は消えた。王が嚙まれたのは左手だったので、そちらの方向へ行くことに決めた。何歩か足を運びながら、ここで起きたことをどんなふうに伝えようかと考えた――カルロスといっしょに狩りに出かけて、惨禍に襲われたので下流に逃げ、最後には道路の近くでカルロスが蛇に遭遇した。だが、あまりにも多くの文脈が欠落していたために、なんだか嘘っぽく感じた。おそらく、あの男に対する自分の評価が正しいかどうか確信が持てないせいだろう。カルロスはたしかにナルシストだったが、ああいう自己愛も、人類が善人を生み出すためには必要なのかもしれない。ロザッハーは遺体になにか言葉をかけようとしたが、王の魂を託すべき相手を思いつかなかったので、そのまま歩き出し、チセックを、新緑の地獄を、次に来るなにかを目指した。行く手の道に集中し、うしろをついてきているかもしれないものに心を残さぬように。

16

ロザッハーはそのままテマラグアに八年間とどまった。ありあまる資金を持ち、すべての責任から解放されて、以前の生活に戻りたいという気持ちはなくなっていた。アルタミロンの上等な地区に家を買い、珍しい鳥や動物を扱う貿易業を立ちあげて、その多くをヨーロッパの動物園に送った。だが、最大の関心事は、首都の東のジャングルを脅かし続けるフレデリックのことだった。新王は、やはりカルロスではあったが、父親とちがって利他主義者でもなく民衆の安全に対する意識もなく、フレデリックを狩り立てることに微塵《みじん》も興味を持たなかった。アルタミロンはすばらしい都市で、多様な楽しみがあったが、ロザッハーはほとんど屋敷を離れずに、破壊を続けるフレデリックを追う狩猟隊を組織して日々を送っていた。彼自身はそうした狩りに参加することはなかった。自分は勇気ある男ではないという現実をとっくに受け入れていたからだ。カルロスのことを思い出すと、真の勇気の存在に疑念がわくこともあった。前王の勇気は自分が不死身であるという誤った認識から生まれたものでしかなく、一般的な勇気とは金次第のものではないかと思ったのだ。だが、自分がそれを信じているかどうかはわからなかった——フレデリックを追うために送り込んだ男たちは、ロザッハーにはとてもできないほど恐怖を克服していて、たとえ勇気が金銭的な動機に左右されるとしても、それはやはり勇気なのだった。ロザッハーは男たちに充分な報酬をあたえ、獣の性質とその危険性をよく理解させた。何人かは殺されたが、それでほかの者がひるむことはなかった。彼らはフレデリックを殺すことはできなかったものの、何年ものあいだ苦しめて、フィーヴァー・コーストと呼ばれる、もっぱら密輸人や山賊が拠点としている過疎地域まで追いやり、この時点で、ロザッハーは自分の責任は終わったと判断して狩りを中止した。沿岸にいる敗残者たちには自力でがんばってもらえばいいし、フレデリックは人の住むところから離れた、動物が多く生息するジャングルの奥地に行くだろうと考えたのだ。

テオシンテからロザッハーのもとに知らせが届いた。マクデッシが指揮をとった対モスピール作戦が成功し、マクデッシ自身は生き残らなかったが、司祭たちによる支配は終わりを告げた。彼らの多くは宮殿に面した広場で絞首刑にされたとのことだった。これを聞いたロザッハーは、アーサーがいたら大喜びでその祝祭を取り仕切っただろうと思った。テオシンテの経済については、カルロスの予言は当たらなかった。モスピールの富が流入したことでテオシンテの財政破綻は回避されて経済は安定したかもしれなかったが、ブレケによる浪費が続いて、債務の返済も追いつかず、国家は常に危機的状況にあった。ロザッハーはこうした報道に対して次第に興味を失っていったが、八年後になって、グリオールが数千年の眠りから目覚め、街の大半を破壊してから滅び去り、それによってマブの生産も終了したという知らせが届いた……これを聞いてようやく、彼はかつて故郷と呼んでいた国を訪れた。

テマラグアとポート・シャンティを結ぶフェリーができて旅程が半分になり、こうした交通の便の向上のおかげで、ロザッハーは竜が死んでから二週間もしないうちにテオシンテに到着した。そこで見たものに、彼は愕然とした。〈グリオールの館〉どころか、モーニングシェード全域が、破壊された街に斜めに横たわる竜の死骸に押しつぶされるか、竜が人の世に最後の攻撃を加える際に吐き出した炎で燃え尽きるかして、完全に壊滅していた。炎はモーニングシェードの周囲に広がる都市の大半を破壊していた――ヘイヴァーズ・ルーストの頂上にある建物は残っていたものの、無傷ではなかった。大聖堂の裏手の建物は孤児院に転用されていたが、廃墟になったままだったし、政府の庁舎も軽微な被害を受けていた。焼け跡には広大なテント村が出現して、生存者と移民が暮らしていた。移民のほうはグリオールの死体から隠された財宝を掘り出そうとしてやってきた連中だ。人殺しや山賊などあらゆるたぐいの悪党が一帯を支配していて、曲がりくねった脇道に入れば命を危険にさらすことになる。昼夜を問わず聞こえてくる銃声は、グリオールが死ぬまえに鱗や骨や臓器などの所有権について取り決めをしていた人びとの権利を守ろうとするテオシンテ軍の残党と、それらを超法規的に手に入れようとする人びとのあいだで、小さな戦争が起きているしるしだった。何千という人びとが竜の死骸に群がって、それを叩き壊し、切り刻み、こじ開けた。肋《ろっ》骨《こつ》の一本はすでにあらわになっていて、血に染まった湾曲する骨が、未完成の巨大な箱舟の肋材《ろくざい》のように、下でうごめく二本足の蠅の群れの上で弧を描き、銃声は体の奥深くの真っ赤な暗闇からも響いていた。ウインチが設置され、歯と牙を取り除く作業に従事していた。肉屋のエプロンをつけた男たちが巨大な肉のかたまりを運んでいた。大勢の人びとが死骸をあさって、骨や鱗を切り刻み、体液を採取し、竜の腸に寄生していた巨大な虫さえもとらえている様子を見て、ロザッハーは、蟻《あり》や甲虫のような役割を果たすとても小さな種類の人間たちが、ふつうの大きさのトカゲを解体し、自分たちの忌まわしい習慣の大部分を隠してくれる汚れた灰色の天幕の集落で暮らしているという想像をめぐらせた。それは壮大でありながらも絶望感のある光景で、自然の雄大さを思い起こさせると同時に、人間の卑劣な本性を否《いや》応《おう》なしに突きつけてきた。ロザッハーは、グリオールの肉が生きていたときの代謝速度に見合ったペースで腐敗しているように見えることにほっとした――おかげで、それほどたたないうちに大気に充満するはずの悪臭は、まだほんのかすかに感じるくらいだった。

到着した翌日の朝、ロザッハーはブレケの自宅を訪れた。赤いタイルの屋根を持つコロニアル風の白亜の邸宅は、ヤシの森の中で、武装した警備員が巡回する高い石の壁にぐるりと囲まれていた。ヘイヴァーズ・ルーストの裏側という立地のおかげで、建物も敷地も破壊をまぬがれ、丘の竜がいた側の土地とはかけ離れた静かなたたずまいを見せていた。使用人に案内されてらせん階段をあがり、テオシンテの最近の歴史のさまざまな場面――ブレケの重要な勝利であるモスピール陥落が中心だった――が彫り込まれたマホガニー材のパネルがならぶ廊下を進んで、その先にある広々とした薄暗い寝室に入ると、ブレケの家族がベッドのまわりに集まっていた。ベッドは晩餐会用のテーブルなみの大きさで、緑色のサテンの天蓋で覆われ、だれとも知れぬしわくちゃの人物が横たわっていたが、状況を考えるとそれがブレケだと思われた。カーテンのかかった窓から、ほこりの舞う淡い光の筋が射し込んで、ベッドの中央にうっすらと縞模様を描き、医薬品のにおい、特に樟脳《しょうのう》のにおいがただよっていた。ロザッハーも議員の病状は聞いていたが、ここまでとは予想していなかった。ブレケの染みだらけの頭皮には白髪がわずかにへばりつき、げっそりした顔には肝斑《かんぱん》が浮かび、ベッドカバーの上の骨ばった両手が痙攣する様子は、引き潮で取り残された海の生き物が太陽に照らされて死にかけているかのようだ。かつては美しかったがいまは乾いた棒のようになった妻が、夫の指示で成長した二人の息子を部屋から連れ出すと、ブレケがささやくような声でロザッハーをそばへ呼び寄せた。ベッドの近くでは樟脳のにおいがいっそう強まった。二台の黒っぽい巨大なワードローブが壁ぎわにそびえ立ち、暗がりの中から、頭巾をかぶった無言の証人のように見つめていた。

「友よ、きみは少しも変わっていないな」ロザッハーがそばにいることで刺激を受けたのか、ブレケの声は力強さを増していたが、ひと言しゃべるたびに大きく息を吸っていた。「その健康ぶりには驚かされるよ」

「こんなに具合が悪いとは思っていませんでした」ロザッハーは言った。

「すべての生物は、肉体にしろ精神にしろ、不健康なものなのだ。わたしはそんな弱さにも慣れてきた。これは……」ブレケの右手が震えるように動いたが、それは元気なときにやっていた腕を大きく振るしぐさのこだまに過ぎなかった。「死は人生の終わりに演じられる粗末な劇であり、だれもがその切符を受け取っているに過ぎない……きみだけは例外かもしれないが」

ロザッハーはブレケの裏切りに対して償いを求めるつもりでいたが、彼の衰弱ぶりを見て、決意がにぶっていた。「いいえ、わたしも昔とはちがいます。年相応には見えないかもしれませんが、毎年実感しているんです、ほんとうに」

壁際に椅子が置いてあったので、ロザッハーはそれを引き寄せてブレケと向かい合うように腰をおろした。なにを話せばいいかわからず、カルロスとの出会いについてくわしく語った。それから、テオシンテに野心を抱いていなかったというカルロスの主張が事実であるという前提のもとに、ブレケはあんな見当ちがいの任務にロザッハーを送り込むことでなにを得ようとしたのかと問いかけた。

「モスピールを攻撃するときに、きみにそばにいてほしくなかった。きみがここにいることでなんらかの悪影響があったかもしれない。もしもきみが王の暗殺に成功したら、〈オニキスの玉座〉の力は損なわれるだろうし、それはけっして悪いことではない。わたしがおかした多くのあやまちのひとつだ。現在のカルロスがテマラグアの国境を広げる可能性は父親よりも高いようだ」

議員の目は話をしているうちに明るさを増し、ロザッハーを見つめる視線も、彼がとまどうほどしっかりした、熱のこもったものになってきた。ロザッハーはこの八年間をどう過ごしてきたか語り始めたが、ブレケはそれをさえぎった。「きみのことはずっと監視していたのだ。実を言えば、そのあいだにきみの会社から何羽も鳥を買っている……子供たちを楽しませるために。もちろん、フレデリックに関するきみの奮闘ぶりもすべて聞いている。彼はフィーヴァー・コーストへ追いやられたのだろう？」

「報告によると、コーン島の対岸のジャングルで狩りをするようになったとか。マングローブが生い茂る海岸は人が住めるところではなく、ジャングルにはバクやイノシシがたくさんいます。フレデリックの消息を聞くのはこれが最後でしょう」

「一度でいいから彼の姿を見てみたかった」

「あのときココ川で見た彼の姿は……楽しい思い出ではありません」

「それでも……」ブレケは言いかけて、黙り込んだ。

ロザッハーはどうすればさりげなく退室できるだろうかと考えた――長い付き合いにもかかわらず、ブレケとはほとんど話すことがなさそうだったし、自分の会社が議員を喜ばせていることはわかったが、訪問を長引かせると気まずいことになりそうだった。時間がたって、ブレケの荒い呼吸が規則的になってきた。眠ったと思って、ロザッハーが立ちあがろうとすると、ブレケがさっと手を伸ばして、ロザッハーの手首をつかんだ。

「いてくれ！」ブレケは言った。「もう少しだけ」

急に体を動かしたせいで活力が奪われたようだった――胸はふくらみ、息は荒くなり、両目はサテンの天蓋の一点を凝視し、それでもロザッハーの手首を握る力が弱まることはなかった。しばらくのち、ブレケは頭をめぐらし、ロザッハーと目を合わせると、声に力を込めて言った。「われわれは偉大だった！」

ブレケの言葉は、宣言のようでもあり、確認を求めるようでもあり、ロザッハーはなんと返事をすればいいのかわからなかった。

「きみはそれを否定するだろう」ブレケは続けた。「しかし、われわれは偉大だった。きみはわたし以上にそうだった。わたしは偉大なことをしようとして失敗したが、きみはそれを成し遂げた」

「わたしがなにを成し遂げました？」ロザッハーはたずねた。「富ですか？　富を得る者は大勢いますが、偉大な人はほとんどいません」

「きみはグリオールを殺した！　そして、わたしはきみの協力者だった。わたしたちは力を合わせて、世界でも類を見ない怪物を滅ぼしたのだ」

「キャタネイが竜を殺したんです」

「キャタネイはただの道具だった。彼の仕事を実現させたのはきみの才能であり、きみを支え、機能させたのはわたしの才能だ。しかし、わたしはその愚かさだけが人びとの記憶に残るだろうし、きみはだれの記憶にも残らないかもしれない。それでもわれわれは……」唇が震えた。「われわれは……偉大だった！」

　ブレケは手の力をゆるめ、ロザッハーの手首を放した。

「きみはわたしが言ったことを認めないだろう」ブレケはたどたどしい声で言った。「それはわかっている。きみは自分の仕事を完成させるために、人びとと距離を、冷酷なほどの距離を保たなければならなかった。きみが満たした唯一の個人的な願望は、不幸でありたいという願望だ。きみが愛した女は、きみよりも寒々しい人生観の持ち主だった。しかし、わたしの口からこれを聞けば、きみはあまりにも厳しい自己評価をくだすのをやめられるかもしれない。それがわたしの願いだ」

ロザッハーはその言葉に心を動かされずにはいられなかった。目がうるみ、ブレケにも同じような慰めをあたえたいと思ったが、言葉を形にすることができなかった——言葉は口の中で腐り、しゃべるまえに溶けてしまった。彼にあたえられる唯一の慰めは、ブレケのそばにすわり続けることであり、議員が家族に会いたいと言うまで実際にそうしていた。家族が寝室に入ってくると、ロザッハーは扉を閉めて廊下の長椅子に腰掛け、避けられない事態を待ち受けた。ブレケと出会った日に、やはり会議場の外の長椅子で待っていたことが脳裏によみがえり、この明らかな循環にしばし思いをめぐらせた。廊下の向かい側のマホガニー材のパネルに彫り込まれた、沿岸都市に接近する軍艦を見ていたら、それが過去のできごとではなく、けっして起こらない未来を描いていることに気づいた——ブレケのテマラグア侵攻計画に先駆けて発注されたものなのだ。そのせいで悲しみがいっそう深まり、ロザッハーはブレケが最後に自分にかけてくれた言葉について考えた。真意や目的をじっくり考えたのではなく、その発言を、怪物の親切心、悪魔の慈善的な衝動、何千人もの死に責任がありながら最後には世界に祝福をあたえようとする人間、というカテゴリに分類したのだ。

廊下ですわって十五分か二十分ほどたったころ、さざ波が体の中をとおり抜けるような感覚があり、なんらかの重要な転移がもたらす強い身震いをおぼえた。静かに寝室に近づいて、いま感じたのはブレケの魂の旅立ちなのだろうかと思いながら扉を細く開けた。だが、ブレケの長男はベッドの上にかがみ込んで、耳を父親の口もとに近づけていた。その口がなにかの指示か希望をささやいているのは明らかだった。ロザッハーは扉を閉めて、ふたたび腰をおろした。さっきの転移の余波がまだ残っていた。耳には聞こえない銅鑼《どら》の残響を思わせるかすかな震動で、ロザッハーはそれがブレケの魂よりもはるかに深遠な魂の転移を告げたのではないかと想像した。なんらかの決定的な切り傷、肉体への最後の侮辱が、竜の魂を朽ち果てた肉体から解き放ち、牢獄の外へと飛び立たせて、竜が恨みを晴らすときをずっと待っていた都市に最後の影を落としたのか……さもなければ、ロザッハー自身の衰えによる、動悸《どうき》のわずかな乱れを、心悸亢進《しんきこうしん》を見誤っただけなのか。寝室の扉のむこうから、小さなうめき声が聞こえてきた。ロザッハーは立ちあがってジャケットの乱れをととのえた。自分が正しい音を立て、正しい言葉を口にできるのはわかっていた。ロザッハーは他人の心情を理解することはできなくても、公式な場では常に適切なふるまいを見せられるのだった。

エピローグ

　どこからも遠く離れたこの島で、ロザッハーは浜辺の近くに家を建てていた。ベランダからは、海、カシューの木、蔓草が這いまわる薄茶色の砂浜を一望することができる。左手のほうへ身を乗り出すと、ヤシの木立をとおして隣家が見える——潮流に逆らう高床式の小さな箱は、明るい青色で塗られ、窓枠はもう少し濃い青色になっている。家の下には囲いがあり、そこで豚が飼われている。隣人のピーターという黒人は、ごくまれに豚を撃って解体することがある。残りの豚はなにも気にしていないようだ。右のほうへ目を向けると、浜辺には風でねじ曲がったヤシの木がならび、その果実が点々と落ちている——そこをずっとたどっていくと、有害なものが多すぎてだれも住むことができないマナビーク岬に行き着く。夜になると、人びとはランタンで足もとを照らしながら浜辺を歩く。ときおり女や財産をめぐって血が流れることはあるが、それ以外は静かな土地であり、そうした淡々とした雰囲気に、そうしたささやかな情熱や騒動に左右されない穏やかさに惹かれて、ロザッハーはこの地に根をおろしているのだ。

　ロザッハーはしばしばグリオールに思いをはせ——そうせずにいられるか？——ときには自分が神の進化を目撃しているのではないかと感じる。彼の考えでは、神は極端な状況によって生み出される。何千年にもおよぶ拘束、世紀をまたいで繰り返される脱出への努力、自分に有利になるように人びとや事件をあやつるすべを学び、ぐんぐん力をつけて信者を増やし、ついに自由を勝ち取ったあとは、崩壊してその人びとを見捨て、進化の最終段階として、自分以外のだれにも理解できない謎のゲームに興じるためにどこかへ去っていく――これ以上に極端な状況がどこにあるだろう？　以前はこんなことを考えると興奮したものだが、いまは退屈になってしまう。もはやどんな考えにも興味がわかないが、自分の人生が、要点もなく、筋もとおらない、不出来な脚本の演劇に組み込まれたできそこないの場面の連続でしかないように見えるという事実には、いらだちをおぼえている。

ずいぶん長いあいだ、自分は死なないのではないか、グリオールから望まぬ不老不死を授けられたのではないかと恐れていた。だが、手足のこわばり、足取りのおぼつかなさ、視力のわずかな低下といった、肉体のあらゆる小さな不具合に気づいたいまは、かつてないほど心穏やかに過ごせるようになっている。この世で必要とするものはすべて玄関先まで流れてくる。近所の子供たちがロザッハーの家のまえの浜辺を駆けまわるので、彼は子供たちを楽しませるために、ここで暮らし始めたときに始めたギターを弾いたり、無骨な木のおもちゃを彫ってやったりする。特に得意なのは笛を彫ることだ。女たちはふらりと彼の生活に入り込み、何日か、何週間かとどまるが、ロザッハーは女たちに固執せず、去っていくことを望むので、女たちもそれを感じ取り、去っていく。彼はある女を夢見るようになっている。地味な魅力のある、細身のブルネットで、機知に富み、物腰は穏やかだ。ロザッハーは彼女が控えめな花柄の白い夏用のフロックに身を包んでいる姿を想像する。彼女は夢の中で彼をからかい、彼の気取った態度や欠点をちゃかすが、そこには愛情がこもっている。ロザッハーは彼女の世界の中心ではない――彼女には自分なりに追求するものがあり、定期的にそれらに没頭しては、芸術家の感性と庭師の堅実さをもってたいせつに育んでいる。ベッドでは激しく集中し、彼に合わせてさまざまな姿をとり、あたえるだけのものを受け取って、ひと言もしゃべることなく永遠を約束する。ロザッハーはけっして彼女と出会うことはないと思っている――もしもグリオールと関わることがなければ、もしも人生がダルヴィーシュの熱烈な舞ではなくプロイセンのワルツのような落ち着いたリズムで進んでいれば、どこかで出会っていたかもしれない女。だが、夢で充分だとわかってはいても、ロザッハーは偶然出会うすべての女たちの中に彼女を探し続けている。

夕方になると、浜辺で暮らす人びとがロザッハーの家のベランダにやってくる。たいていは一人だが、家族連れで立ち寄ることもあり、天気や、釣《つ》りや、子供たちへの期待や、町で聞いた噂などをあれこれ話していく。ときには、自分たちの暮らしの行く末に不満をあらわし、きついめぐり合わせに不平をこぼし、頻繁になにかが必要だと口にする。新しい網がほしい、末っ子のための礼拝用ドレスがほしい、水準器が、もっと大きな釣り船が、もっと信頼できる時計がほしい、死んでしまった雌牛の代わりがほしい。彼らはしばしば、まるで奇跡のように、朝方の玄関先にきれいにたたまれた礼拝用ドレスを、沖合で錨《いかり》をおろしている釣り船を、がたがたの桟橋《さんばし》の杭《くい》にかかる網を見つけることになる。ロザッハーには、こうしたささやかな贈り物は怪物の親切心の一例でしかないとわかっている。彼には子供がいないが、息子が大人に成長して、父とは正反対の落ち着いた暮らしで業績を残し、自分はまっとうな、道徳心ある人間だと思っていたのに、最後には自分の怪物的な本性に、他者の痛みに対する根本的な無関心に気づくことになるのを見なくてすんだのは、ありがたいことだと思っている。浜辺の人びとはロザッハーの子供代わりになっている。距離を置いて、気が向いたときに祝福をあたえられる子供たちだ。人びとはロザッハーが匿名で慈善行為をしていることを理解し、尊重しているようだが、酔っぱらったときだけは節度をなくし、金や酒など、依存関係を築く以外にはなんの役にも立たないものを要求する——彼がそれに応じることはない。

しばらくまえからは、日記を始めて、断片的な会話、人間や自然界の観察、ちょっとした表現や皮肉なコメントなどを書き留めている。一番新しい記述はこんな調子だ——

二週間まえ、浜辺を歩いていたら、わたしが作った木の笛が砂になかば埋もれているのを見つけた。忘れっぽい子供がうっかり置きっぱなしにしたのだろう。小指の爪ほどの大きさしかないちっぽけな蟹《かに》が、そこを自分の家にしていた。この蟹と笛という組み合わせが、なんとも不釣り合いでおもしろかったので、がまんできずに家に持ち帰ってベランダの手すりにのせた。蟹は怖かったのだろう。夕方はずっと笛の中にいたが、夕食の皿から取った魚の身のかけらを使って、なんとか誘い出すことができた。食べ終えると、蟹は手すりの上をちょこちょこと元気に行き来して、外敵や潮の満ち引きから守られた自分の家に、新たな自信を得たようだった。

それから毎晩餌をやっていたので、蟹は見たところ大きくなっている。いずれこの笛では窮屈になって姿をあらわし、食べ物を求めて歩きまわって広い世界で家を探すのか、あるいは潮に身をまかせて束の間の船乗りとなるのか。わたしは想像する——この蟹がいずれ蟹たちの模範となり、音楽の家で育ってあらゆるものに壮大な構想を見出すことを教えられた天才甲殻類として、マナビーク岬の先にある土地の可能性を探り、殻を持たぬわたしには行けない場所を次々と訪れることを。バラ色と桃色の浜辺が広がる夕暮れの国々には、藍色の断崖がそびえ、宇宙の深淵《しんえん》から信号を送る星ぼしは、壮麗な光の王国を、無限の答を、わたしたちのささやかな物語の注釈となる教訓を約束する……だが、わたしの夢想は、そのとき玄関先にやってきたウォーカー・ジェイムズによってさえぎられ、彼がその日のできごとを話し始めると、答とか教訓とかいった考えはどこかへ消え失せた。娘の耳の痛み、自慢にしている雌豚の胴まわり、「太陽が照りつけてウイスキーが酸っぱくならないかぎり酒を飲ませてくれない」という地元の酒場の主人の強欲ぶり。話し上手が多いこの島でも、ウォーカーは最高の一人と認められていて、その夜は、酒場の主人が本土から来たスペイン人の女にのぼせあがり、気を惹こうとしてどんどんおかしな行為におよんでいく様子を話してくれた。そのあと、二人でしばらくすわったまま、波が砕ける大きな音や、ヤシの葉が北風に激しくざわめく様子を楽しんだ。朝には嵐になりそうで、マナビーク岬のむこうの空は金色の炎のかけらで燃えあがっていた。そのとき、ウォーカーは浜辺から女の声が自分の名前を呼ぶのを聞いた。彼は立ちあがって背筋を伸ばし、頭をぐっとあおむけた。

「あのみごとな輝きを見ろよ。リヒャルト」ウォーカーは天を身ぶりでしめした。「なんだか悲しくならないか、この広がる空と星ぼしに匹敵する物語をけっして聞くことができないなんて？」

訳者あとがき

長らくお待たせしました。ルーシャス・シェパードの〈竜のグリオール〉シリーズ、作者が二〇一四年に亡くなったことで最後の作品となった長篇『美しき血』をお届けします。原題はそのまま *Beautiful Blood* で、二〇一三年にまずフランス語の翻訳版が出たあと、二〇一四年に本国で英語版が刊行されました。シリーズ第一作の主人公であるメリック・キャタネイの登場から、「タボリンの鱗《うろこ》」で描かれたカーボネイルス・ヴァリーの惨劇をへて、グリオールの末路までを見届けたひとりの男を語り手とする、まさにシリーズの総決算と言える作品になっています。

二〇一八年に日本で出た短篇集『竜のグリオールに絵を描いた男』は、内容のすばらしさはもちろんのこと、一度聞いたら忘れられない印象的なタイトルや日田慶治《ひだけいじ》さんによる迫力満点のカバー絵のおかげもあって、各方面で大きな反響を呼びました。早川書房から出ている『SFが読みたい!』の年間ベスト投票では堂々の二位。体の上に村ができるほど巨大な眠れる竜、というイメージは多くの人たちの想像力を刺激したらしく、インスパイアされたとしか思えないテレビアニメやビデオゲームも登場。田中啓文《たなかひろふみ》さんがオマージュ小説と公言した「怪獣ルクスビグラの足型を取った男」は星雲賞を受賞しました。舞台となるカーボネイルス・ヴァリーのみごとな絵地図を描いて公開してくれたファンもいたほどです。

当時、竹書房文庫でスタートしたばかりのＳＦラインナップの一冊として売れ行きも上々だったおかげで、二〇二〇年には短篇全集 *The Dragon Griaule*（二〇一二）の残りの二篇をまとめた『タボリンの鱗』が刊行され、いまこうして、最後に残ったシリーズ唯一の長篇をお届けできることになりました。これでシェパードが残したグリオール作品はすべて邦訳されたことになります。

作者シェパードの経歴やグリオールのシリーズ全体については、『竜のグリオールに絵を描いた男』の巻末に収録されたおおしまゆたかさんによる詳細な、力のこもった解説を参照していただくとして、ここでは本書の刊行経緯について紹介しておきましょう。

シリーズの第一作が雑誌に発表されたのは一九八四年、第二作「鱗狩人《うろこかりゅうど》の美しき娘」と第三作「始祖の石」は一九八八年と一九八九年。この三篇の完成度はきわめて高く、いくつもの賞を受賞しましたが、読者としてはこの魅力あふれる世界にはまだまだ探索すべき場所があるのではないかというもどかしさもありました。作者も同じように感じていたのか、当時のインタビューでも、竜の体内をめぐる *Grand Tour* という長篇でシリーズを締めくくるとの発言があり、おおいに期待が高まったのですが、ここで作者の休筆などもあり、次の作品が出るまでに十五年の歳月が流れました。

Grand Tour が完成しないまま、二〇〇三年に第四作「嘘《うそ》つきの館」、二〇一〇年には第五作「タボリンの鱗」が発表されましたが、いずれも変化球のような作品で、欠けているよう

に感じられるピースが埋まることはありませんでした。二〇一二年にはシリーズの短篇すべてをまとめた *The Dragon Griaule* が刊行され、そこに第六作となる中篇「スカル」が書き下ろしで収録されました。グリオールの死後の物語で、なんと現代にまで話がつながると知ったときには、背筋が寒くなるような興奮をおぼえたものです。公式サイトを見るかぎり、この「スカル」がシェパードの残した最後の短篇ということになります。

短篇全集も出てシリーズには完全に区切りがついたのかと思いきや、その「スカル」に寄せた作者の覚え書きに次のような文章がありました。

重要なのは——少なくともわたしにとっては——「スカル」を執筆したことでグリオールについて書きたいという当初の意欲が戻ってきたことであり、もしも竜とその境遇に関してさらなる物語があるとしたら、それはこれまでの作品以上に政治ファンタジーという中心テーマに焦点を合わせたものになると思う。

シェパードの言うことなので実現の可能性は低いかと思っていたのですが、二〇一三年になって Le Bélial' という出版社から本書のフランス語版 *Le Calice du Dragon* が突然刊行されました。訳者もその時点ではまったく気づいておらず、二〇一四年の作者の死後にようやく英語版が出たとき、初めてその存在を知りました。

このフランスの出版社はたいへん熱心にシェパード作品を紹介していて、グリオールの短篇全集も英語版に先行して刊行していました。担当編集者がフランス語版の前書きでそのあたりの経緯に言及しています。

フランス語版短篇全集の刊行から一年後、シェパードとのメールのやりとりで次にどの本を出そうかと検討していたとき、彼が取り掛かっている作品の中にグリオールの長篇があるのに気づいた。彼がフランスで開かれるImaginalesというファンタジーフェスティバルに招待されていることは知っていたので、その長篇を優先リストのトップにしてくれないかと頼んだ。作者と翻訳者とイラストレーターの全員が締め切りを守ることができれば、Imaginalesでグリオールの最初の（唯一の？）長篇のワールドプレミアが実現するのだ、と。いまあなたの手の中にあるのがその長篇であり、現時点では英語版は存在しない。

Beautiful Blood というのは、シェパードの過去のインタビューなどで何度か言及されていたタイトルです。ひさしぶりの長篇、亡くなる前年の唐突な刊行、そういったことを考えると、すでにあった原稿に手を入れて出した可能性もありました。なにか手掛かりはないかと、前述したフランス版の編集者に問い合わせてみたところ、「これはシェパードが長いあいだあたためていた作品で、原稿はこちらの依頼を受けて作者が書き下ろしたものだ」との回答がありました。出版社の当時のブログにも、刊行日が迫る中、作者から送られてくる原稿を

次々と翻訳へまわして作業を進めている関係者たちの、たいへんスリリングなやりとりが残っています。かなり短期間で長篇を書きあげたことになり、作者の執筆意欲がそれほど旺盛だったとすれば、やはり早すぎる死が惜しまれてなりません。

おそらくはシェパードの遺作と思われるこの作品、エピローグには「この島で最高の話し上手」という作者の分身らしき男が登場し、物語はその人物の言葉で締めくくられます。このいささか意外な言葉、作者の本心なのか、長く作家生活を続けてきたうえでの感慨なのか、いまとなってはたしかめるすべはありません。ひとつの参考として、マイクル・ビショップが、The New York Review of Science Fiction のサイトにあげているグリオール・シリーズの長文の評論で、この一節について次のように書いています。

ルーシャス・シェパードは自分がそれに匹敵する物語を書いたと信じていたのだろうか？　おそらくちがうだろう。このエピローグは謝罪ではなく嘆きであり、欠点はあるがたくさんの美しい瞬間をもつシリーズの中でも、もっとも心揺さぶられるいくつかの文章を含んでいる。

最後に、翻訳にまつわるお知らせと蛇足を。

本書の主人公であるリヒャルト・ロザッハーですが、実は「タボリンの鱗」の注釈（二七頁）に、グリオールの血液から麻薬を作った若き医師として登場しています（スペルが微妙にちがっているのですが同一人物と思われます）。このときはうっかりリチャード・ローゼチャーとしてしまったのですが、本書でドイツ人らしいということが判明したので表記を変更しました。

　ＳＦマガジン一九八七年十二月号で〈現代ファンタジイ特集〉の一篇として掲載された「竜のグリオールに絵を描いた男」は、まだ会社員との二足のわらじを履く駆け出しの翻訳者だったわたしが、同誌から初めて依頼を受けて取り組んだ仕事でした。各賞の候補になっていた重要な作品をよく新人にまかせたものだと思いますが、それ以前に同人誌でシェパード作品を訳していたことが名刺代わりになったのかもしれません。

　それから三十年、なんとか最初の三篇だけでも本にできないかという試みはことごとく失敗に終わっていましたが、翻訳者・アンソロジストの中村融《なかむらとおる》さんから竹書房でＳＦをやりたがっている編集者がいるので企画を考えてくれないかという不可解な依頼があったとき、真っ先に頭に浮かんだのはやはりこのシリーズでした。初めは当然のごとく社内的に却下されたものの、初期に出たオールディスや猫のアンソロジーが好調だったこともあり、急遽《きゅうきょ》ゴーサインが出ました。翻訳を終え、ゲラをチェックし、表紙の画像を見ても、実際に本を手にするまではなかなか現実と思えなかったのをおぼえています。

　竹書房ＳＦ文庫の創設に当初からかかわり、わたしをそこに巻き込んでくれた中村融さん、こんなバクチに近い企画をとおし、一時は作者の死によって頓挫《とんざ》するかと思われた版権取得作業を粘り強くやり遂げてくれた編集者の水上志郎さん、お二人の力がなければこのシリーズが日本で翻訳出版されることはなかったでしょう。なにより、こうして全作品を訳出する機会に恵まれたのは読者の強い支持があったおかげです。深く感謝します。

二〇二三年八月　内田《うちだ》昌之《まさゆき》

美《うつく》しき血《ち》

竜のグリオールシリーズ

2023年11月7日　初版第一刷発行

著者 ……………………ルーシャス・シェパード
翻訳 ……………………内田昌之《うちだまさゆき》
イラスト ………………日田慶治《ひだけいじ》
デザイン ………………坂野公一《さかのこういち》（welle design）

発行人 …………………後藤明信
発行所 …………………株式会社 竹書房
〒102-0075
東京都千代田区三番町8-1
三番町東急ビル6F
email：info@takeshobo.co.jp
http://www.takeshobo.co.jp
印刷所 …………………TOPPAN株式会社

定価はカバーに表示してあります。
■落丁・乱丁があった場合は furyo@takeshobo.co.jp までメールにてお問い合わせください。
Printed in Japan
©Masayuki Uchida